KB246135

Mighty Warrior
영웅병사
FANTASY FRONTIER SPIRIT
이충민 판타지 장편 소설

영웅병사 1

이충민 판타지 장편 소설

초판 1쇄 찍은 날 § 2013년 12월 3일
초판 1쇄 펴낸 날 § 2013년 12월 10일

지은이 § 이충민
펴낸이 § 서경석

편집부장 § 권태완
편집책임 § 이효남

펴낸곳 § 도서출판 청어람
등록번호 § 제1081-1-89호
등록일자 § 1999. 5. 31
어람번호 § 제1-1725호

주소 § 경기도 부천시 원미구 심곡2동 163-2 서경B/D 3F (우) 420-822
전화 § 032-656-4452 팩스 § 032-656-4453
http://www.chungeoram.com
E-mail § chungeorambook@daum.net

ISBN 978-89-251-3596-0 04810
ISBN 978-89-251-3595-3 (세트)

이충민 판타지 장편 소설
Mighty Warrior
영웅병사
FANTASY FRONTIER SPIRIT

1

책
람

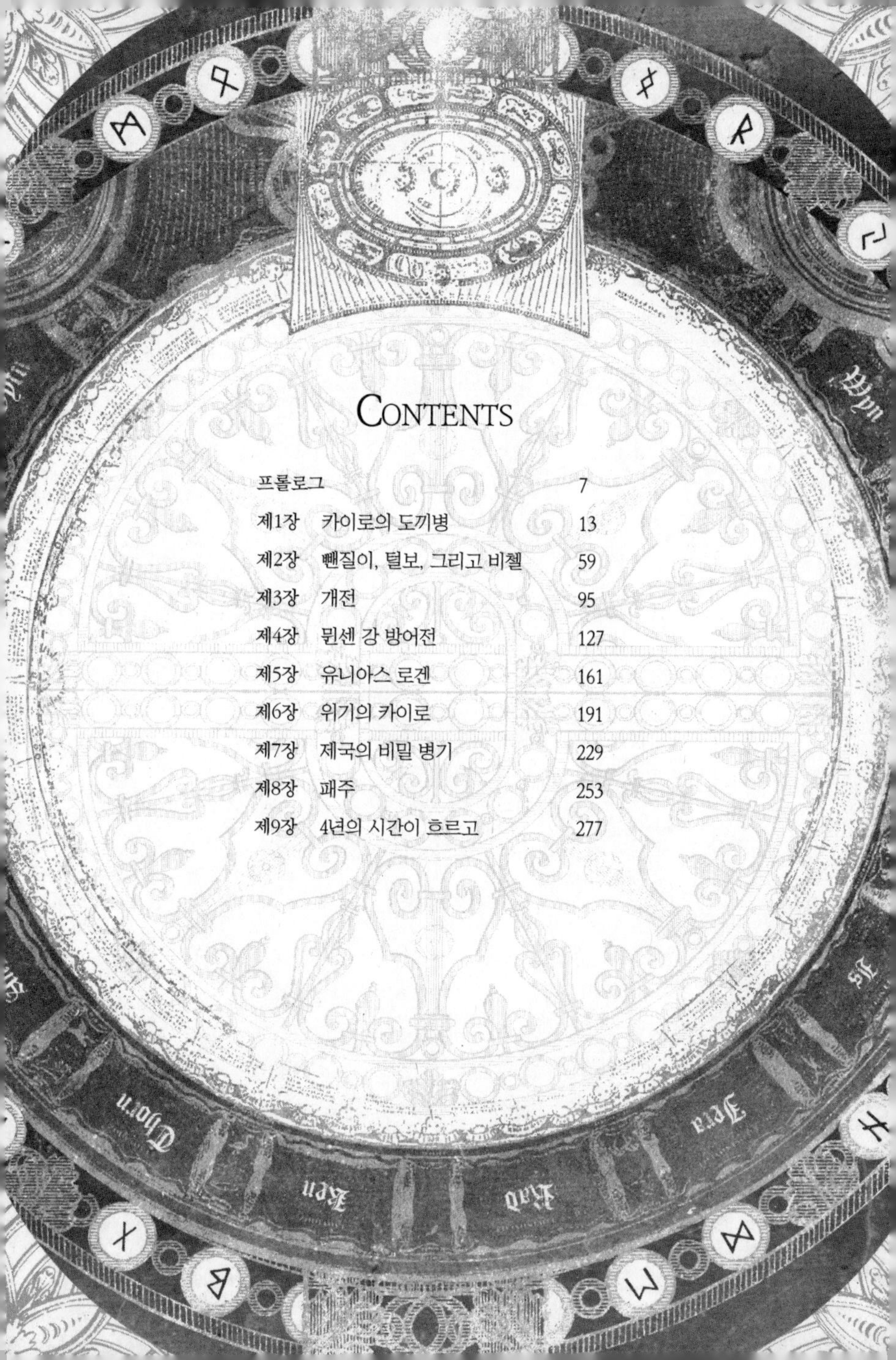

CONTENTS

프롤로그

“으음.”

무너져 가는 로만 왕국의 병사, 로무의 입가에서 신음이 흘러나왔다.

그는 착 가라앉은 눈빛으로 소년을 바라보았다.

소년.

메마른 잿빛 머리칼은 거칠게 헝클어져 얼굴 상당 부분을 가렸다. 그렇지만 머리칼 사이에서 빛나는 흉흉한 눈빛은 결코 숨겨지지 않았다.

눈빛을 마주한 베테랑 병사인 로무의 심장이 잠시나마 섬뜩해졌다.

“데려가 달라?”

"그렇소."

소년답지 않게 하오체를 쓴다. 이제 갓 열네 살쯤 될 법한 소년은 작은 덩치에도 불구하고 전혀 소년 같지 않았다.

로무는 본능적으로 느꼈다.

'위험한 놈이군.'

오 년 동안 진행된 붉은 제국의 광기 어린 전쟁에 참전한 로무다.

남들이라면 결코 살아 나올 수 없다는 수많은 전장에서 살아남은 베테랑이다. 그런 그의 직감은 상당히 예민하고 날카롭다. 직감이 말하고 있었다. 위험한 놈이라고.

"병사가 되고 싶은 것이냐?"

"……."

"위험한 일이다. 차라리 공부를 해서 학자로서 이름을 떨치는 것이 안전하다. 제국에 맞서 싸우는 왕국의 병사가 된다는 것은 지옥에 갈 병사가 된다는 것이다."

"데려가 주시오."

소년은 긴말을 하지 않았다.

이미 확고하게 세워진 결심이리라.

로무는 속으로 한숨을 내쉬었다.

"내가 가는 곳은 전장. 마지막으로 묻겠다. 따라오겠느냐?"

"더 이상 내 대답은 필요 없소. 따라갈 것이오. 설령 그곳이 인세의 지옥이라 하는 전장이라 하더라도……."

그렇게 말하는 소년의 얼굴엔 굳은 결심이 어린다.

로무는 고개를 끄덕였다.
"그래. 따라오너라."

제국의 광기 어린 전장에 스스로 뛰어든 소년.
병사(兵士) 비첼 악센트.
이것이 이야기의 시작이었다.

Chapter 01
카이로의 도끼병

로스트 왕국의 카이로 지역은 바다로 나가는 뮌센 강을 끼고 있어 고대부터 사람들이 모여들어 문명의 발상지가 된 곳이다. 수운을 통한 교역을 중심으로 상당한 부가 쌓이는 곳이기도 했다. 또한 산으로 도시의 양쪽이 둘러싸여 예로부터 천혜의 요새였다.

산맥을 따라 성을 쌓은 카이로를 함락시키기란 어떤 용장이 오더라도 불가능하다고 여겨진다. 그래서 수많은 외세의 침략에도 결코 무너지지 않은 요새이자 대륙을 향해 뻗쳐 나갈 진격로의 역할을 했던 곳이 바로 카이로였다.

그런 카이로에 전운이 감돌고 있었다.

척척척척!

대략 오천의 군사가 발을 맞추며 카이로 성에 진입했다.

웅성웅성.

"중앙군이군!"

"정말 전쟁이 일어나려나 보오."

"전쟁이라니……."

푸른 독수리가 새겨져 있는 깃발.

로스트 왕국의 군(軍) 핵심인 중앙군이었다.

수도와 인접한 왕국의 중심을 수비하며 때로는 용맹하게 적국을 향해 나아가는 중앙군은 정예중의 정예였다.

그런 중앙군이 카이로 성에 들어왔다는 사실은 무척이나 중요했다.

몇몇 백성이 크게 동요하고 있었다.

얼마 전부터 카이로 성에 들려오는 흉흉한 소문.

바로 대륙을 향해 거침없는 야욕을 드러낸 붉은 제국의 침략이 당도했다는 것이다.

하기야 이웃 나라인 로만 왕국이 이미 전화에 휩싸여 사라졌다.

비록 작은 왕국이었지만 천 년을 넘게 이어온 역사가 고작 3년도 안 돼 붉은 제국의 말발굽에 철저하게 짓밟혔다.

로만 왕국에 인접한 로스트 왕국은 크게 당황했다.

끝없이 뻗어나가는 붉은 제국의 정복욕은 무서웠다.

로만 왕국이 멸망하고 얼마 되지도 않아 카이로 성과 불과 일주일 거리인 로만 평야에 붉은 제국의 칠만 명에 달하는 군사가 집결되고 있었다.

로스트 왕국은 관문 도시이자 국가의 핵심 도시인 카이로에서 전쟁이 벌어질 것으로 판단하여 중앙군을 파견한 것이다.

이미 전쟁은 기정사실화 되어 있었다.

"이거 피난을 가야 하는 거 아닌가."

"으음… 카이로는 난공불락의 요새가 아니오? 단 한 번도 적들에게 성을 내준 적이 없는데……."

"그래도 전쟁은 모르는 것이오. 괜히 전쟁 통에 휘말렸다간 뼈도 못 추릴 것이외다."

그간 평화는 참으로 오래 지속됐다.

작은 싸움을 제외하곤 대륙에서 나라가 멸망할 정도로 크게 부딪친 전쟁은 거의 삼백 년 동안 없었다.

그래서 이들에게 전쟁이란 참혹함이 심각하게 느껴지진 않았다.

"용병도 많이 오는 걸 보니, 꼭 어려운 전쟁만은 아닐 거요."

한 노인이 카이로 성 외부에서 들어오는 일단의 무리를 보며 말했다.

가죽 갑옷이나 철갑옷을 입고 여러 무기를 들고 오는 그들을 군사들은 제지하지 않았다.

바로 용병들이었다.

이번에 카이로 왕국으로부터 고용된 용병들.

"돈만 준다면야 용병들은 전쟁에도 뛰어드는 부나방 아닌

가요?”

한 여인의 날카로운 질문에 나이가 지극해 보이는 그 노인은 허허 웃었다.

“아무리 돈에 미쳤다고 해도 뻔히 죽을 싸움에 끼어들겠소? 그것도 제국이 아닌 여기 카이로로?”

“하지만 제국은 용병을 받지 않잖아요.”

“나도 전쟁에 대해선 모르오. 뭐, 제국은 원래 군사들이 강성하고 조직력이 대단하다 보니 괜히 용병들을 고용하지 않는다고 하더군. 그만큼 가진 병력에 대한 자부심이 대단한 거지.”

“그러면 더 큰일 아닌가요? 용병 세력마저 무시할 정도로 강한 힘을 지니고 있단 사실은…….”

노인은 고개를 갸웃하며 계속해서 질문을 던지는 여자를 가만 바라보았다.

이제 갓 스무 살을 넘었을까?

청초하기까지 할 정도로 어리고 아름다운 여자의 목소리에 노인은 허허 웃었다.

“사실 나도 잘 모르겠소. 그냥 희망사항일 뿐이지. 용병들은 전쟁터를 굴러다니면서 잔뼈가 굵은 사람이요. 질 전쟁, 이길 전쟁 정도는 구분할 거라 난 믿소. 또 제국은 평원에서 대병력이 부딪치는 대회전이 장점이지 않소? 잘 훈련된 정예병들과 기마병, 그리고 기사단들의 힘은 대회전에서 아주 무섭지. 그러나 공성은 다르오.”

“적들이 공성전에는 약한가요?”

"여긴 보다시피 천혜의 요새요. 바다로 흘러 나가는 뮌센 강이 도시 앞으로 일차 방벽이 되어 있고 도시의 양옆으로는 산맥을 끼고 있소. 결국 적들이 들어올 문도 하나란 얘기. 산맥을 넘어 산맥에 쌓인 성을 언제 넘어오겠소이까? 기마들이? 기사들이? 또 그 많은 공성병기가 강을 넘어 성을 직접적으로 타격이나 할 수 있겠소?"

여자는 더 이상 대답하지 못했다. 그리고 새삼스레 감탄 어린 눈빛으로 노인을 바라보았다.

평화가 계속되어 전쟁연구가 같은 직업들이 거의 사라진 지금이다. 한데 전쟁을 바라보는 안목이 범상치 않다. 여자가 손을 내밀며 말했다.

"전 유니아스 로겐이라고 해요."

"허허! 이거 골드락 로겐 기사님의 동생 분이셨던가?"

"아시는군요. 그쪽은요? 평범한 사람 같아 보이진 않는데."

유니아스는 카이로 성의 기사단을 이끄는 기사 골드락 로겐의 동생이었다. 그래서 이번 전쟁에 대해 어느 정도 알 수 있었고, 노인이 하는 말이 골드락이 했던 말과 거의 일치했기에 감탄했던 것이다.

"허허! 난 평범한 사람이오. 일개 상인이지. 내 이름은 로드니악이라고 하오."

"로드니악……."

들어본 적 없는 이름이다. 하지만 유니아스는 그를 무시할 수 없었다.

　로드니악의 말대로 이 전쟁은 쉽게 질 전쟁이 아니다.

　뮌센 강과 양옆에 낀 산맥 안에 있는 카이로는 그야말로 천혜의 요새였다.

　적들이 어찌어찌 강을 건넌다고 해도 그 수가 크게 줄 것이며, 입구는 고작 하나일뿐더러 대군이 진입하기에는 무척이나 좁다.

　'그리고 장마가 온다.'

　지금은 초여름이다. 조금만 있으면 곧 장마가 오리라.

　지금 로스트 왕국은 오로지 장마만을 바라보고 있었다.

　장마가 내리면 뮌센 강은 범람할 것이 분명했다.

　뮌센 강은 매년 장마 때마다 범람해서 인근 농가에 큰 피해를 주는 것을 반복했으니까. 그럼 적들은 더 이상 강을 넘을 수 없게 된다. 또 비가 오니 보급에 차질이 생기고 감기에 걸리는 환자가 속출하리라. 이 시대에 감기는 참으로 무서운 병이다. 변변찮은 의약품도 없고 전장이란 끔찍한 환경에선 감기 하나만으로도 사람이 죽을 수 있다.

　무엇보다 붉은 제국은 여기서 멀다.

　저들이 무너진 로만 왕국의 도시들을 기점으로 보급선을 잇는다고 해도 장마철에 긴 보급선을 유지하기란 어려운 일이다.

　그렇게 도출된 결과, 로스트 왕국은 이번 수성에서 승리만 하면 붉은 제국의 침략을 충분히 무찌를 수 있었다.

　그래서 왕국에서도 병력을 총동원하는 것이다. 어차피 카이로가 뚫리면 수도는 엎어지면 코 닿을 거리다. 중앙군을 파병한 이유가 그것이었고, 각 지방 영지도 일제히 병력을 모아 이곳으로 집결하리라.

'질 수 없는 전쟁.'

아마 용병들도 그것을 읽어냈으리라.

유니아스는 입가에 미소를 띠었다.

"음?"

"왜 그러시오? 레이디 유니아스."

유니아스가 용병들이 들어오는 곳을 손가락으로 가리켰다.

"저 두 명도 용병일까요?"

로드리악은 유니아스가 말하는 이들이 누군지 곧바로 알아차렸다.

건장하고 험악하기 짝이 없는 용병들.

그러나 그 사이로 들어오는 한 명의 어른과 한 명의 어린아이는 너무나 쉽게 눈에 띠었다.

어른은 볼품없이 말라서 들고 있는 검 하나도 제대로 휘두르지 못할 것 같았다. 그 옆에 바짝 붙어서 주위를 휙휙 바라보는 아이는 그저 딱 평범한 소년이었다.

"음. 어른은 마르고 체격이 작지만 무장을 한 것을 보니 용병인 것 같고, 같이 따라오는 아이는 자식이 아닐지……."

*　　*　　*

"저자가 우릴 쳐다봅니다. 아저씨."

"음?"

로무는 비첼이 가리키는 방향을 쳐다보았다. 과연 그곳에는 한 노인과 젊은 여인이 이쪽을 바라보고 있었다.

로무의 표정이 미묘하게 일그러졌다.

무언가 고심하는 흔적이 묻어 나오는 얼굴이었다.

'특별히 의식하지 않으면 느낄 수 없는 시선이다. 저렇게 멀리 떨어져 있는 사람의 시선을 어찌 눈치챘단 말인가?'

로무는 고개를 저었다.

불가능한 일이다. 저 사람들과의 거리는 상당히 떨어져 있다. 또 주위에 사람이 바글거렸다. 근데 그들의 시선을 느끼다니…….

로무조차도 느끼지 못한 것이다. 솔직히 말해 저 두 남녀가 과연 우리를 쳐다보는지, 아니면 단지 이쪽 방향을 보는 것인지 느낄 수 없었다.

로무는 전쟁터에서 구른 베테랑이다.

수많은 전장에서 끝까지 살아남아 생존법을 터득한 사람이다.

그런 그에게 중요한 것은 시력과 시각, 그리고 주위 환경을 빠르게 포착하고 느끼는 감각이었다. 그 능력들이 누구보다 뛰어났기에 지금껏 살아남을 수 있었던 로무다. 그런데 그런 로무조차 느끼지 못한 시선을 이 작은 소년이 느낀다는 사실을 쉬이 믿을 수가 없다.

‘후, 잘 모르겠군.’

붉은 제국의 병사의 가슴팍에 검을 꽂아 넣던 소년.

어린 나이에 이미 살인을 경험한 비첼은 로만 왕국의 소년병이었다.

로만 왕국은 수도마저 함락될 위기에 처하자 수도에 있는 모든 시민을 징집했고, 어린 소년마저 징집해 소년병을 만들었다. 비첼도 그런 소년병 중 한 명이었다.

‘범상치 않은 아이야.’

분명 그랬다.

비첼은 평범한 아이가 아니었다.

사람을 죽이고, 수백 미터는 족히 떨어진 사람의 시선을 알아차리고, 그리고 전장을 굴러먹은 로무의 심장마저 섬뜩하게 만들 정도로 살기 어린 눈빛은…….

“그런 시선으로 쳐다보지 마세요. 애초에 제가 평범한 아이였다면 소년병으로 살아남지도 못했을 겁니다. 아니, 칼을 들지도 못했겠죠.”

“음.”

비첼은 스스로가 평범치 않다는 것을 알고 있다는 듯 자조 어린 미소를 지었다.

로무는 침음성을 흘리며 고개를 저었다.

어찌 됐든 이제 자신과 함께 다닐 아이다.

로만 왕국의 멸망으로 가족을 비롯한 친인척은 모두 죽거나 노예가 된 로무에게는 유일한 말동무였으니 비첼과 잘 지내야 했다.

"일단 가자꾸나. 얼마 안 있으면 여기서 큰 전투가 일어날 거야."

로무는 비첼을 이끌고 걸어갔다.

그들의 눈앞에는 '신병 징집소'라는 간판이 내걸린 건물이 있었다.

＊　　　＊　　　＊

신병 징집소에는 사람이 많았다. 젊은 혈기를 이기지 못한 남자들도 있었고, 젊은 시절 군 생활을 지낸 퇴역군인 출신도 많았다.

그런 징집소에 작은 소년이 아버지로 보이는 자와 함께 들어오자 시선이 쏠렸다.

"우린 소년병을 받지 않는다."

카이로 신병 징집소 담당자인 아리헨티나 준남작은 비첼을 보며 고개를 저었다. 그러자 비첼이 굳은 얼굴로 한 발짝 다가오며 말했다.

"능히 사람을 죽일 수 있소."

"허? 이놈아, 전쟁이 장난이냐? 이게 골목에서 하는 전쟁 놀이인 줄 알아?"

아리헨티나 준남작은 크게 꾸짖었다.

아무리 평화가 삼백 년 가까이 지속되었다고는 하지만, 나라의 존망이 걸린 전쟁을 단지 놀이처럼 생각하는 것을 가볍게 여길 수 없었다.

그러자 비첼의 표정은 더없이 딱딱하게 굳었다.

"난 장난으로 전쟁하고자 여기 온 것이 아니오."

흠칫!

자신을 쏘아보는 날카로운 눈빛에 아리헨티나는 눈을 홉떴다.

'살기?

비록 문관 출신이지만 살기를 못 느낄 리 없는 그다.

이건 살기였다.

자신에게 쏘아지는 이 거친 기운은 살기가 분명했다.

'어린 소년이건만, 이 무슨?

아리헨티나는 사람을 죽일 수 있다는 비첼의 말이 왠지 거짓이 아니라고 생각됐다.

"제가 병사가 되겠습니다. 이 아이는 제가 거둔 아이입니다. 단지 돌볼 사람이 없어 저를 따르는 것입니다."

비첼의 살기를 못 느낄 리 없는 로무가 황급히 나섰다.

그는 비첼의 살기에 적잖이 당황했지만, 이내 고개를 끄덕였다.

살기란 사람을 죽여본 사람에게서나 느낄 수 있는 기운이다.

이미 비첼이 소년병으로 제국 병사를 죽인 장면을 보았던 로무는 비첼의 살기를 대충 이해할 수 있었다. 그러나 상대는 준남작이라지만 엄연히 지위가 높은 이다. 그런 이에게 살기를 뿜어냈다는 점은 크게 경을 칠 일이다.

“병사가 되겠다고?”

아리헨티나는 비첼에게서 로무로 시선을 옮겼다. 날카로운 시선이 전신을 샅샅이 헤치는 기분이었지만 로무는 흔들림 없었다.

전장에서 오 년 동안 굴러먹은 베테랑인 그가 시선 하나에 움찔할 사람은 아니었다.

“그렇습니다. 여기 신분증입니다.”

로무는 그렇게 말하며 멸망한 로만 왕국의 신분증을 내밀었다.

“로만 왕국? 난민인가?”

“그렇습니다.”

“병사 출신인가?”

“예, 징집관님. 로만 평야 대회전과 옥르헤틴 수성전을 비롯한 여러 전투에 참전했었습니다.”

아리헨티나의 눈이 빛났다.

“직급은 어디까지 올랐었나?”

“옥르헤틴 수성전에선 임시 백인장을 맡았습니다. 전임 백인장이 전투 도중 전사하는 바람에 제가 인수인계했습니다.”

“음!”

아리헨티나는 신분증을 이리저리 살피며 고개를 끄덕였다.

옥르헤틴 수성전이라 하면 여기 카이로까지 알려진 대혈전이었다.

옥르헤틴은 로만 왕국의 수도, 그 수도에서 국왕부터 백성까지 모두 결사항전을 부르짖으며 끈질기게 버텼다. 1년 가까이의 치열한 전투는 결국 고립된 로만 왕국을 무너뜨리게 했다. 결국 성이 무너지고 귀족과 왕족은 모조리 참수당했지만, 그들이 보여준 항쟁의 의미는 전쟁을 앞둔 카이로에 크게 다가왔다.

그런 옥르헤틴 수성전에도 참가한 병사다.

더욱이 임시라지만 백인장까지 했다면 분명 경험이 많을 터.

'필요한 녀석이다.'

현재 돌아가는 상황은 로스트 왕국에 유리하다. 곧 장마가 올 것이고, 천혜의 요새인 카이로는 수만 명에 달하는 적군을 막아낼 수 있다. 한데 그런 로스트 왕국에 부족한 점이 하나 있다.

바로 전쟁 경험이 있는 병사가 사실상 전무하다는 점이다.

300년 동안 지속된 평화.

문학과 음악, 미술 등을 비롯한 예술 분야는 크게 발전했지만, 무기체계를 비롯한 군사력은 거의 300년 전 그대로다. 완전히 정체됐다. 왕국의 동원 가능한 군사가 고작 오만에 지나지 않으니 말이 필요 없었다. 물론 왕국에서는 이런 점을 걱정하여 예부터 영지전을 장려해 병사들의 실력 향상을 꾀해왔지만 붉은 제국에 비할 바는 안 된다.

정복전쟁을 치르면서 살아남은 제국의 병사들은 정예 중에 서도 최정예 강병이 분명했다.

숫자도 부족하고 병사들의 질도 차이가 난다. 단지 유리한 점은 주위 환경뿐이다. 그래서 카이로에 있는 고위 귀족과 기 사들은 이번 전쟁을 수도 귀족처럼 낙관적으로만 여길 수가 없었다.

이런 가운데 로만 왕국의 경험 많은 병사들이 조금씩 합류 하고 있었는데 이들은 로스트 왕국 입장에선 꼭 필요한 사람 이다. 전쟁에선 개인의 무력보다는 경험의 유무가 전투를 판 가름하는 법이다.

"병사가 되면 아이를 데리고 다닐 순 없다."

"그럼 되지 않겠습니다."

"뭐?"

"전 이 아이를 거두었고, 스스로 따라오겠단 아이를 거부하 지 않았습니다. 저만 믿고 따라온 아이라면 응당 제가 책임져 야 하지 않겠습니까?"

"전쟁에 아이를 데리고 다니면서 지킬 수 있다고 생각하 나?"

"충분히 병사 한 사람 몫을 할 아이입니다."

"……."

아리헨티나는 고민했다.

지금 로무는 꼭 필요한 병사다. 병사 숫자도 부족한 카이로 에선 이런 경험 있는 군인이라면 모셔오기라도 해야 할 상황이다. 한데 보아하니 정말 아이를 데리고 갈 수 없다면 이곳을 떠날 사람처럼 보였다. 자신이 한 말에 책임을 지겠다고 하는 로무의 모습은 당당하고 자신만만했다.

'하기야 전쟁을 오 년 동안 치른 사람이니 당당할 수밖에.'

아리헨티나는 고개를 끄덕였다.

로무는 탐이 나는 병사였다. 경험도 많고 당당하다. 하위귀족인 자신에게 기죽지 않는다. 더욱이 작은 아이도 책임을 져야 한다는 그의 말에 슬그머니 호감도 생겼다.

아리헨티나는 여전히 자신을 노려보는 비첼을 바라보았다.

'병사 한 사람 몫을 한다……'

사실 나이만 보고 실력을 가늠하는 일은 징집관으로서 하지 말아야 할 일이다.

여기엔 머리에 희끗한 흰머리가 나는 중늙은이도 찾아오곤 했는데, 그들은 대부분이 퇴역군인 출신이었고 아직도 출중한 능력을 지니기도 했다.

다만 지금까지 어린 소년은 온 적이 없었을 뿐이다.

"이름이 무엇이냐?"

"비첼이오."

"사람을 죽여본 적이 있느냐?"

"제국 병사의 가슴팍에 칼을 꽂아 넣었지. 여기 병사중엔 그런 사람이 없을 것 아니요? 나도 여기 로무 아저씨처럼 필요한 사람일 것이오."

"허? 맹랑한 놈이군."

맹랑하다. 여기 카이로의 수비병들보단 낫다고 하는 비첼의 말에 아리헨티나는 쓰게 웃었다. 이 소년은 병사들의 수준은 떨어지고 경험도 없으니 자신이 못할 바가 무엇이 있느냐고 꼬집고 있었다. 그걸 의도해서 말한 것인지 몰랐지만 아리헨티나는 쓴웃음을 감추지 못했다.

'단지 어린 녀석이 아니야.'

비첼을 바라보는 아리헨티나의 시선은 재미있다는 듯한 감정이 담겨 있었다.

비첼은 아리헨티나가 경험 많은 로무를 은연중에 반기는 것을 파악했다. 그래서 자신도 어느 정도 경험을 쌓았다는 사실을 알리면서 아리헨티나가 빠져나갈 구멍을 없게 했다. 경험 있는 병사를 원한다면, 경험이 전무한 카이로의 수비병 대신 오히려 비첼 자신이 낫지 않겠냐는 말이다.

'영악하군.'

일부러 의도해서 저렇게 말을 한 것이라면 영악하다고밖에 표현할 수 없다.

"좋다. 대신 나이가 어리다고 어떤 편의도 봐주진 않는다. 일반병하고 똑같이 대하겠다. 그래도 칼을 들겠느냐?"

끄덕.

비첼은 말없이 고개를 끄덕였다.

침묵에 담긴 의지를 느낀 아리헨티나는 한숨을 내쉬며 로무를 바라보았다.

"용병대로 들어갈 것인가?"

“카이로의 정규군이 되고 싶습니다.”

“좋군.”

원하던 바였다. 로스트 왕국의 국민이 아닌 이상 강제로 자대에 배치할 수 없다. 결국 용병 신분으로 용병대에 들어갈 수밖에 없는데 자의로 정규군이 된다 하니 좋을 수밖에 없었다.

로무도 그만의 생각이 있었다.

‘용병대에 가면 개죽음뿐이다.’

로스트 왕국이 미쳤다고 용병대를 소중히 여기겠는가?

위험한 최전방 전선에는 반드시 용병대가 투입될 것이다.

아무래도 돈만 주면 구할 수 있는 용병들보단 왕국의 병사들이 소중한 법이니까.

물론 로무는 위험을 두려워하지 않는다.

자신의 가족을 죽이고 여동생을 범한 제국군에게 복수심을 불태우는 로무는 위험한 전투라도 피하지 않는다. 하지만 용병대에 있는 것은 개죽음이다. 어차피 왕국에선 용병대를 화살과 같은 소모품으로 인식하니까.

정규군이라면 체계화된 전술로 전쟁을 치르므로 살아날 확률이 더욱 높다. 로무도 병사였기에 용병들처럼 마구잡이로 싸우는 것이 아니라 체계적인 전술 싸움에 익숙했다.

또한 자신은 비첼을 데리고 다녀야 하지 않는가?

‘아직은 어려.’

로무는 비첼을 처음 본 순간 느낀 두 가지 감정이 있었다.

하나, 위험한 놈이다.

그리고 자신과 같은 부류다.

전쟁이란 참혹함이 만들어낸 지독한 독기가 비첼의 얼굴에서 보였다. 비첼의 자세한 사정은 알지 못하지만 어차피 전쟁이란 것이 다 그렇지 않겠는가? 무언가 잃었으리라. 전쟁에 소중한 것들을 잃었으리라.

그렇지만 비첼은 아직은 소년이다.

충분히 병사 한 사람 몫을 할 거라 장담했지만 사실은 아니다.

아리헨티나 앞에서도 당당함을 잃지 않고 오히려 살기까지 뿌려대는 독기와 두둑한 배짱은 충분히 인정한다.

하지만 체격은 왜소하고 무기를 제대로 다뤄본 적도 없다.

로무는 자신이 곁에서 비첼을 챙길 필요성을 느꼈다.

아리헨티나는 임시 신분패와 더불어 징집증명서와 펜을 건네며 말했다.

"그럼 일단 요 앞에 있는 여관으로 가서 휴식을 취하는 게 좋겠군. 일단 자동으로 망명 신청한 것으로 판단하겠다. 내일쯤 자대 배치가 이뤄질 것이고, 훈련을 받을 것이니 푹 쉬거라."

"알겠습니다."

징집증명서에 사인을 한 로무와 비첼은 징집소를 나왔다.

"로무 아저씨."

갑자기 자신을 부르는 비첼. 로무는 부지런히 발을 놀리며 대답했다.

“왜 그러느냐?”

“전 짐이 되지 않을 겁니다.”

“그게 무슨 말이냐?”

“애초에 전 아저씨에게 데려가 달라고만 했습니다. 결코 절 보호해 달란 말은 하지 않았죠. 저 스스로 저를 보호하고 싸울 겁니다. 그러니 걱정 마십시오.”

“…….”

징집소에서 로무의 시선을 읽은 비첼의 말이었다.

로무는 자신의 감정을 들킨 것 같아 얼굴이 화끈했다. 애써 말을 돌렸다.

“다룰 수 있는 무기는 있느냐?”

“…무기 말입니까?”

“정규군에 배속되면 무기를 택해야 할 것이다. 그래서 무기에 따라 배치가 되겠지. 난 검밖에 쓸 줄도 모르니 너도 검을 쓰면 좋겠다만, 따로 다룰 수 있는 무기가 있느냐?”

터벅.

비첼은 부지런히 뒤따르던 걸음을 멈추었다. 앞서 나가던 로무도 걸음을 멈추고 뒤돌아 비첼을 응시했다. 눈을 감고 기억을 더듬는 듯한 표정.

이윽고 비첼의 입이 열렸다.

“도끼… 도끼라면 다룰 줄 압니다.”

그렇게 말하는 비첼의 표정엔 언뜻 슬픔이 잠겨 있었다.

                    *   *   *

　"도끼라, 특별한 이유가 있느냐?"

　"……."

　침묵으로 대답하는 비첼의 모습에 로무는 더 이상 물어보지 않았다.

　옥르헤틴 수성전이 끝나고 카이로까지 오면서 거의 한 달을 같이 지냈다. 그렇지만 비첼은 자신의 과거에 대해 단 한마디도 하지 않았다. 로무도 굳이 캐묻지 않았다.

　"그래, 알겠다. 일단 여관에 가서 짐이라도 풀고 밥이라도 먹자꾸나."

　"알겠습니다."

　이윽고 둘은 징집소 맞은편에 있는 여관에 들어갔다.

　여관은 1층에 식당을 같이 운영했는데 오후 4시라는 애매한 시간이었지만 사람이 가득했다. 새로 징집된 신병이나 용병들이 임시로 머무르는 곳이 바로 이 여관이기 때문이리라.

　로무는 직원으로 보이는 청년에게 다가가 임시 신분패를 보여주며 말했다.

　"이걸 보여주면 된다고 하던데?"

　"아, 병사시군요. 여기 방 열쇠고 2층에서 복도 맨 끝에 위치한 216호로 가시면 됩니다. 방 크기가 좀 작으니 불편해도 양해 부탁드립니다."

　직원의 정중한 말투에 로무는 고개를 끄덕였다. 어차피 무료니까 터뜨릴 불만도 없다. 적어도 카이로에 올 때처럼 노숙을 하지는 않으니까.

방에다가 짐을 놓은 로무와 비첼은 곧바로 1층에 나와 식사를 주문했다.

"식사는 그냥 평범한 거로. 뭐, 고기 좀 있으면 좋겠군."

"술은 안 드십니까?"

"아직 낮이야."

"예, 알겠습니다. 오리훈제 괜찮습니까?"

"훈제 좋지."

로무는 기분 좋은 미소를 지었다.

옥르헤틴 수성전 초기에 고기를 먹고는 그 후엔 제대로 식사하지 못했다. 거의 일 년 동안 고기를 입에 대지 못했다. 고기 생각만 해도 기분이 좋을 수밖에 없다.

"그렇게 좋으신가요?"

"하하하. 그래, 얼마 만에 고기냐. 너도 많이 먹어둬라. 곧 전쟁 시작하면 고기 보기가 하늘의 별 따기일 거야."

"예, 알겠습니다."

"아, 그리고 비첼. 다른 사람들한테 하는 말투 좀 바꿔야 하지 않을까 싶다."

"말투요?"

의외의 말이라 생각했는지 비첼의 눈이 동그래졌다. 로무는 시원한 냉수를 벌컥 들이켜고는 말을 이었다.

"아까 그 징집관한테 말이다. 너무 말투가 건방졌다. 직위는 낮아도 나름 귀족일 것이야. 글을 익혔다는 것은 적어도 공부 좀 한 사람이 아니냐?”

“…….”

“어리다고 무시를 받으면 화가 나는 건 당연하지. 하지만 참아야 할 때가 있고 억지로 웃어야 할 때가 있다. 속으로는 열불이 치솟고 당장 상대방을 죽이고 싶어도 웃어야 한다. 그것이 진정 무서운 사람인 법이야.”

“알겠습니다.”

“적어도 나를 대하듯이 말투를 고치면 괜찮을 게다. 그리고 살기를 함부로 내뿜지 마라.”

“살기요? 무슨 말씀이시죠?”

“모르는구나. 아까 그 징집관이 너를 꾸짖을 때 어떤 감정이었지?”

그 물음에 비첼은 잠시 생각하는 표정을 지었다.

“화가 났죠. 자세한 사정은 알지도 못하면서 그러는 것이.”

“죽이고 싶단 생각도 했나?”

그러자 비첼이 손사래를 쳤다.

“아니에요. 죽이고 싶단 생각은 하지 않았어요. 단지 화가 났을 뿐입니다.”

“역시…….”

로무가 고개를 끄덕이자 비첼이 궁금한 표정을 지었다. 그러나 말을 재촉하진 않았다.

“살기란 살인을 해본 사람에게서 자연스럽게 뿜어져 나오는 일종의 분위기나 기세를 의미한다. 호랑이나 몬스터 앞에 서면 몸이 쭈뼛 굳는다고 하지? 그게 바로 살기다. 기세만으로도 사람을 얽맬 수 있는."

"그걸 제가 뿜어냈다고요?"

"그래. 아까 그래서 내가 당황했지. 물론 전투에선 어느 정도 살기가 필요하다. 하지만 평상시에는 아니야. 그저 화가 났다고 해서 자신도 모르게 살기를 뿜어내면 어디서 칼침 맞기 딱 좋지."

"……."

사실 비첼은 살기를 몰랐다. 당연히 살기를 갈무리하고 다루는 법도 몰랐다. 기사들이나 로무 같은 베테랑 병사들은 살기를 충분히 다룰 수 있다. 적절히 감정을 조절해서 살기를 조절하는데, 비첼은 그걸 모르니 단지 분노라는 감정만으로도 거친 기운이 마구 뿜어져 나오는 것이다.

"감정을 억제하고 조절하는 연습을 해라. 그래서 내가 말투도 바꾸라고 한 것이고. 억지로 웃어 보이라는 말도 그 때문이다."

"알겠습니다. 명심할게요."

"그래그래."

로무는 만족스럽게 고개를 끄덕였다. 처음 비첼을 만날 때만 해도 독기로 가득했다. 한데 일 년이 지나면서 점차 인간적인 면모를 드러내고 있으니 로무의 입장에선 흐뭇할 수밖에 없었다.

'내 아들도 살아 있다면 이만하겠구나.'

전쟁 초기 때, 피난을 가다 굶어 죽어버린 아들이 비쳴과 겹쳐 보였다. 아들이 죽고 아내마저도 슬픔을 이겨내지 못해 죽었다. 그리고 고작 열두 살의 딸은 포로로 잡혀 강제로 범해지다가 죽었다.

그 후로 로무는 결심했다.

반드시 붉은 제국의 모든 이를 죽여 버리리라!

불가능한 결심이었지만 그런 목표가 없으면 로무는 도저히 버틸 수 없을 듯했다. 그래서 스스로 병사가 되어 미친 듯이 싸웠고 또 살아남았다. 아마 그의 손에 죽은 제국 병사만 해도 수백은 족히 넘어가리라. 기사도 아니고 일반 병사로서 로무는 거의 전설에 가까운 인물이었다.

"로무 아저씨."

"음? 왜 그러느냐?"

갑자기 비쳴이 가라앉은 목소리로 부르자 상념에서 깨어났다.

"저 사람, 징집소에서부터 여기까지 따라왔습니다. 그 옆에 건장한 청년도 말이죠."

"……"

로무는 슬그머니 고개를 돌려 살폈다. 과연 그곳에는 노인과 칼을 찬 건장한 청년이 있었다.

"그냥 평범한 사람들 같은데."

"아닙니다. 징집소에서부터 저희를 계속해서 주시했습니

다. 그리고 저희가 나오고 조용히 뒤따라 나와서 여기에 들어
왔죠. 주위를 살피는 것처럼 보이지만 계속해서 이쪽에 시선
을 주는 모습이 저희를 살피는 것입니다."

"……."

"무엇보다 저 노인은 카이로에 처음 왔을 때 저희를 바라본
다던 두 명 중 한 명입니다."

"넌 그걸 어떻게 아느냐?"

"그냥 보입니다."

로무의 물음에 비첼은 고개를 갸웃했다.

로무는 로무대로 혼란스러웠다. 자신은 전혀 몰랐다. 카이
로에 들어올 때 자신들을 주시하는 시선을 알아차리지 못했
다. 또한 징집소에서는 사람이 무진장 많았고 시끄러워서 주
위를 살필 수 없었다. 한데 비첼은 마치 모든 것을 다 본 듯이
말했다. 쉬이 믿을 수 없다. 병사로 지내면서 감각이나 눈치만
큼은 누구에게도 뒤지지 않는다고 자신했는데, 비첼만큼은 아
니었다.

처음엔 단지 시야가 넓은 것이라 여겼다. 한데 아니다. 주위
의 모든 환경을 살필 수 있는 능력이다.

"그래. 정말 좋은 능력이구나."

"음?"

"아니다. 그냥 우리는 신경 쓰지 말자. 무언가 용건이 있으
면 말이라도 붙일 터."

"알겠습니다."

그리고 과연 로무의 말대로 그 노인은 식탁으로 다가왔다.

"동석해도 되겠소?"

노인의 물음.

눈이 반달을 그리고 있는 모습이 제법 호감형이다.

하지만 로무는 주위를 살피고는 말했다.

"빈 식탁이 있습니다. 왜 굳이 동석하시려 하는지요?"

"허허, 말동무가 필요합니다. 이 옆에 젊은 친구는 워낙 과묵해서 말이 없거든. 밥 먹을 때 대화할 사람 없으면 어디 밥맛이 제대로 느껴질 리가 있나."

웃는 얼굴에 침 못 뱉는다는 말이 있다. 미소를 지으며 넉살을 부리는 노인의 모습에 로무는 할 수 없이 고개를 끄덕였다. 그러면서 노인과 청년을 재빨리 샅샅이 살폈다. 노인은 그저 평범한 사람이었다. 하지만 청년은 아니었다. 옆에 검을 찬 모습을 보고도 알 수 있었다.

'실력은 있어 보이는군.'

실력은 확실히 있어 보였다. 그러나 기사는 아니고, 일반 병사보다야 월등하다. 단지 검술 실력만 따지면 로무의 한 단계 아래 정도.

로무는 기사급은 아니지만 일대일의 싸움이 아닌 전쟁터에서는 기사도 죽일 수 있는 능력이 있다. 무위가 뛰어난 것이 아니라 싸움을 할 줄 안다는 얘기다. 그런 로무의 한 단계 아래 정도면 흔히 볼 수 있는 수준은 아니다.

"이렇게 됐으니 통성명이라도 하지요. 전 상인인 로드니악

이라고 하오. 여긴 이 친구는 로만스터라고 내 상단의 호위무
사지."

"전 로무고, 이 아이는 비첼이라고 합니다."

"그래, 반갑소. 로만 왕국의 사람을 여기서 보다니."

"……."

"아, 오해하지 마시오. 아까 징집소에서 징집관하고 대화하
는 걸 우연히 들었으니 말이오."

"목적이 뭡니까?"

로무는 빙빙 돌리기 귀찮은 듯, 바로 직언을 던졌다. 그렇게
말하면 상대방은 어느 정도 당황할 법도 한데, 로드니악은 허
허 웃어넘겼다.

"목적이라, 그래. 있지."

"뭡니까?"

"여기 로만스터는 칼 쓰는 솜씨는 일품인데 전쟁 경험은 없
어. 한데 이 친구가 이번에 나라 지키겠다고 덜컥 입대를 해버
렸거든."

"……."

로무가 새삼스레 로만스터를 다시금 쳐다보았다.

과묵한 표정으로 조용히 물을 마시는 로만스터는 로무의 시
선에 반응하지 않았다.

"듣자 하니 옥르헤틴 수성전에도 참전한 베테랑이니 이 녀
석 좀 잘 도와주라고 부탁하러 온 것이오. 그리고 여기 뇌물로
술 한 병 사왔지."

“음!”

자신의 호위무사를 잘 부탁한다고 하니 딱히 뭐라 더 할 수 없었다. 징집소에 있었던 걸 생각해 보면 입대한다는 점은 거짓이 아니고 사실이리라.

더구나 술까지 사 들고 왔는데 더 캐낼 수 없는 노릇이다.

로무는 슬쩍 비첼을 살폈다. 비첼은 의외로 대화에 깊은 관심을 보이지 않고 빵을 뜯어 먹고 있었다.

“무슨 생각을 그리 골몰히 하는가? 여기 술 한잔 들게나.”

“낮엔 술을 마시지 않습니다.”

“어허! 그래도 좀 마시게. 이거 귀한 술이야. 허허!”

로드니악이 술병을 흔들었다. 술병에 새겨진 매실 문양을 본 로무의 눈동자가 동그래졌다.

“이건 로스타주 아닙니까?”

남부의 도시국가인 로스타에서 만들어지는 술이 있는데 사람들은 그걸 흔히 로스타주라고 한다. 돈 주고 사 먹기 힘들 정도로 귀한 술은 아니었지만 맛과 향이 일품이라 인기가 대단한 술이다. 더구나 여기는 로스타하고는 멀리 떨어진 곳이라 쉬이 볼 수 없는 술이었다.

“허허, 잘 알고 있군. 내가 상인일세. 여기는 교역의 중심이기도 한 카이로가 아닌가? 이쯤은 구할 수 있지.”

“음! 한 잔 주시지요!”

그 술에 흥미가 동한 로무는 결국 술을 마셨다.

자고로 사내들의 사이를 돈독하게 만들 땐 술이 최고였다.

아무리 낯선 이라고 하더라도 술 한 잔 같이하면 친구가 된 것 같은 기분이 든다. 로무는 처음 경계하던 마음을 버리고 술을 들었다.

그렇게 하루가 저물고 있었다.

*   *   *

"어땠느냐?"

취기에 얼굴이 잔뜩 붉어진 로드니악이 헤실거리며 물었다. 로만스터가 잠깐 생각에 잠겼다가 입을 열었다.

"일반 병사라고 보기엔 믿기지 않는 자였습니다. 지닌 바 무력도 뛰어나 보이고, 멀리서 볼 때는 검이나 들 수 있을까 싶었던 몸이었는데 자세히 보니 요소요소 근육이 잘 발달 되었더군요."

로만스터는 술자리를 같이한 로무를 떠올리며 말을 이었다.

"또 술을 마시면서도 은연중에 저희를 경계하고 살피는 모습을 봤습니다. 과연 아버지께서 관심을 갖고 지켜볼 만한 사람이었습니다."

"허허허허!"

로드니악은 로만스터의 친부가 아니었다. 하지만 흔히 사람들이 칭하는 로드니악의 아이들은 모두 로드니악을 아버지라 부르고 친부처럼 여겼다. 자신들을 거두고 키워준 이가 다름 아닌 로드니악이었으니까.

로드니악이 고개를 저으며 말했다.

"로무 그자를 말하는 게 아니었네."

"예? 그럼?"

"그 아이, 비첼이란 아이 말일세."

"……."

로만스터는 순간 말이 막혔다.

곧바로 대답을 하려했지만 도저히 생각이 나지 않았다.

사실 로만스터는 거의 술을 마시지 않았다.

술을 마시는 척만 하고 계속 주위를 살폈다. 한데 기억이 나지 않는다.

로무에 대해서는 대화를 할 때마다 다리를 떠는 세세한 습관까지 기억하지만 비첼에 대해서는 이상하게 하나도 기억이 안 났다.

로만스터의 얼굴이 일그러졌다.

"그것이… 기억이 나지 않습니다."

"허허, 그런가?"

"예. 제 불찰입니다."

"아냐, 나도 사실 그 아이에 대해선 제대로 파악하지 못했어. 로무란 사람도 대단한 사람이긴 하지만 그 아이만큼은 아니네."

"예? 하지만……."

비첼이 만일 로무보다 대단한 사람이라면 분명 뭔가를 느꼈어야 했다. 그렇지만 로만스터는 아무것도 느끼지 못했다.

즉, 오히려 아주 평범하다는 얘기와 같다.

"자네가 무슨 생각을 하는지 잘 아네. 하지만 생각을 해보게. 아까 징집소에서 그 녀석이 들어올 때 징집소 사람은 모두 그 비첼이란 아이를 바라보았지."

"그건 단지 어려서 아닙니까?"

"그래, 맞아. 징집소에 고작 열 몇 살로 보이는 소년이 들어왔으니 당연히 시선이 쏠릴 수밖에. 자네도 보지 않았는가? 아리헨티나 준남작한테 당당하게 할 말하고 살기까지 뿌려대던 모습을?"

"예, 기억합니다."

"그게 바로 존재감일세. 무엇을 하든 안하든 간에 은연중에 아우라처럼 뿜어져 나오는 존재감."

"음."

"그렇지만 생각해 보게. 여기 여관 들어와서 우리는 그 비첼이란 아이에게 말 한마디라도 붙여봤는가?"

"……!"

로스터만이 한 방 먹은 듯한 표정을 지었다.

"허허. 그거 보게나. 그 여관에도 소년은 그 아이밖에 없었어. 다 험상궂은 용병이나 새로 입대한 신병들이지. 그러면 징집소처럼 시선이 쏠려야 하는데 그랬던가?"

"아닙니다."

"심지어 우리조차도 몰랐네. 그건 바로 존재감을 지운 거야."

"존재감을 지우다니요?"

"말 그대로일세. 비첼이란 녀석은 우리가 지켜보는 걸 이미 진즉에 알아차렸을 것 같구먼. 그래서 오히려 우리를 살피려고 스스로 존재감을 지우고 관망하는 자세를 취했던 거야. 우리가 살피는 것이 아니라 그 아이가 우리를 살피고 분석하고 뜯어보았던 것일세, 허허허허!"

"그 무슨……."

로만스터는 믿을 수 없다는 눈빛으로 고개를 흔들었다. 그러나 오히려 당했다는 사실에도 로드니악은 무엇이 기쁜지 웃었다.

"고놈, 참 영악한 아이야. 비첼이란 녀석."

*　　*　　*

"본조교는 카이로 신병교육대의 총조교를 맡고 있는 헤론 준남작이라 한다."

연병장에 모인 신병의 숫자는 삼백여 명이었다. 그들은 모두 자원입대한 사람이었는데, 그만큼 로스트 왕국을 사랑하는 애국심이 강한 사내들이었다. 물론 로무와 비첼 같은 특별한 경우도 있었지만 말이다.

"긴말하지 않겠다. 힘든 훈련이다. 아니 지옥 같은 훈련이다. 차라리 죽고 싶단 생각이 들게 만들 정도로 힘들 것이다."

삼백 명 중 백여 명은 그런 총조교의 말에도 태연자약했다.

그들은 바로 퇴역군인 출신이었다. 사십대가 넘는 중년인이 다수였는데 이미 군대를 경험했던 사람들이었기에 헤론이 겁을 줘도 별 반응을 보이지 않았다.

하지만 200명의 다른 신병은 잔뜩 긴장한 표정이었다.

"오늘부터 카이로의 시민들은 이곳을 떠나기 시작했다. 닥칠지도 모르는 전쟁이 아니다. 이미 전쟁은 시작됐다. 내일이나 모래쯤이면 제국의 선전포고가 당도할 것이다."

"음!"

그러나 총조교로부터 전쟁이란 말이 나오자 퇴역군인 출신들의 얼굴에도 긴장의 빛이 어렸다. 이미 전쟁이 시작되리라는 것을 다 알고 자원입대한 사람들이지만, 실제로 나름 지위가 있는 군인한테 전쟁이 나리라는 확신에 찬 말을 듣자 느끼는 바가 달랐던 탓이었다.

"그래서 오늘부로 본래 신병들이 받는 훈련보다 수배, 아니 수십, 수백 배는 강도 높은 훈련이 시작될 것이다. 모두들 잔뜩 긴장하도록. 그대들이 땀을 흘리는 이유는 작게는 가족을 지키고 크게는 나라를 지키는 일이다. 모두 자부심을 갖도록!"

"예!"

"목소리가 작다. 모두들 뒤로 취침!"

"뒤로 취침!"

"그것밖에 안 나오나? 앞으로 취침!"

"앞으로 취침!"

연병장에 있던 모래가 자욱하게 퍼졌다. 악 소리를 내며 기합을 받는 신병들의 모습. 그러나 헤론 준남작은 여전히 불만 가득한 표정이었다.

그렇게 한 시간이 지났다. 한 시간 내내 신병들은 바닥을 구르면서 기합이란 기합을 다 받았다.

"모두 기상."

"악!"

일어난 병사들의 눈빛에는 흉흉한 기색이 가득 담겨 있었다.

모래판 속에서 한 시간을 구른 신병들의 몰골은 볼품없었으나 표정에는 독기가 있었다. 헤론은 이것을 노렸다. 태연하기만 했던 퇴역군인들조차 잔뜩 긴장한 표정으로 정자세를 취하고 있었다.

"금방 한 것은 우리가 계속 해나가야 할 훈련의 강도에 비하면 아주 약하다. 이것도 버티기가 힘들다면 나가라. 잡지 않겠다. 욕하지도 않겠다. 하지만 가족을 지키지 못할 겁쟁이란 비난은 감수하라."

그 말을 끝으로 연병장에 조교들이 걸어 나왔다. 이번 신병들을 교육할 조교들이었다. 하나같이 다 무표정이었고 건장한 체격이었다.

"앞으로 본조교를 도와 훈련을 진행할 교관들이다. 모두들 얼굴을 익히도록."

"악!"

"우선 본격적인 훈련에 앞서 할 것이 있다. 정규군 출신으로 퇴역한 군인들은 좌측으로 나와라.”

그 말에 멀뚱거리던 백 명의 퇴역군인이 좌측으로 빠져나왔
다.

모두들 어리둥절한 가운데 총조교는 쉬지 않고 말을 이었
다.

“그리고 로만 왕국 출신의 병사가 있다고 들었다. 좌측으로
나오도록.”

총조교의 말이 끝남과 동시에 연병장이 술렁였다. 로만 왕
국은 5년이나 되는 시간 동안에도 결코 굴복하지 않고 결사항
전을 부르짖다 처참하게 멸망한 왕국으로 알려져 있다.

카이로의 기사들과 귀족들은 옥르헤틴 수성전 얘기를 누누
이 시민들과 병사들에게 퍼뜨렸다. 국왕부터 노예까지 결사항
전을 부르짖으며 일 년 넘게 제국의 십만 대군을 막아낸 그 이
야기. 그래서 이곳 신병들에게 로만 왕국 출신의 병사는 상당
히 크게 느껴질 수밖에 없었다.

“음. 로만스터, 당분간 못 볼 것 같구먼. 미안하네. 로드니악
님이 옆에 있어달라고 했건만 말이야.”

“괜찮습니다. 가십시오.”

로무는 옆에 있던 땀에 젖은 로만스터에게 말하고는 비첼을
데리고 좌측으로 빠져나왔다.

“응? 소년이잖아?”

“뭐야? 쟤가 병사라고?”

비첼의 모습이 보이자 술렁임은 더욱 커졌다. 로무야 허약

해 보이지만 일단은 어른이다. 한데 비첼은 그런 로무의 가슴 팍에 닿을까 말까한 소년이었다. 당연히 술렁임이 커질 수밖에 없었다.

그러나 그 꼴을 두고 볼 헤론이 아니었다.

"어쭈? 떠들지?"

"아닙니다!"

"눈 돌리지? 모두들 기마자세를 취한다. 실시!"

"악!"

"점심시간까지 현 자세를 그대로 유지한다. 만일 조금이라도 기마자세가 풀리거나 하는 녀석들은 점심을 건너뛰고 저녁식사 때까지 기마자세를 유지한다. 알겠나?"

"악!"

잔뜩 독기가 서린 신병들의 음성을 들은 헤론은 좌측으로 걸어 나왔다.

"여기 퇴역군인 출신들은 체력훈련만 받고 바로 자대배치가 이뤄진다. 그리고 곧바로 전선에 투입될 준비태세를 취한다."

헤론의 말에 퇴역군인들이 술렁였다. 술렁임을 보면서도 헤론은 굳이 그것을 막지 않았다.

현재 한 달 동안 카이로에서 모집한 신병은 총 이천 명. 이들은 모두가 자원한 애국자다. 이천 명 중에서도 약 팔백 명이 로스트 왕국의 퇴역군인 출신이었다.

그러자 카이로의 수뇌부들은 고민에 빠졌다.

팔백 명이나 되는 베테랑이 모였으니 그들을 신병과 똑같이 대우하기엔 문제가 있다는 얘기가 거론됐다.

실제로 전술적 능력이나 무기 사용 능력 등을 비롯한 모든 면에서 우수했다. 재입대를 택할 정도로 애국심 강한 이들은 북방 야만족들과 국지전을 벌이는 북방군 출신이었다. 즉 전쟁을 경험한 몇 안 되는 귀중한 자원들이었다.

그리고 오늘 새벽, 로만 평야에 지금까지 집결된 총 8만 명의 제국군이 움직이기 시작했단 사실이 포착됐다. 강행군으로 움직인다면 짧게는 1주일, 길게는 2주일 내에 뮌센 강 너머에 도착하리라는 첩보가 카이로에 들어왔다.

시간은 촉박했다. 그래서 카이로 수뇌부는 퇴역군인 출신들을 모아 따로 부대를 만들어 예비군 성격으로 운영한다는 방침을 내놓았다.

"모두 조용!"

"……."

"이제 전쟁은 진짜 코앞으로 다가왔다. 그대들은 아직도 뜨거운 가슴을 지닌 애국자다. 저 북방에서 야만족과 싸워왔던 북방군 출신이 대부분이라고 들었다. 그때 익혔던 기술, 전략, 전술들을 아낌없이 이용하여 전쟁에서 이길 수 있도록 해주길 바란다. 이상."

"악!"

"앞에 있는 교관을 따라 이동한다. 모두 무운을 빈다."

퇴역군인 100명은 이렇게 신병교육대에 입소를 하자마자

퇴소를 하게 됐다. 로무와 비첼도 퇴역군인들이 섞인 예비대로 편성이 되었다.

예비대는 총 800명. 한 소대에 40명, 중대는 160명이 배치되어 4개의 소대로 이루어진다. 예비대는 5중대, 총 20소대로 이뤄졌다.

로무와 비첼은 다행히 2중대 3소대로 같은 소대에 배치가 되었다.

＊　　　＊　　　＊

"여기 로무라는 병사 어디 있나?"

은백색의 플레이트 아머를 입은 기사들이 막사 안으로 들어왔다. 예비대가 모인 막사 안에 들어온 기사들은 2중대가 위치한 곳에 다니며 소리쳤다.

로무는 머리를 긁적이며 일어섰다.

"여기 있습니다."

"그대가 로만 왕국군 출신인가?"

"그렇습니다."

"로만 왕국군 출신이 한 명 더 있다고 들었다. 그자는 어디 있는가?"

"여기 있습니다."

비첼이 기사의 말에 벌떡 일어섰다. 그러자 관심있게 지켜보던 퇴역군인들의 눈빛에 의문이 서렸다.

'저 녀석이 로만 왕국군이라고?'

'내가 보기엔 그냥 저 로무란 사람 자식 같아 보이는데.'

'맞을 수도 있어. 옥르헤틴 수성전에선 소년병들까지 징집된 사실을 자네들도 알지 않는가? 소년병이었겠지.'

기사는 비첼을 바라보더니 고개를 끄덕였다.

"소년병 출신인가?"

"그렇습니다."

"그럼 여기서 대기하도록. 로무, 너만 따로 온다."

"알겠습니다."

기사는 망설임 없이 몸을 돌렸다. 로무는 혼자 남겨질 비첼에게 당부의 말을 건넸다.

"아마도 제국군에 대한 정보를 물어보려는 것 같구나. 그런 면에서는 소년병 출신인 비첼 너보다야 내가 훨씬 낫지 않겠느냐? 그러니 괜히 억울한 마음 갖지 말고 여기에서 쉬고 있거라."

"전 어린아이가 아닙니다. 아저씨."

당당하게 말하는 비첼의 모습에 듬직함이 느껴진 로무는 슬쩍 웃고는 기사를 따라 막사를 빠져나갔다.

한참 로무가 나간 자리를 지켜보던 비첼이 시선을 옆으로 돌렸다.

이곳에 오면서 지급받은 브로드 액스(Broad Axe)는 그 흉흉한 기운을 마구 풍기고 있었다.

약 90cm의 길이에 무게는 대략 5kg 정도였다.

비첼이 들고 휘두르기에 그렇게 큰 힘이 들어가지 않았다.

더욱이 비첼은 체격은 왜소해 보여도 근력만큼은 또래보다 훨씬 월등했다. 그 점에 로무는 상당히 놀라지 않았던가? 웬만한 20대 사내보다도 강한 근력을 소유했단 사실에 말이다. 하기야 그 정도 힘은 있어야 사람의 가슴팍을 뚫고 검을 쑤셔 넣을 수 있었으리라.

그래서 그에게 브로드 액스의 무게는 별로 부담되지 않았다. 막대 끝 부분에는 트럼펫 모양의 날이 달려 있었는데 창고에 오래 처박혀 있었는지 약간 녹이 슨 모양이었다. 하지만 비첼은 브로드 액스를 익숙하게 양손으로 잡았다.

쫘악.

'좋아. 오랜만이군.'

브로드 액스를 양손에 쥐자 온몸의 세포가 깨어날 듯이 요동쳤다. 그 기분 좋은 느낌에 비첼은 만족스런 미소를 지었다. 지금보다 더 어렸을 때 아버지를 따라다니며 잡았던 브로드 액스다.

비첼의 아버지는 나무꾼이었다.

그런 아버지를 따라 도끼를 휘두르며 장작을 패고 작은 나무들을 했었는데 그것이 비첼이 놀라울 정도의 근력을 지니게 된 이유였다.

브로드 액스는 전투용으로 사용되는 대형 도끼지만 벌목용으로도 사용된다.

로무의 걱정과는 달리 브로드 액스는 비첼에게 아주 익숙한 무기였다.

'이제 전쟁이 코앞에 왔어. 다시 전쟁이야. 붉은 제국의 개자식들을 죽일 수 있다고.'

비첼의 눈에서 흉흉한 안광이 터져 나왔다. 그의 입이 굳게 닫히고 브로드 액스를 잡은 두 손이 부르르 떨렸다. 바람을 타고 아련히 코끝을 간질이는 전쟁의 향기를 느껴서인지. 비첼의 심정은 복잡하기 이를 데 없었다.

사실 비첼은 소년병으로 징집되지 않았다. 소년병 징집이 있기 전에 그는 스스로 군문을 두드리고 병사가 되었던 몸이었다.

이미 예전부터 그는 전쟁을 찾아 움직이고 있었다. 그러던 와중에 로만 왕국이 무너졌다. 비첼은 옥르헤틴 수성전이 끝나고 기적적으로 살아남아 빠져나왔다. 그리고 로무를 만나고 이곳까지 흘러들어 왔다.

오로지 전쟁을 위해서.

"허, 어린놈이 그거 제대로 들고 전쟁에 참여할 수나 있겠나?"

그때였다.

다른 퇴역군인들과는 다르게 고작 30대 초반으로 보이는 사내가 비첼을 보며 비아냥거렸다. 갑자기 뜬금없는 조롱에 비첼은 그 사내를 노려보았다.

"녀석아. 넌 전쟁이 끝났으면 도망을 치든가 했어야지. 뭘 믿고 여기까지 다시 기어들어 와?"

“…….”

“쯧쯧쯧. 빌어먹을 전쟁, 왜 이리도 다 낙관적인지. 이길 수 있다고 생각하는 건지.”

“그럼 우리가 지기라도 한다는 것이오?”

사내의 말에 발끈한 한 퇴역군인이 잔뜩 독이 오른 목소리로 물었다. 그 퇴역군인은 얼굴에 털이 가득해서 얼핏 산적으로 오해할 법한 외모인 탓에 그가 말을 하자마자 막사 내에 있던 소대원들의 뇌리에 그의 얼굴이 또렷이 각인되었다.

“허? 그럼 우리가 이기기라도 한단 말이오? 붉은 제국 놈들은 역사상 가장 강한 국가가 아니오. 동방무역의 해상권을 꽉 쥐고 동방의 우수한 과학과 기술을 받아들이는 놈들을 뭔 수로 막아?”

“…당신은 그렇게 생각하면서도 왜 자원입대한 거요? 퇴역군인이지 않소?”

그 말에 사내는 표정을 와락 일그러뜨렸다.

“누군 군대 오고 싶어 왔나? 빌어먹을 꼰대만 아니었으면 벌써 수도로 피난을 갔을 거라고! 대충 있다가 어떻게든 살아서 나가야지. 거기 너, 너도 그냥 로만으로 돌아가서 부모님 일이나 도와드려라. 여기서 칼 맞아 뒈지지 말고 말이야.”

사내의 안하무인적 발언에 소대원들의 표정에 불쾌함이 어렸다. 이곳에 있는 소대원은 대부분이 뜨거운 가슴을 지닌 애국자다. 어차피 질 전쟁이라면서 시작하기도 전에 불평불만을 퍼뜨리는 사내의 태도에 모두가 분노했다.

"이거 정말 안 될 놈이군!"

결국 지켜보던 털보 사내가 자리에서 벌떡 일어섰다.

그러나 그전에 먼저 움직인 사람이 있었다.

쾅!

"흐, 흐억!"

사내의 비명.

그리고 사내의 사타구니 앞의 바닥에 박혀든 대형 전투도끼.

"칼 들어, 개자식아."

상처 입은 맹수의 것과도 같은 으르렁거림이 비첼의 입에서 흘러나왔다.

Chapter 02
빼질이, 털보, 그리고 비첼

"이, 이 새끼가!"

"닥치고 칼이나 들어."

"……."

사내는 입을 굳게 다물었다. 비첼의 표정은 흡사 짐승의 표정과 같았다. 군인 시절 민가에 내려와 살인을 저지르던 호랑이를 사냥한 경험이 있는 사내는 상처 입은 호랑이를 보는 듯한 느낌에 빠졌다.

즉, 꼼짝도 할 수 없었다.

어느새 비첼에게서 풍겨져 나오는 거칠기 짝이 없는 살기는 사내의 움직임을 제한하고 있었다.

"셋을 셀 때까지 칼을 들지 않으면 넌 죽는다. 하나, 둘, 셋!"

비첼은 셋을 외침과 동시에 망설임 없이 브로드 액스를 크게 들어 올려 쪼갤 듯 내려쳤다.

채앵!

"큭!"

사내의 입가에서 신음이 터져 나왔다. 순간적으로 자신도 모르게 반응했다. 고작 열 몇 살짜리 아이에게 공포를 느끼고 검을 들었다. 더없이 수치스러운 사실이지만 그것을 생각할 여유는 없었다.

'이 새끼, 진짜였어!'

만일 막지 않았으면 쪼개지는 것은 자신의 머리였으리라.

그렇게 생각하자 사내의 등에 한줄기 식은땀이 흘러내렸다.

후웅!

비첼은 브로드 액스를 크게 횡으로 휘둘렀다.

세찬 풍압이 공기를 찢으며 내는 파공성에 절로 모골이 송연해졌다.

'막지 못해!'

도끼에는 능히 일격에 사람을 죽일 힘이 실려 있었다.

그리고 몸을 옥죄는 살기!

비첼은 명백하게 사내를 죽이고자 한다.

훙!

사내는 바닥에 볼품없이 구르며 공격을 피했다.

그리고 그 순간 사내의 눈이 번뜩였다.

도끼 같은 중무기는 강력한 파괴력을 가지지만 그에 대응하는 큰 약점이 있다. 만일 상대가 피한다면 공격이 들어올 수밖에 없는 빈틈이 생긴다.

'빈틈!'

사내는 그것을 정확히 보았다.

비첼이 횡으로 크게 휘두른 브로드 액스를 피함으로써 비첼은 왼쪽 옆구리를 그대로 드러냈다. 사내는 빠른 속도로 옆구리를 향해 검을 휘둘러 나갔다.

'아차! 죽이면 안 돼!'

순간적으로 휘두르려던 롱소드를 급히 회수한 사내는 그대로 몸을 날렸다. 만일 비첼이 죽게 되면 동료를 죽이게 된다. 동료를 죽이면 당연히 군법에 저촉된다. 군법에 회부되면 무조건 죽는다. 전시상황인 지금에선 참작될 가능성은 없다.

무조건 사형! 아무리 꼰대에게 매달려도 진짜 군인임을 자부하는 꼰대는 오히려 제 아들인 사내를 죽이려고 할 것임이 분명했다.

그렇게 판단이 들자 사내는 비첼을 넘어뜨려 무기력하게 만들 생각을 했다.

퍼억!

"커억!"

그러나 비명은 비첼이 아닌 사내에게서 터졌다.

데구르르!

"크윽!"

신음을 내지르며 얼굴을 부여잡고 바닥을 구르는 사내.

사내가 덮쳐드는 순간 비첼은 그대로 브로드 액스를 바닥에 떨어뜨리고 발차기를 먹였다. 얼굴에 정통으로 발이 들어가자 사내는 순간적으로 정신을 잃을 정도의 충격을 입고 바닥을 굴렀다.

"후."

비첼은 바닥에 떨어뜨린 브로드 액스를 다시 집어 들었다. 만일 브로드 액스를 계속 들고 있었다면 지금 바닥에 쓰러져 제압당한 사람은 비첼이었으리라. 애초에 기사나 무사로서의 자존심 같은 감정이 없는 비첼은 무기를 버리는 행위에 대해 아무런 반감이 없었다.

"죽여줄게."

비첼은 눈앞의 사내를 붉은 제국의 병사와 동일하게 여겼다.

부모를 욕보이고 살해한 그놈들과, 그런 부모의 죽음을 조롱한 이놈이 다를 바 없다고 여겨졌음이다.

그래서 브로드 액스를 휘두르는 데 망설임이 없었다.

후우웅!

파공성을 내며 신의 심판처럼 내려 떨어지는 브로드 액스.

그러나 브로드 액스는 목적을 이루지 못했다.

째앵!

브로드 액스를 쥔 두 손이 부르르 떨렸다.

온힘을 다한 일격이었는데 어디선가 휘둘러진 롱소드에 막히자 팔이 끊어질 듯이 아팠다. 비첼은 눈을 부릅뜨고 앞에 있는 수염 많은 그 털보 병사를 바라보았다. 그가 나직이 말했다.

"그만둬. 동료를 죽이면 사형이야."

"동료가 동료의 사정을 조롱하고 비웃어도 괜찮단 말이오?"

낮게 내리깔리는 비첼의 목소리에는 짙은 분노가 넘실거렸다. 그 분노 탓에 애써 하지 않기로 했던 하오체가 절로 튀어나왔다.

털보가 혀를 찼다.

"감정을 억제하는 법을 모르는군. 네 녀석이 동료라고 여기든 아니든 간에 일단 같은 병사를 죽인다는 행위 자체가 문제야. 저기 누워 있는 뺀질이 녀석도 널 죽일 수 있었는데 죽이지 않았다."

"……."

비첼이 입술을 깨물었다. 사실 이 싸움이 전장이었다면 비첼은 무조건 죽었다. 일격에 죽지 않는다고 해도 큰 상처를 입게 되면 전장에선 살아남을 수 있는 방도가 없다. 그 사실을 떠올리자 비첼은 힘없이 브로드 액스를 내려놓았다.

"거기 무슨 소란이냐!"

그때였다.

밖에서 뜀박질 소리와 함께 기사들이 몰려오자 털보 사내는 황급히 뺀질이 사내를 일으키며 말했다.

"다들 어서 무기를 치우시오! 괜히 칼 들고 싸웠단 소리 들

어가면 오늘부터 완전군장하고 성벽을 오르락내리락할 수도
있소!"

그 말에 지켜보기만 하던 다른 병사들도 부랴부랴 주위를
치웠다. 황급히 핏자국을 지우고 무기를 한쪽에 놓고 부산스
런 모습이었다.

"무슨 소란이야! 나이도 먹은 놈들이!"

"충! 성!"

털보가 군례를 올렸다. 각진 얼굴이 남성스러움을 물씬 풍
기는 기사는 군례를 받으며 말했다.

"충성. 2중대 중대장 모하일 준남작이다. 무슨 소란이지?"

모하일은 주위를 날카롭게 살피며 물었다.

그 모습에 털보는 재빨리 대답했다.

"저, 싸움이 좀 있었습니다."

"싸움?"

모하일은 금세 땀을 흘리며 숨을 고르고 있는 두 사람을 바
라보았다. 사실 털보는 원래 싸움 자체를 숨기려 했으나 모하
일의 눈치를 보니 들통 날 일임이 분명했다. 차라리 그럴 바엔
싸움을 충분히 이해할 수 있는 일로 포장하는 방법이 좋았다.

"예, 중대장님. 원래 그런 것 있지 않습니까. 아무래도 한곳
에 모이다 보니 서로 서열을 정리하는……."

"군기가 아주 빠졌군. 몸이 편하니 싸울 생각이나 하고 말이
야."

모하일이 못마땅한 듯 말하면서 고통스런 표정을 짓고 있는

사내를 바라보았다.

"너, 이름이 노카일이지?"

"충성! 3중대 2소대 노카일입니다."

"자네 아버지가 잘 부탁한다고 말해줬어."

"예?"

노카일, 그러니까 비첼에게 얻어 막고 털보한테 뺀질이란
소리를 들은 사내는 눈을 크게 떴다.

"그 꼰대… 아니, 아버지가 말입니까?"

"그래. 카이로 수비대대 른네 제1중대장님 말이야."

그 말에 놀란 이것은 털보를 비롯한 다른 병사들이었다.

카이로 수비대대라면 카이로 전투병력의 전부였다. 대대의
중대장 중 한 명이라면 직위가 높다. 또한 미하일 중대장에게
서 본 것과 같이 보통 지휘관은 대부분 전술 교육을 받은 기사
출신이다.

그렇지만 지휘관이 모두 기사는 아니다. 기사들이 대부분
지휘관 자리를 차지하는 일은 사실이지만 그렇지 않은 경우도
있다. 노카일의 아버지 른네는 병사로서 가진 실력이 뛰어나
고 전술적인 책략이나 부대 운용 등에 대한 능력이 탁월하다
고 판단되어 중대장 자리에 오른 사람이다.

하여튼 불평불만을 쏟아내며 소대 분위기를 엉망으로 만든
노카일이 제법 뒷배가 있는 신분이란 사실에 다른 소대원들은
비첼을 안타까운 눈빛으로 바라보았다.

그러나 이내 그 시선은 노카일에게 돌려졌다.

“그래, 그래. 매사에 불평불만 많고 뺀질거려서 골칫거리인 아들이니 죽지 않을 정도로만 해달라고 했지.”

모하일이 씩 웃자 노카일의 얼굴은 핏기가 가셨다. 그리고 이내 똥 씹은 얼굴로 중얼거렸다.

“그럼 그렇지. 그 꼰대가 내가 뭐가 이쁘다고…….”

*　　*　　*

모하일 중대장이 나가자 3소대 병사들은 모두 한숨을 쉬었다. 싸움이 일어났으니 내일부터는 피곤해서 움직일 생각도 못하게 잔뜩 굴려주겠다고 엄포를 내놓고 갔던 터였다.

그렇지만 비첼은 그저 무표정한 얼굴로 브로드 액스의 도끼날 부분을 말없이 닦고 있었다. 그런 비첼의 곁으로 털보가 다가와 조용히 말을 걸었다.

“이름이 뭔가?”

“비첼입니다.”

“음!”

비첼은 털보를 쳐다보지도 않고 대답했다. 얼굴도 쳐다보지 않는 모습에 털보는 멋쩍은 듯 길게 난 턱수염을 쓰다듬으며 한참을 말없이 있었다.

“내 이름은 코아락이야. 옛날 동료들은 그냥 털보라고 불렀지.”

“예.”

“로만 왕국에서 왔다고?”

“그렇습니다.”

비첼은 예의 무뚝뚝한 대답을 할 뿐이었다. 그렇지만 코아락이라고 소개한 털보는 기분 나쁠 법도 한데 표정 하나 찡그리지 않고 계속 말을 이었다.

“내 이런 걸 물어보는 게 실례인 줄 알지만 궁금한 게 있네. 물어봐도 되겠는가?”

“하십시오.”

“옥르헤틴 수성전.”

멈칫.

브로드 액스를 닦고 있던 비첼의 손이 멈췄다. 그리고 막사 내에 있던 소대원들의 눈과 귀가 비첼에게 향했다.

“아, 말하기 곤란할 수도 있겠군. 그럼 안 해도 되네. 여기선 워낙 영웅소설에서나 나올 법한 이야기로 소문이 퍼지고 있거든. 국왕부터 귀족, 그리고 가장 하층민인 노예까지 똑같은 마음으로 싸우고 똑같이 죽어나갔다는…….”

“개뿔. 다 개죽음이지. 결사항전을 부르짖으면 뭐해? 결국 다 죽었잖아.”

작은 목소리였지만 그 말을 듣지 못한 이는 없었다. 소대원들의 얼굴이 모두 굳어졌다.

구석에서 조용히 화를 삭이던 노카일의 목소리였다.

“어허! 이 사람이!”

코아락이 화난 표정을 지으며 노카일을 노려보았다. 하지만 노카일은 오히려 콧방귀를 끼며 무시했다. 그러나 비첼마저 무표정한 얼굴로 그를 노려보자 노카일은 뒷머리를 긁적이며 헛기침을 했다.

“흠흠. 뭐 말이 그렇다는 거지.”

“맞소. 다 개죽음이었지.”

“음?”

비첼에게서 냉소 어린 말이 흘러나오자 소대 내 병사들의 얼굴이 묘하게 변했다. 카이로 수뇌부는 옥르헤틴 수성전의 일을 크게 퍼뜨리며 병사들의 의욕을 고취시키고 있었다. 모든 국민이 한마음으로 결사항전을 부르짖다 죽어나간 이야기! 이 얼마나 가슴 들끓는 이야기인가? 특히나 조국을 사랑하는 마음으로 재입대를 선택한 여기 퇴역군인에게는 그 이야기가 아주 크게 다가왔다.

한데 그 현장에 있던 이가 개죽음이라고 말하며 냉소를 하니 뭐라 말할 수 없는 감정이 들었던 탓이다.

“그게 무슨 소리인가?”

“저 뺀질이 자식 말이 맞소. 다 개죽음이었어. 결사항전? 그것 때문에 옥르헤틴의 시민 십만 명이 모두 죽었소. 그 많은 십만 명에서 살아남은 이는 고작 수백이나 될까.”

“……”

“웃기는 일 아니오. 보통 수도가 떨어질 위기면 국왕이나 왕족이나 피난을 갈 터인데, 국왕이 남아서 싸우다 죽을 것임을 천명하고 왕족, 귀족 가릴 것 없이 검을 들었소.”

"음."

코아락은 말을 하지 않았다. 그는 조용히 비첼의 말을 경청했다.

"그뿐이면 다행이지. 무슨 바람이 들었는지, 언제부터 나라를 그렇게 사랑했다고 시민들도 검을 들었어. 여긴 잘못 알려졌더군. 옥르헤틴에서 상황이 급박해지자 시민병을 강제징집했다고 말이야. 하지만 제대로 아시오. 원래 시민병은 시민들이 자원해서 만들어졌소. 수도에 붉은 제국의 군대가 왔을 때 이미 시민들 스스로 옥르헤틴 수호부대라면서 삼만 명의 병사가 조직되었소. 다 병신 같은 일이지. 십만 대군이 몰려오는데 평소에 소 잡는 칼 한 번 쥐어본 적 없는 이들이 죽겠다고 남았지."

"흠흠."

개죽음이라고 중얼거리던 노카일은 차마 고개를 들지 못했다.

시릴 정도의 냉소를 짓고 있는 비첼의 눈에서 보였다.

분노와 슬픔, 그리고 형용할 수 없는 감정.

"대여섯 먹은 아이들도 조막만 한 손으로 돌이라도 들고 날랐고, 아낙중에 돌을 옮기다가 성벽에서 굴러 떨어져 죽은 이도 다수고, 당장 내일 죽어도 이상 없는 노인네들이 죽창 하나 들고 성벽 위에서 버티다 죽었소. 성벽이 무너지면 시체들로 메꾸고 투석기에 올릴 돌이 없어 왕궁을 부수고 그 잔해를 던졌소. 그리고 결국 다 죽었지. 이 얼마나 개죽음이오? 하하."

비첼은 분노하고 있었다. 하오체로 바뀐 말투부터 붉게 물든 얼굴은 그런 감정을 여지없이 드러내고 있었다.

"그런데 난 살아남았소. 그리고 여기까지 왔지. 도저히 참을 수 없더군. 저 뺀질이 놈 말대로 미쳤다고 다시 전쟁터를 찾은 거요. 로무 아저씨나 나나……. 그렇지 않으면 옥르헤틴에서 죽어간 시민들을 볼 면목이 없거든. 또 붉은 제국에게 사사로이 원한도 있고 말이야."

그 말에 듣고 있던 코아락이 크게 한숨을 쉬었다. 그리고 노카일을 죽일 듯이 노려보며 말했다.

"어서 사과하게."

"음… 흠흠. 미안해. 거기, 비첼."

"됐소. 나보다 약한 놈한텐 사과 받지 않소."

"뭐?"

그 말에 노카일이 벌떡 일어섰다.

자존심이 상했는지 그의 얼굴이 달아올랐으나 그 이상의 행동은 할 수 없었다. 소대의 병사는 모두 비첼의 말에 어느 정도 감동을 먹은 듯했고, 실제로 노카일은 비첼에게 맞아 쓰러지지 않았는가.

노카일은 헛기침을 하며 자리를 피했다.

비첼의 말이 미치는 여파는 생각보다 컸다.

발 없는 말이 천 리 간다고, 옥르헤틴 수성전의 생존자가 말한 처절한 전투 이야기는 예비대를 중심으로 퍼져 나가 카이로의 수비대대, 그리고 수도에서 온 중앙군까지 퍼졌다. 결과

적으로 병사들의 애국심을 고취시키고 사기를 증진시켰다.

　비첼은 자신의 말이 미칠 여파를 생각도 못하고 묵묵히 브로드 액스를 닦을 뿐이었다.

＊　　　＊　　　＊

　비첼의 말 이후에 소대원들은 더욱 비첼에게 관심을 가졌다.

　옥르헤틴 수성전의 처절한 전투 이야기를 들은 소대원들의 가슴은 뜨겁게 달아올랐다. 젊은 시절 나라를 위해 매서운 바람이 불어치는 북방에서 싸웠던 기억이 새록새록 떠올랐다. 모두 하나같이 애국심이 투철한 사나이들이었다.

　비첼의 말에 감동을 받았고, 그런 전투에서 살아 나와 다시금 복수를 위해 이곳으로 들어온 어린 비첼이 대단해 보일 수밖에 없다.

　또한 노카일을 쓰러뜨린 발차기 솜씨는 일품이었다. 더욱이 매섭게 휘두르던 브로드 액스도 여기 있는 병사 중에서 자신만만하게 막을 수 있다고 나설 사람이 없을 만큼 대단했다. 자연히 비첼은 화제의 중심이 되었다.

　'음.'

　조용히 마음을 다스리고 싶던 비첼은 미간이 찌푸려졌다.

　그는 조용히 스스로를 지웠다.

　그러자 시간이 흐르면서 놀랍게도 비첼에게 말을 거는 병사가 전무했다. 제각기 서로 얘기를 나눴을 뿐이며, 어느새 비첼은 화제의 중심에서 밀려난 듯싶었다.

'자신을 없애는 기술.'

아버지는 그렇게 말했다.

나무만 해서는 한 가정이 먹고 살기 어려운 법이다. 그래서 아버지는 때때로 사냥도 겸했는데 숲 속의 사냥물을 쉬이 잡기란 요원한 일이다. 덫을 놓고 잡기도 했으나 때론 활을 쏘기도 했고 손도끼를 던지기도 했다. 비첼도 그런 아버지와 함께했다.

동물들을 사냥하기 위해선 아버지가 말한 '자신을 없애는 기술'이 필요했다.

숲 속의 동물은 몬스터들에게서 살아남는 법을 터득한 놈들이다. 후각은 인간보다 수배에서 수백 배는 발달했으며 본능적으로 기척을 느끼고 몸을 피한다. 그런 동물에게 접근하기 위해선 스스로를 지워야 했다.

마치 원래 그랬던 것처럼 자연 속에 존재했던 것처럼 있어야 했다. 거의 일고여덟 살 때부터 아버지를 따라다녔으니 족히 6, 7년은 그런 기술을 연마해 왔다.

하지만 그렇다고 무적의 기술은 아니었다.

애초에 비첼을 찾고자 하는 사람에겐 존재감을 지워도 보일 수밖에 없었다.

"또 그러고 있었느냐?"

어느새 나갔던 로무가 돌아왔다. 비첼은 어설프게 웃으며 그를 반겼다.

"분위기가 이상하구나. 무슨 일 있었느냐?"

로무는 주위를 쓱 둘러보고는 물었다.

카이로의 부사령관이자 기사단장 로젠을 만나고 오던 로무의 눈에 뜨거운 무언가에 빠진 병사들이 보였다.

지금 이 막사에 있는 병사들이 더욱 그랬다. 마치 지금 당장 전투를 해도 손색이 없을 정도로 분위기가 고양되어 있었다.

비첼은 어설프게 웃으며 대답했다.

"병사들한테 옥르헤틴 수성전에 관해 이야기했습니다."

"아, 그러면 이해가 되는군."

"그런데 어쩐 일로 가셨습니까?"

"뭐, 딱히 특별한 이유가 있나."

로무는 머리를 긁적이며 자리에 털썩 주저앉았다.

"별일 없었다. 그냥 이것저것 물어보더라."

비첼은 고개를 끄덕이면서 더 물어보지 않았다. 로무는 상당히 피곤한 모습이었다.

"피곤하십니까?"

"그래. 만난 사람이 여기 부사령관이었어. 기사단장이라고 하더군. 골드락 로젠이라던가?"

"피곤하시겠네요."

"그래. 기사란 놈들이 원래 그렇고 그렇지 않느냐. 그래도 여기 부사령관은 꽉 막힌 사람은 아닌 것 같더라."

로무는 그렇게 말하면서 군장을 풀고 편한 복장으로 갈아입었다. 조금 지나면 저녁 식사 시간이었고, 그때까진 소대원들 간의 친목과 화합을 다지라는 목적으로 내준 휴식 시간이었기에 로무는 벌러덩 누웠다.

그런 로무에게 비첼이 잠시 망설이다 입을 열었다.

"저, 아저씨."

"왜 그러느냐?"

"싸우는 법 좀 가르쳐 주십시오."

"뭐?"

로무가 화들짝 놀라 물었다. 비첼은 쓰게 웃었다.

사실 노카일과의 싸움은 자신의 패배였다. 만일 노카일이 검을 휘둘렀다면 비첼은 막지 못했으리라. 그리고 옆구리가 크게 베여 사망했거나 혹은 치명상을 입었을 것이다.

비첼은 제대로 싸움을 배우거나 무예를 연마한 적이 없다.

진짜 평범한 나무꾼의 자식이었다. 단지 사냥을 나무하는 일보다 좋아해서 활을 보통 사람보다 잘 쏘고 자신을 지우는 기술을 상당히 연마했다는 사실 외에는 그저 특별히 내세울 수 있는 점이 없다.

옥르헤틴 수성전과는 달리 지금 비첼은 소년병이 아니다.

엄연히 정규군으로 출전한다. 옥르헤틴에서 소년병들이 했던 역할은 대부분 보급 부분이었다. 돌을 나르거나 뜨거운 물을 나르는 등의 역할만 하다가, 성벽이 무너질 때 벌어진 싸움에 대부분이 죽었다.

그러니 비첼은 제대로 된 전투를 경험한 것은 아니었다.

앞으로 수많은 전투에 나갈 터인데, 싸움 하나 못하면 어찌 제 몸을 건사하겠는가?

그래서 비첼은 이런 부탁을 한 것이다.

"무슨 일 때문이냐?"

비첼은 방금 전에 있었던 노카일과의 싸움에 대한 이야기를 꺼냈다.

이야기를 다 들은 로무가 걱정스런 눈길로 비첼을 바라보았다.

"그래. 몸은 괜찮으냐?"

"예, 다친 데는 없습니다."

"흠. 싸움이라……."

한참 생각하던 로무가 자리에서 일어서면서 검을 챙겼다.

"따라오너라."

"지금요?"

"오늘 같은 휴식 시간은 얼마 없을 거야. 적들이 이곳에 당도할 때까지 준비도 해야 하고 훈련 강도도 엄청 높아질 터이니, 적어도 오늘 자세는 잡아놔야지."

비첼은 브로드 액스를 들고 로무를 따라나섰다.

로무와 비첼이 도달한 곳은 막사 뒤로 한참을 걸어 나가면 있는 넓은 공터였다.

"이런 곳이 있었네요."

"아까 오가면서 봐둔 곳이다. 자, 무기를 들어라."

비첼은 긴장한 표정을 지으며 브로드 액스를 들었다.

로무에 대해서는 비첼이 잘 안다. 병사지만 그가 죽인 기사도 한 손이 넘을 정도로 뛰어난 싸움 실력을 자랑하는 이가 로무다. 병사란 신분으로 전쟁에서 큰 공을 세운 사람은 로무밖에 없었다.

"나도 무술을 배운 적도, 연마한 적도 없다. 단지 내가 아는 건 적을 죽여야 내가 산다는 것뿐이다."

"……"

"난 수많은 사람을 죽였다. 그들도 생활이 있었고 전쟁이 끝나면 돌아갈 집도 있었을 것이다. 그러나 죽였다. 아무리 그들도 우리와 같은 사람이라 하더라도 적은 분명하다. 조금의 연민이라도 있으면 지는 싸움이다. 무조건 죽인다는 생각만 가져라. 포로? 지휘관이 죽이지 말고 포로로 생포하라고 해도 죽일 마음을 먹고 덤벼들어라. 앞뒤 보지 마라."

"명심하겠습니다."

로무가 한 말은 전쟁에 나설 때 로무가 늘 되새기는 마음가짐이었다. 앞으로 전쟁에 나설 어린 비첼에게는 큰 도움이 될 말이리라. 비첼은 느낀 바가 많았는지 고개를 끄덕였다.

"솔직히 내가 누구에게 가르쳐 줄 실력을 갖고 있는지 의문이 들지만, 원한다니 한번 해보마. 대신 몸으로 체득시켜 주겠다. 나도 누군가에게 배워본 적이 없어 일일이 자세를 교정해 주면서 가르치기 난처하구나."

"알겠습니다."

"그러니 단단히 각오하고. 자, 들어오너라."

까닥.

로무는 검집에서 검을 꺼내지도 않고 손짓했다. 비첼의 얼굴에 잠시 당황한 기색이 스치자 로무가 크게 나무랐다.

"말하지 않았느냐! 싸울 땐 적을 죽인다는 마음만 먹으라고. 내가 무기를 들지 않는다고 당황하지 마라. 오로지 죽인다는 일념으로 무기를 휘둘러라. 적어도 마음이 곧게 세워지면 쉽게 무너지지 않는다."

그 일갈에 비첼의 눈이 빛났다. 브로드 액스를 든 두 손에 힘이 들어갔다. 그리고 비첼은 잔뜩 공격할 공간을 열어둔 로무에게 벼락처럼 달려나갔다.

후웅!

브로드 액스가 크게 궤적을 그리며 휘둘러졌다.

무시무시한 풍압이 대기를 찢고 로무를 압박했다.

그 순간에도 로무는 검을 꺼내지 않았다. 그리고 브로드 액스가 로무의 몸을 절단 내려는 순간!

훅!

"음!"

로무의 신형이 마법처럼 사라졌다. 아주 짧은 찰나의 순간 로무는 바닥에 몸을 바싹 붙이면서 비첼의 하반신을 향해 크게 발을 휘둘렀다.

쿵!

"큭!"

다리를 가격당한 비첼은 앞으로 쓰러질 수밖에 없었다.

그런 비첼의 귓가에 로무의 일갈이 천둥처럼 울렸다.

"첫째, 적의 공격을 끝까지 피하지 말 것이며, 적이 공격에 성공하도록 착각하게 하고 빈틈을 노려라."

"크윽!"

비첼은 그 말을 들으면서 자리에서 일어서려 했다. 그는 넘어지면서 놓친 브로드 액스를 향해 손을 뻗었다.

콰직!

"컥!"

로무가 비첼의 손을 거칠게 짓밟았다. 지그시 밟은 정도가 아니고 뼈를 부서뜨릴 기세로 자비가 없었다. 비첼은 고통에 얼굴이 시뻘게졌다.

"둘째, 적의 손발을 잘라 싸울 수 없게 만들거나, 그것이 안 된다면 무기를 들지 못하게 만들어라. 적이 무기를 잃고 네가 칼을 들고 있다면 거의 싸움에서 이긴 것이다."

비첼은 거친 호흡 소리를 내며 자리에서 벌떡 일어섰다. 로무는 비첼에게서 뿜어지는 거칠기 짝이 없는 살기에 씩 웃었다.

"드디어 제대로 싸울 맘이 생겼구나."

"갑니다, 아저씨."

"그래, 맨손 격투라. 좋지."

손목이 짓밟혀서 브로드 액스를 들고 휘두를 힘이 나오지 않았다. 결국 비첼은 맨손으로 로무에게 달려갔다. 이번에는 방금 전처럼 맹목적으로 움직이지 않고 상대방의 경로를 예측하며 주먹을 휘둘렀다.

그 순간이었다.

샤륵!

"끅!"

비첼의 주먹에서 시뻘건 피가 흘러나왔다.

어느새 꺼내진 로무의 롱소드에서 핏방울이 흘러내렸다. 비첼이 살기 어린 눈동자로 로무를 노려보았다. 로무는 여유롭게 웃으며 응수했다.

"셋째, 적이 무기를 들고 있지 않다고 해서 맨손으로 덤비는 만용을 버려라. 자기 실력을 과신해도 맨손으로 전투에 나서면 만용이자 자신의 목숨을 버리는 병신 같은 행위다."

"……."

비첼은 피가 흘러나오는 주먹을 꽉 쥐었다. 그리고는 아무 말 없이 다시 맨몸으로 달려들었다. 로무는 살짝 인상을 찌푸렸다. 그러면서도 롱소드를 휘둘렀다.

그 순간이었다.

째앵!

맑은 금속음이 들리며 궤적을 그리며 휘둘려지던 롱소드가 멈추었다.

"호오!"

"넷째, 위기의 순간에 목숨을 구해낼 수 있는 숨겨둔 한 수 정도는 가지고 있어라, 아닙니까?"

비첼은 거친 숨소리를 토해냈다. 그의 손에 들린 것은 투척용으로나 쓰이는 작은 핸드 액스.

로무가 씩 웃었다.

＊　　＊　　＊

"틀렸다."

"……?"

"구명절초는 다섯째다. 넷째는… 캬악, 퉤!"

로무는 씩 웃으며 비첼의 얼굴에 침을 뱉었다. 침은 비첼의 크게 떠진 눈동자로 들어갔고, 순간적으로 앞을 못 보게 된 비첼을 발로 차 밀었다.

퍽!

"큭!"

"넷째는 최대한 비겁하게 싸워라."

"……."

설마 눈동자에 침을 뱉을 줄을 몰랐던 비첼은 얼빠진 표정이었다.

로무가 롱소드를 거두며 어깨를 으쓱였다.

"전쟁에선 비겁할수록 싸움을 잘하는 것이다. 일대일의 정정당당한 대결을 원한다면 전쟁에 나가지 말아야지. 기사가 되어서 평생 수련이나 해야 하는 게다."

"알겠습니다."

"때론 침을 뱉고, 바닥에 있는 흙이라도 뿌려라. 가까이 붙어서 싸우게 되면 거침없이 이빨로 물어뜯어라. 그 누구도 비겁하다 욕할 순 없다. 이렇게 해서 싸움에서 이기고, 살아남는 자야말로 전쟁에서의 영웅이다. 자, 넌 비겁한 병사로서 영웅이 되겠느냐? 아니면 영예로운 기사를 꿈꾸느냐?"

로무는 그렇게 말하며 비첼을 바라보았다.

사실 기사란 존재는 모든 사내에겐 꿈이자 우상일 수밖에 없었다. 말을 타고 적진을 향해 용맹하게 돌격하는 기사의 모습은 사나이의 마음을 자극하는 뜨거움이 있었다. 비첼의 나이도 열네 살. 전쟁을 짧게나마 경험한 그로서는 기사를 충분히 동경할 수도 있으리라.

"병사가 되겠습니다."

하지만 비첼은 망설임 없이 의외의 답을 내놓았다. 로무가 눈을 호선으로 그리며 물었다.

"어째서냐?"

"때론 적에게 자비를 베풀고, 귀족법이라고 해서 적들의 귀족을 살려주고 스스로 명예롭다 여기는 기사가 되어 무얼 하겠습니까?"

"음."

"차라리 비겁할지언정 이길 수 있는 병사가 될 겁니다."

"기사가 되면 명예를 얻을 수 있고, 존경을 받을 수 있고, 사람들 위에 설 수 있다. 비록 평민이 기사가 되기란 요원한 일이지만 불가능하진 않다."

사실이 그랬다. 기사는 귀족 출신들이나 될 수 있다고 생각했지만 반드시 그렇지는 않았다. 간혹 평민 출신으로서 대단한 실력을 지니고 큰 공을 세워 기사서임을 받는 사람들도 있었다. 즉, 전쟁에 나서 공을 세우면 기사가 될 수 있다는 사실이다.

"명예를 얻고 싶지도 않고, 존경을 받고 싶지도 않고, 사람들 위에 서고 싶지도 않습니다. 제가 원하는 건 단지 하나, 전쟁터에서 붉은 제국 놈들을 죽여 버리는 것뿐입니다."

그렇게 말하는 비첼의 눈동자가 붉게 타올랐다. 옥르헤틴에서 처음 비첼을 만났던 날, 그때 비첼은 얼굴에 독기를 철철 흘리고 있었다. 차마 어린 소년이라 믿을 수 없을 정도로 독기와 복수심, 그리고 분노로 점철된 그의 얼굴은 작은 악귀처럼 보였다. 지금의 비첼이 그러했다.

로무가 씁쓸하게 웃었다.

"그래. 너도 나랑 같은 팔자구나."

비첼 그리고 로무는 서로 놀랄 정도로 닮아 있었다.

*　　　*　　　*

"아이고 죽겠네."

"성벽이 왜 이리도 높다야……."

예비대 3중대 2소대의 병사들은 성벽을 오르면서 모두 죽는 소리를 냈다. 카이로의 성벽은 정문을 제외하고는 산맥의 능선을 따라 쌓였다. 그 성벽을 오르락내리락하는 체력훈련은 대부분이 40대인 예비대의 병사들에겐 아주 고역이었다.

"거기 누가 떠드나!"

"에크! 모하일 저 새끼, 지랄이네 지랄."

"기사란 놈이 왜 이리도 악독해?"

예비대 3중대장 모하일은 기사라 하기에는 너무나도 악독하게 병사들을 몰아붙였다. 병사들의 나이 때문에 체력에 문제가 있는 점을 알고 있지만 오히려 그는 신병들의 훈련보다 배는 힘들게 훈련을 시켰다.

자연히 불만이 생기게 마련이지만 적들의 선전포고가 당도했다는 사실에 모두 불만을 애써 숨기고 훈련에 임할 뿐이었다.

대부분의 병사가 훈련에 지쳤지만 그렇지 않은 이가 딱 네 명 있었다.

한 명은 이번에 3중대 2소대의 소대장을 맡게 된 로무였다.

그리고 한 명은 비첼에게 맞아 코피를 흘린 뺀질이, 노카일.

또 다른 하나는 털보, 코아락이다.

마지막은 비첼이었다.

어렸을 때부터 나무를 하기 위해 산을 탔던 비첼에게 이 정도 체력 훈련은 충분히 버틸 만했다.

자연히 이 네 명이 선두에 서서 훈련에 앞장섰다.

"자네, 뺀질거리면서 훈련 빠지려 하는걸 보고 체력은 안 좋은 줄 알았는데, 제법일세."

"허, 이보시오. 나 이래 봬도 당신보단 열 살은 젊거든? 근데 당신도 제법이야. 당신 또래의 늙은이들은 저기서 헉헉대는데?"

"북방에서 전투를 치르다 보면 이 정도는 가뿐하지."

호탕하게 웃으며 말하는 코아락을 보며 노카일은 한숨을 내쉬었다. 사실 그는 이것저것 핑계를 대면서 훈련에서 열외할 생각을 갖고 있었다. 그렇지만 모하일은 노카일의 아버지 른네를 언급했고, 결국 노카일은 제일 앞에서 가장 열심히 훈련을 받는 병사가 될 수밖에 없었다.

"어이, 비첼! 넌 어렸을 때 산삼이라도 먹었냐? 왜 이렇게 체력이 넘쳐?"

노카일은 자신보다 앞에서 달리는 비첼에게 소리쳤다.

그러나 비첼은 쳐다보지도 않고 묵묵히 앞으로 나갔다. 노카일은 표정을 와락 구겼다.

"빌어먹을 놈. 아직도 화가 안 풀렸나."

사실 노카일은 가슴속에 미안한 마음을 갖고 있었다.

단지 자존심 때문에 자신보다 스무 살 가까이 어린 비첼에게 사과를 하지 못할 뿐이다. 마음속으로는 미안한 감정을 충분히 지니고 있어서 괜히 좌불안석이었다.

"나쁜 사람은 아닌 것 같구나."

그런 노카일을 바라보던 로무가 비첼에게 말했다.

비첼은 흘깃 불평불만을 중얼거리며 올라오는 노카일을 보고선 한숨을 내쉬었다.

"생각하는 건 저보다 더 어린 것 같습니다."

"하하하. 철이 없어 보이긴 하구나."

로무는 제국과의 전쟁에 대한 경험에 충분한 실력을 갖고 있다고 판단되어 소대장이 되었다. 그래서 소대의 병사들의 성격과 과거이력 등을 살피고 있었는데 그가 보기엔 노카일은 그리 나쁜 성격을 가진 이는 아니었다. 단지 철이 들지 않았을 뿐이다.

'비첼의 말대로 비첼보다 정신연령이 낮은 것 같기도 하고.'

비첼이 애초에 어린아이 같지 않다는 점이 크지만 노카일은 서른둘이라는 나이에 맞지 않게 생각하는 게 어렸다. 또한 스스로 참군인이라 말하는 아버지가 있어 젊은 시절 군대에 얽매여 있다가 퇴역한 지 몇 년 만에 다시 아버지 때문에 억지로 재입대를 한 노카일이었다. 보아하니 진짜 하고 싶은 일은 따로 있는데 오로지 군인이 되기만을 바라는 아버지 때문에 살짝은 엇나간 듯한 사내였다.

노카일을 바라보던 로무는 옆에서 호탕하게 웃던 코아락을 바라보았다.

'북방군 중에서도 수색대 출신이라.'

북방군은 로스트 왕국에서 정예 중의 정예들이다. 끊임없이 왕국으로 내려와 약탈을 일삼는 북방 야만인들과 전투를 벌이는 북방군. 그런 북방군에서도 코아락은 최강이라 부르는 수색대 출신이었다.

'실력은 로스터만 그 녀석보단 못하는 것 같지만, 경험은 무시할 수 없지.'

로드니악이 소개했던 로스터만은 지금 신병대에서 훈련을 받고 있다. 그런 로스터만과 비교해도 코아락은 크게 부족해 보이지 않았다. 나이가 많은 점도 고려했지만 오히려 체력 부분에선 결코 약해 보이진 않는다. 그리고 많은 전투 경험도 있으니 굳이 싸움을 붙여본다면 코아락이 이기지 않을까.

로무는 그렇게 소대원들에 대한 내용을 되짚어보며 훈련을 마무리해 갔다.

* * *

"뮌센 강 너머로 정찰을 나간 수색대원 다섯 명과 연락이 끊겼습니다."

"음."

"연락이 끊긴 지점은 이곳에서 약 나흘 거리, 곧 적들이 뮌센 강 너머로 나타날 것 같습니다."

카이로 수성의 총사령관을 맡은 보디앙 백작은 부사령관 골드락 로겐의 보고에 고개를 끄덕였다. 보디앙 백작은 북방군 출신의 지휘관이다. 로스트 왕국에서 경험이 가장 많고 실력이 우수한 보디앙 백작을 총사령관으로 임명해 중앙군 5천과 함께 보냈다.

현재 카이로 성의 병력 상황은 다음과 같다.

카이로 수비대대 1만 5천, 중앙군 5천, 용병대 2천, 신병 및 예비대 2천.

총 2만 4천 명의 병력이었다.

카이로 성은 수도에서 동쪽에 치우친 성이다. 현재 남부지방의 영주들이 사병을 모으고 있었다. 현재까지 1만의 병력이 집결되었고 일주일 후엔 카이로에 도착한다.

만일 상황이 악화될 시 북방을 포기하고 북방군 4천이 모두 카이로에 올 수 있도록 준비 중이었다.

"제국의 병력은?"

"정확한 수치는 파악되지 않으나 8만으로 산출되고 있습니다."

"8만이라."

거의 4배 차이가 난다. 그럴 수밖에 없다. 로스트 왕국의 모든 병력을 끌어모은다고 해도 5만을 넘기 어렵다. 300년의 평화가 그리 만들었다.

"버티면 되는 싸움이야."

"질 수 없는 전쟁입니다."

같은 결론이다.

결코 질 수 없는 전쟁이다.

이젠 여름철에 들어가고 있었고 장마가 온다. 일주일도 지나지 않아 장마가 온다. 그러면 뮌센 강은 크게 범람하고 적들의 보급선은 끊길 수밖에 없다. 장마가 돌면 역병이 발생하고 무기도 녹슨다. 결국 사기 저하를 불러일으킨다.

즉.

"버티면 이긴다. 버티는 게 이기는 거야."

총사령관 보디앙의 눈이 의지로 타올랐다.

"하지만 아무리 생각해도 이상합니다."

"음? 뭐가 이상하다는 건가?"

보디앙 백작은 불쾌한 얼굴로 골드락을 바라보았다. 골드락은 침착한 표정으로 자신의 생각을 풀어 나갔다.

"제국군이 미련한 놈들이 아닌 이상 상식적으로 장마가 오기 직전에 전쟁을 일으킨다는 것이 이상합니다. 강이 범람하면 보급선이 끊기고 후속 군대도 올 수 없다는 사실은 저들도 잘 알 것 아닙니까?"

"그거야 제국놈들이 정복욕에 정신이 나간거지. 우리 로스트를 로만처럼 생각하니까 그러는 것일세. 여기 카이로는 무너지지 않아."

"그렇지만……."

"부사령관. 자네는 뮌센 강 방어진이나 빨리 구축해."

"알겠습니다."

보디앙 백작은 귀찮은 기색으로 축객령을 내렸다. 골드락은 몇 번 입술을 열려다가 이내 단념하고 밖으로 나갔다.

'뭔가가 있다. 뭔가가…….'

뒤통수를 간질이는 무언가가 있다.

그러나 문제는 그 무언가를 도저히 알 수가 없었다.

제국에 대한 정보가 부족했다. 골드락은 한숨을 내쉬며 뮌센 강에 구축되고 있는 방어진을 향해 말을 몰았다.

"음?"

말을 몰며 성문으로 향하던 골드락의 눈썹이 휘었다.

해가 지고 저녁이 됐건만, 막사 너머에 있는 공터에서 병장기 부딪치는 소리가 들려왔다.

지금 적이 쳐들어올 리는 없으니 병사들 사이에서 나는 소음이리라.

"싸움이라도 났나."

골드락은 표정을 구기며 소음이 들리는 곳으로 향했다.

만일 병사들끼리 싸움이라도 났으면 크게 문책하리라 마음먹었다. 전쟁을 코앞에 두고 전우들끼리 병장기까지 부딪치면서 싸운다는 사실은 크게 잘못된 일이었기 때문이다.

이내 공터에 도착한 골드락은 잠시 가만히 지켜볼 수밖에 없었다.

"말하지 않았느냐! 상대를 죽이고자 마음먹으라고!"

"큭!"

공터에는 한 병사와 병사라고 하기엔 왜소한 체격의 소년이 검과 도끼를 부딪치며 싸우고 있었다. 골드락은 곧 싸움이 아닌 훈련임을 바로 알아차렸다. 사내가 무기를 휘두르면서 끊임없이 자세를 수정하게 했고 무언가를 가르쳤다. 그리고 사내는 골드락도 익히 아는 사람이었다.

'로무라고 했던가? 로만 왕국의 병사.'

제법 기억에 남는 이다. 병사지만 당당했고 자신의 앞에서도 비굴하지 않았다. 무엇보다 전쟁을 앞두고 자신만만한 그 표정이 마음에 들었다.

골드락은 로무가 상대해 주고 있는 소년을 바라보았다.

'저 소년인가 보군.'

예비대에 로만 왕국 출신 병사가 둘 있다고 들었다.

한 명은 골드락이 만나본 로무고, 한 명은 어린 소년이라 들었다. 그 소년이 옥르헤틴 수성전에 관한 일화를 퍼뜨려 병사들의 의욕을 고취시켰단 애기를 들었었다. 그 애기를 듣고 상당히 기뻐하지 않았던가? 병사들의 사기는 곧 전투와 직결되는 일이다.

"음?"

"누구십니까?"

비첼을 지켜보던 골드락은 비첼과 시선이 마주쳤다.

어느새 비첼은 골드락이 이곳에 온 사실을 알고 그를 쳐다보고 있었다. 그제야 로무도 고개를 돌려 골드락을 바라보고는 당황한 기색이었다.

"충성! 부사령관님 아니십니까?"

"음. 오랜만일세."

골드락은 로무의 인사를 받으면서도 비첼에게서 시선을 떼지 못했다.

'내 기척을 느낀 것일까?'

골드락은 공터에 오면서 기척을 숨겼다. 조금 상황을 지켜보고 싶어서였다. 한데 비첼은 그런 골드락의 기척을 느꼈는 지 훈련을 멈추고는 자신과 시선을 마주했다. 비첼의 말을 듣고 나서야 로무도 골드락을 발견하지 않았던가?

'그렇다면 보통이 아니란 얘긴데.'

말 그대로다. 일견 평범해 보이는 소년이지만 생각해 보면 보통이 아니다. 골드락이 마음먹고 기척을 숨기면 기사들도 쉽사리 알아차리기 힘들다. 그러나 비첼은 쉽게 알아차렸다.

'무언가 있는 녀석인가?'

전쟁을 경험해 봐서일까?

소년이었지만 전혀 소년처럼 느껴지지 않았다. 베테랑 병사나 용병을 보는 듯한 기분도 들었다.

골드락의 눈빛은 흥미로운 무언가를 보는 듯했다.

그 시선에 비첼의 표정이 저절로 일그러졌다.

"검을 가르쳐 주고 있었나?"

"아닙니다. 그저 뭐, 전쟁터에서 조금이라도 잘 싸우는 법을 가르쳐 주고 있었습니다."

"그런가."

골드락은 고개를 끄덕이며 말에서 내렸다.

그리고 비첼에게 다가갔다.

"원한다면 나도 한번 가르침을 주고 싶군."

비첼을 바라보는 골드락의 시선에 호기심이 가득했다.

Chapter 03
개전

“원한다면 나도 한번 가르침을 주고 싶군.”

비첼을 바라보는 골드락의 시선에 호기심이 가득했다.

“…….”

예상치 못한 말에 비첼도 말을 잃었다. 지켜보던 로무가 황급히 달려왔다.

“저, 그것이 이 아이는 그렇게 실력이 출중한 게 아니라…….”

“걱정 말게. 단지 내 호기심을 충족시키기 위해서 상대를 조롱하고 희롱하지는 않네. 진심으로 저 아이에게 한 수 가르쳐 주고 싶은 심정이야.”

“하지만…….”

"날 못 믿는가? 물론 저 비첼이란 소년, 아니 병사가 원하지 않는다면 나도 그냥 가겠네."

일시에 로무와 골드락의 시선이 비첼에게 쏟아졌다. 로무는 한숨을 내쉬면서 피하라는 듯한 의미가 담긴 시선을 던지고 있었다. 그러나 비첼은 묘하게 호승심이라는 감정에 휩싸였다. 부사령관이란 위치에 있는 기사가 가르침을 준다는데 거절할 이유는 없다. 또한 기사와 한번 손을 섞어보고 싶은 마음도 들었다.

무엇보다 골드락이 손을 험하게 쓸 위인으로 보이지 않았다.

실제로 골드락은 카이로 내에서 인망이 높은 기사다. 그렇지 않으면 기사단장이 되지도 못했을 것이며, 부사령관의 자리에도 오르지 못했으리라.

비첼이 말했다.

"가르침을 부탁드립니다."

"하하하. 좋군. 내 살살하겠네."

골드락은 마음에 드는 듯 크게 웃으며 검을 꺼냈다. 사실 호기심이 동해서 이런 행동을 하는 게 사실이다.

로무는 골드락이 보기에도 어느 정도 마나만 다룰 수만 있다면 기사가 되어도 모자람 없어 보이는 실력이다. 한데 그런 로무도 자신의 기척을 느끼지 못했거늘, 비첼은 곧바로 파악해 냈다.

그것이 신선한 기분으로 다가왔다.

"음. 잘 부탁드립니다."

더 이상 만류할 수 없다고 느낀 로무가 걱정스런 기색으로 비첼을 바라보며 말했다. 골드락은 고개를 끄덕였다.

"걱정 말게. 다치게 하진 않을 거야."

골드락은 그렇게 말하며 롱소드를 잡고 자세를 취했다. 비첼 역시 브로드 액스를 꽉 쥐고 독기를 잔뜩 품은 시선으로 골드락을 노려보았다.

'오로지 죽인다는 일념으로 무기를 휘둘러라. 적어도 마음이 곧게 세워지면 쉽게 무너지지 않는다.'

비첼의 머릿속에 로무의 조언이 스쳤다. 그리고 브로드 액스를 쥔 두 주먹에 힘을 잔뜩 넣었다. 오로지 죽인다는 일념으로 무기를 휘두르라는 것. 이것이 설령 가르침을 받는 자리라고 한들 비첼은 최선을 다해야만 했다.

'살기라.'

골드락은 비첼에게서 느껴지는 거친 살기에 인상을 찌푸렸다.

"선공을 양보하지."

파팟!

골드락의 말이 끝남과 동시에 비첼의 신형이 벼락처럼 득달했다.

거침없이 달려들 것이라는 점을 예상하진 못했지만 골드락은 침착하게 비첼의 신형을 좇았다.

비첼의 브로드 액스가 좌측에서부터 크게 휘둘러졌다.

쨍!

롱소드가 가볍게 브로드 액스를 흘려보냈다. 도끼 같은 무기와 정면으로 부딪치면 검이 부러질 수도 있다. 물론 골드락의 검은 명검이라 부러지지는 않겠지만 칼날이 상할 수도 있었다. 그래서 비첼의 공격을 부드럽게 흘려냈다.

그런 골드락에게 비첼의 발이 쉴 틈 없이 하단을 노리고 날아들었다.

'호, 격투술을 접목했군.'

공격 자체가 워낙 빨랐고 연속적이었기에 발차기를 피할 수는 없었다. 골드락은 다리에 굳건히 힘을 주고 발차기를 그대로 견뎌냈다.

"음!"

비첼이 짧게 침음성을 내질렀다.

로무와 싸움을 하면서 고안하고 접목하게 된 기술이 바로 격투술이었다. 브로드 액스만 휘두르다 보면 공간이 생긴다는 약점은 필연적이었다. 그래서 비첼은 발차기와 같은 격투술을 적절히 접목시켜 사용했다. 처음엔 어색하고 맞지 않았지만 로무와의 수련으로 차츰 발전해 나갔고 익숙해졌다. 이후에 로무도 상당히 난감해하는 모습을 종종 보여주곤 했다.

그렇지만 골드락은 끄떡도 없었다.

오히려 하단을 노리고 들어간 발이 아팠다.

마치 큰 바위에다 발차기를 날린 듯한 기분이었다.

후웅!

비첼이 그렇게 당황한 틈을 놓치지 않은 골드락이었다.

연속으로 공격이 모두 빗나가자 비첼은 여지없이 빈틈을 보여줄 수밖에 없었다. 그 공간으로 골드락의 롱소드가 거침없이 파고들었다.

마치 공간을 일자로 자르는 듯한 깔끔한 공격이었다.

비첼은 파고드는 롱소드를 끝까지 주시했다. 결코 눈을 감거나 본능적으로 브로드 액스를 들어 막으려 하지 않았다. 브로드 액스로 막기엔 너무 늦었다. 로무가 했던 조언이 머릿속에 스쳤다.

‘첫째, 적의 공격을 끝까지 피하지 말 것이며, 적이 자신의 공격이 제대로 들어갔다고 착각하게 만들고 빈틈을 노려라.’

끝까지 검의 궤적을 지켜보던 비첼. 그리고 검이 비첼의 허리를 양단 내려는 순간 비첼의 신형이 바닥으로 푹 꺼졌다.

“으음!”

골드락이 쓰게 웃었다.

비첼은 거침없이 바닥에 굴렀다.

명예를 중시하는 기사들은 바닥을 구르는 등의 행위를 비겁하게 여긴다. 하지만 비첼은 아니었다. 비첼은 거침없이 바닥을 굴렀고 동시에 손을 뻗었다.

“흡!”

훙!

날카로운 파공성에 침착하던 골드락의 표정에 파문이 일었다.

브로드 액스가 골드락의 발목을 절단 내려는 기세로 공간을 찢으며 달려들었다. 롱소드의 방향이 상체 앞쪽에 있었기에 롱소드로 쳐낼 수 없다.

‘제법인데?’

정형화된 기사들의 검술이 아니라 뭔가 색다르다. 바닥을 구르고 그 상태에서 비겁하다고 할 수도 있는 발목을 노리는 공격이라! 기사 간의 결투에선 볼 수 없는 공격이었다.

골드락은 침착하게 그 자리에서 뛰어오르며 피했다. 하지만 그것은 치명적인 실수였다. 자리에서 살짝 뛰어오르는 순간, 아주 찰나지만 무방비가 된다. 비첼은 그 틈을 놓치지 않았다.

비첼은 브로드 액스를 바닥에 놓고 그대로 몸을 던지며 덮쳐들었다.

설마 무기까지 버리고 덮쳐들 줄은 몰랐던 골드락의 얼굴에 당혹감이 서렸다.

허공에 뛰어올랐다 내려오는 상황이었다. 물론 골드락은 빛처럼 빠르게 움직여 비첼을 충분히 막을 수 있다. 그러나 그렇게 되면 과하게 손을 쓰게 된다. 롱소드를 크게 휘두를 수밖에 없었는데, 애초에 로무에게 다치지 않게 하겠다고 하지 않았던가?

'쿵. 머리를 썼군.'

골드락은 앓는 소리를 내며 달려드는 비첼을 그대로 받아들였다.

쨍그랑!

덮쳐든 비첼은 골드락의 상체를 강하게 밀어뜨리면서 무기를 떨어뜨렸다.

'둘째, 적의 손발을 잘라 싸울 수 없게 만들거나, 그것이 안 된다면 무기를 들지 못하게 만들어라. 적이 무기를 잃고 네가 칼을 들고 있다면 거의 싸움에서 이긴 것이다.'

로무의 조언을 철저하게 따르는 비첼이었다.

골드락의 얼굴에 낭패감이 서렸다.

솔직히 생사결의 결투였다면 골드락이 비첼에게 공간을 허용하지는 않았으리라. 가르침을 준다는 마음이라 허술한 공간이 생길 수밖에 없었고, 또 비첼에게 과하게 손을 쓸 수 없었으니 결국 검을 떨어뜨릴 수밖에 없었다. 사실 골드락으로서는 낭패인 셈이었다.

비첼의 싸움 방식은 거의 용병과 유사했다.

"맨손 격투라도 해보겠다는 것이군."

골드락은 쓰게 웃으며 주먹을 내질렀다. 기사들은 검술뿐만 아니라 격투술에도 능했다. 전체적으로 모든 무술에 능해야 최소한의 기사로서의 소양을 갖추게 되는 법이다.

골드락의 주먹은 매서웠고 일견에도 강해 보였다.

그리고 그 속도가 눈으로 좇기에도 무척이나 빨랐다. 비첼은 그 순간 품속에서 무언가를 꺼내 들었다.

'……!'

골드락의 눈이 크게 떠졌다. 비첼의 몸에서 거친 기운이 마구 쏟아졌다.

독기!

비첼의 눈동자에서 쏟아지는 독기 어린 시선. 그리고 온몸을 마구 헤집는 살기. 그제야 골드락은 자신의 실수를 뼈저리게 깨달았다. 골드락은 가르침을 준다는 생각으로 검을 들었으나 비첼은 자신을 죽이고자 검을 들었다. 서로 마음가짐에 차이가 있었던 것이다. 그것이 골드락에게 방심을 불러왔고 찰나의 빈틈을 만들었다. 비첼은 그 찰나의 빈틈을 거침없이 파고들었다.

"튀엣!"

"이… 미친!"

골드락의 시야가 뿌옇게 흐려졌다. 비첼은 골드락의 얼굴에 침을 뱉어버리고는 벼락처럼 가까이 다가갔다. 동시에 품속에서 꺼내 든 핸드 액스가 골드락을 절단 낼 듯이 휘둘러졌다.

'위험!'

머릿속에서 경종이 울렸다. 핸드 액스는 작지만 강력한 파괴력을 지녔다. 그것이 피부로 느껴지자 골드락은 위험을 느꼈다.

쫘앙!

"커억!"

피를 뿌리며 쓰러진 자는 비첼이었다.

위기의 순간에 골드락은 자신도 모르게 내질렀던 주먹에 마나를 담았다. 순간적으로 강한 힘이 비첼의 몸을 가격했고, 비첼은 마치 힘없는 연처럼 바닥에 쓰러졌다.

"비첼!"

지켜보고 있던 로무가 화들짝 놀라 비첼에게 뛰어갔다.

"음……!"

골드락이 침음성을 흘렀다. 그리고는 침중한 기색으로 자신의 손과 쓰러진 비첼을 번갈아 쳐다봤다. 비첼이 침을 뺄고 시야를 가린 뒤에 두른 핸드 액스에는 일말의 자비심도 느껴지지 않았다. 오로지 상대를 죽이겠다는 살기로 가득해, 위기의 순간 골드락은 자신도 모르게 반응했다. 일반 병사를 상대로 마나를 사용한 것이다. 그것은 골드락에게 큰 충격으로 다가왔다.

"면목 없군. 그 아이를 데리고 의무대로 가보게. 내 이름을 말하면 당장 치료할 수 있을 거야."

"…알겠습니다."

"미안하군. 단지 가르침을 줄 생각이었는데 면목 없네."

"아닙니다."

"내가 괜히 오지랖을 부린 것 같아 미안하네."

"그럼 가보겠습니다."

　로무는 비첼을 등에 업고는 다급히 의무대로 향했다. 공터에 혼자 남겨진 골드락은 크게 한숨을 쉬었다.

　"생각 자체가 달랐었군."

　그것이 맹점이었다. 서로 싸움에 나서는 마음가짐 자체가 달랐다. 골드락은 잠깐 유희를 즐기는 기분으로, 호기심을 충족할 생각으로 비첼을 상대했다. 그러나 비첼은 골드락을 죽이고자 마음먹고 싸웠다. 비첼에게 이건 전쟁에서의 전투나 다름없었던 것이다.

　"전장에선 병사에게 칼 맞아 죽는 기사들도 있다고 하던데, 이런 이유였던가?"

　그런 말을 들을 때마다 얼마나 코웃음 쳤던가.

　무예를 수련하며 자신을 갈고닦는 기사들이 일개 병사에게 죽는다는 얘기를 듣고 얼마나 비웃었던가.

　그러나 지금은 이해할 수 있을 듯했다.

　전장.

　그곳에 나서는 이는 모두 하나같이 절박한 심정이리라.

　적을 죽이고 내가 살아야 한다는 너무나 당연한 생각은 모두를 처절하고 절박하게 만들었다.

　골드락은 그렇게 한참을 서 있다가 이후에 성 밖으로 나갔다.

＊　　＊　　＊

“정신이 좀 드느냐?”

“으음…….”

비첼은 가슴팍에서 느껴지는 고통에 표정을 찌푸렸다.

“크게 다친 것은 아니지만 심하게 움직이지는 말거라.”

“어떻게 된 겁니까?”

기억이 안 나는지 비첼은 골드락과의 대결에 대해 물었다.

“네가 졌다.”

“아…….”

비첼이 아쉬운 탄성을 터뜨리자 로무가 얼굴을 딱딱하게 굳히며 말했다.

“네가 이길 수 있었다고 생각했느냐?”

“…….”

거의 정색한 로무의 말에 비첼은 쉬이 입을 열지 못했다. 하지만 속으로는 기사인 골드락을 당황하게 했고 몰아붙인 점에 희열을 느꼈다. 좀만 더 잘했으면 어쩌면 이기지 않았을까? 속으로 그런 생각이 들었다.

로무는 그런 비첼의 마음을 간파했다.

“만약 전장에서 네가 부사령관님과 같은 기사를 만나 싸웠다면 넌 진작 죽었을 것이다.”

“그게 무슨 말씀이십니까?”

“애초에 싸움에 나서는 마음가짐이 달랐다. 부사령관이 널 죽이겠다 마음먹고 싸웠다면 너에게 선공을 양보하지도 않았을 것이고, 벼락처럼 달려들어 한 번에 널 베었을 것이다.”

어찌 보면 지독하게도 냉정한 말이었다.

"사실 너에겐 빈틈이 많았다. 단지 부사령관님은 널 상하게 하지 않겠다는 약속을 했었고, 그 약속은 곧 명예와 직결된다. 그것 때문에 어쩔 수 없이 네 의도대로 무기를 버릴 수밖에 없었지. 그 상황에서라면 부사령관님 같은 기사뿐만 아니라 나도 달려드는 널 일격에 벨 수 있다."

로무가 하는 말은 지극히 옳은 말이다. 골드락이 생각했던 바와 같이 싸움에 나서는 마음가짐에 차이가 있었을 뿐이다. 만일 전장에서 마주친다면 비첼은 결단코 골드락을 이길 수 없었다.

로무의 지독하다고 할 만큼 냉철한 평가에 비첼은 들뜬 감정을 가라앉혔다. 곰곰이 생각해 보니 로무의 지적은 타당했다. 골드락이 마나를 담은 일격을 날리자마자 비첼은 나가떨어지지 않았던가.

"알겠습니다. 명심하겠습니다."

비첼이 예의 듬직한 목소리로 말하자 로무는 그제야 굳은 얼굴을 풀었다. 그리고는 잔뜩 긴장된 분위기를 풀기 위해 웃음을 지으며 말했다.

"그래도 자신감을 가지는 게 좋다. 네가 했던 공격들은 아주 일품이었다. 아무리 부사령관님이 방심하고 마음가짐 자체가 달랐다지만 그래도 그렇게 할 수 있다는 사실은 네가 대단하다는 증거다."

로무가 냉철한 지적을 한 이유는 전장에서 비첼이 자신의 실력을 과신하게 되지 않을까 싶은 우려에서였다. 비첼의 실력은 전장에서 충분히 살아남을 수 있을 정도는 됐다. 애초에 로무가 했던 조언은 싸움에서 살아남는 법에 가까웠고, 비첼은 그것에 충실했다. 골드락을 당황하게 했던 수법은 모두 로무의 조언에서 비롯된 것이 아니던가?

그러나 전장에서 자신의 실력을 믿고 기사들에게 달려든다면 생존 확률은 절반으로 뚝 떨어진다. 기사란 존재는 마나를 다룰 수 있다. 그 사실은 일반 병사가 기사를 이기기란 아주 요원한 일임을 말해준다.

물론 전장이라는 특수한 상황이 그것을 바꾸기도 하지만 기사를 상대한다는 일은 매우 위험했다. 그랬기 때문에 로무는 비첼을 정신 차리게 할 필요가 있었다. 다행히도 로무의 말이라면 굳게 믿는 비첼은 고개를 끄덕였다.

"그럼 몸 편히 쉬거라. 아무리 건강하다고 해도 마나에 맞은 상처는 쉬이 낫지 않는다."

"알겠습니다."

비첼은 당장에라도 일어서서 로무와 수련을 하고 싶었지만 꾹 참았다. 적어도 로무의 말은 틀린 적이 없었고 1년의 시간 동안 비첼과 로무의 사이에는 신뢰라는 끈끈한 선이 연결되어 있었다.

"무리하지 말고. 난 이만 가보마."

"예, 들어가십……."

땡땡땡땡땡!

로무가 웃으며 떠나려는 순간이었다. 성의 망루탑에서 울리는 타종 소리에 로무와 비첼의 표정이 모두 딱딱하게 굳었다. 의무대에 있던 위생병들의 표정도 사색이 되어 있었다.

"설마……."

"모의전투가 있다는 말은 못 들었다. 난 지금 당장 나가보마!"

로무는 급하게 풀어놓은 롱소드를 벨트에 매고는 의무대 막사를 나섰다. 비첼도 따라나서고 싶었으나 가슴을 울리는 고통은 아직도 가시지 않았다.

'드디어… 왔는가?

심장이 방망이 쳤다.

잊혀지지 않는다. 제국 기사의 랜스에 꼬챙이처럼 박혀 울부짖는 어머니. 비첼을 살리고자 도끼 하나만 들고 군대 앞을 무모하게 막아서던 아버지.

쫘악.

부르르!

두 주먹을 꽉 쥐자 손톱이 살갗을 파고들어 피를 냈다. 그의 얼굴에 분노에 가까운 독기가 번들거렸다.

'오라. 제국이여!'

붉은 제국이 왔다.

개전(開戰)의 알림이었다.

*　　　*　　　*

"용병대, 위치로!"

마침 뮌센 강 방어선에 나와 있던 골드락은 뮌센 강 너머에 나타난 수백의 기마를 보고 표정을 굳혔다. 붉은색의 갑옷을 입은 그들의 모습이 붉은 제국임을 알려주고 있었다. 거의 한 달 가까이 방어선을 구축하던 용병대가 각자 방책 뒤로 몸을 숨겼다.

카이로는 뮌센 강이라는 천연의 장벽을 이용하기로 했다.

아직은 비가 내리지 않아 수위가 그리 높지 않았다. 깊은 곳은 성인 남성 가슴까지 물이 차오르지만 충분히 건널 수 있다. 그렇지만 그것은 경보병에나 해당하는 말이지 중장보병이 건너기란 힘들었다. 건너다가 갑옷의 무게를 이겨내지 못하고 휩쓸리리라.

그래서 카이로의 수뇌부는 강을 건널 수 있는 다리를 모두 끊어버리고 강 근처에 있던 경작지를 모두 불태웠다. 그리고 곳곳에 세워진 민가 사이사이로 돌무더기들과 나무로 방책을 세우며 방어진을 구축했다. 그리고 가장 위험한 뮌센 강 방어진에는 용병대가 배치됐다.

"숫자를 보아하니 본대는 아니고, 정찰병인 것 같습니다."

"대략 500명 정도인가?"

"그렇습니다. 생각보다 적들의 본대가 더 빨리 도착할 것 같습니다. 빠르면 내일, 늦어도 내일모레 아침이면 도착합니다."

부관의 말에 골드락은 침중한 표정을 지었다.

조금만 시간이 있었으면 방어진은 더없이 견고한 방벽이 되었으리라.

그러나 이미 흘러간 시간은 어쩔 수 없다.

지금 구축한 방어진으로도 충분히 며칠을 방어할 수 있으리라.

아니, 뮌센 강이라는 천혜의 장벽이 있는 이상 잘만 하면 장마가 올 때까지 적들을 여기서 고착시킬 수 있을지도 몰랐다.

"적들의 정찰병을 이대로 내버려 둡니까?"

"어쩔 수 없다. 강을 건너서 적들을 섬멸하기엔 상황이 여의치가 않아."

"저에게 기사 100명만 주십시오. 가서 모조리 죽이고 오겠습니다."

골드락이 고개를 저었다.

"강을 건너면 이미 적들은 도망쳤을 것이다. 어쩌면 함정일지도 모른다. 괜히 경거망동하지 말게. 우리의 목적은 카이로의 수호, 더 나아가 로스트 왕국을 지키는 일이다. 오로지 버티면 되는 일이야. 적들을 섬멸할 필요가 없어."

"…알겠습니다."

부관은 용맹스럽게 나아가지 못한다는 점에 실망한 눈치였지만 어쩔 수 없이 고개를 끄덕였다. 여기서 골드락의 권위는 절대적이었고 지휘체계로도 카이로에서 두 번째였다. 또한 골드락의 말은 구구절절 맞는 말이었다.

"그래도… 나도 돌격해서 싹 쓸어버리고 싶군."

강 너머를 바라보는 골드락의 이빨이 거칠게 부서지는 듯했다. 적들의 정찰병은 이쪽을 보면서 마치 조롱하듯이 말을 몰고 유유히 산책을 하듯이 걷기도 했다. 심지어는 말을 데리고 강까지 내려와 물을 먹이기도 했다. 몇몇 병사들과 기사들이 그 모습을 보고 분개했으나 골드락은 참았다.

"용병대에는 궁병이 없으니……. 카이로 수비대대 오천 명을 이곳에 배치시키게. 궁병을 이천 명 이상으로 구성해서 배치하게."

"알겠습니다."

원래 계획은 이천 명의 용병대가 방어진에서 적들을 막는 것이다.

뮌셴 강은 무척이나 길었다. 만일 적들이 정면을 돌파하게 될 경우, 일단의 병력으로 크게 우회해서 폭이 넓고 수위가 낮은 부분이 있는데 그곳을 건너오게 되면 방어진은 순식간에 포위된다.

그래서 가장 위험한 위치였고 수뇌부에서는 돈만 쥐어주면 부릴 수 있는 용병대를 그곳에 배치한 것이다. 물론 어느 정도 카이로 정규군이 있었지만 그 수는 부족했다.

하지만 골드락은 이곳에 와서 생각이 바뀌었다.

방어진을 잘만 이용하면 전쟁을 오랫동안 이 자리에서 고착시킬 수 있을 듯한 예감이 들었다. 그래서 과감히 정규군 5천을 이곳에 배치할 생각을 했다.

'적이 우회해서 몰래 강을 건너는 일은 정찰병을 끊임없이 운용하면 어느 정도 잡을 수 있다. 그것도 부족하면 마법사를 이용할 수밖에.'

마법사는 대륙 전체에 극도로 희귀한 존재다.

로스트 왕국에 속한 마법사가 다 합해도 이십 명이 안 됐으니 오죽하겠는가. 현재 카이로에 나와 있는 마법사는 여섯 명. 이중 두세 명만 이용해도 강의 상황을 충분히 살필 수 있으리라. 다만 그렇게 되면 적들의 마법사를 막아내기 힘들어지지만 나머지 네 명으로 오로지 방어에만 힘쓰게 하면 그리 큰 피해 없이 막아낼 수 있으리라고 생각이 들었다.

'그리고 방어진 후방에 기사단과 예비대를 배치한다. 만일 본대와 떨어져 우회해서 강을 건너는 병력이 발견되면 그 즉시 출동해서 격퇴한다.'

예비대는 중앙군을 제외하곤 사실상 가장 경험 많고 실력 있는 부대다. 거기에 카이로에 있는 기사 500명 중 200명을 후방에 배치하면 적들의 별동대를 충분히 격파할 수 있으리라.

'중앙군도 배치할 수 있으면 좋으련만.'

무리한 도박을 할 수는 없다. 만일 적들이 조금의 병력이라도 따로 빼돌려서 크게 우회한 뒤에 강을 건너고 산을 타서 성벽을 공략한다면 낭패다. 아무래도 그쪽엔 병사가 적었고 경계가 부족했다. 이러한 상황과 여러 변수를 충분히 고려하기 위해선 중앙군은 카이로에 있어야 했다.

'할 수 있다. 우리 로스트는 로만처럼 무너지지 않을 것이

다. 반드시… 반드시.'

달빛이 비치는 뮌센 강을 바라보는 골드락의 두 눈이 열망으로 타올랐다.

개전(開戰).

붉은 제국과의 본격적인 전쟁이 이틀 앞으로 다가온 시점이었다.

*   *   *

전시상황임을 알리는 '개전' 명령이 떨어지자, 카이로는 그야말로 뜨거운 용광로처럼 달아올랐다. 지금까지 전시 준비 상황이었지만 이젠 진짜 전쟁이다. 적들의 정찰병이 뮌센 강 너머에 나타났기에 오늘이나 아니면 내일 새벽녘에 적들이 몰려올 거란 사실은 모두가 다 알고 있었다.

병사들은 아직 카이로에 남아 있던 시민들의 피난을 적극 장려하고, 동시에 수성을 위한 비축물자를 모으는 작업에 열을 올렸다. 지금 카이로에는 족히 4개월은 버틸 만한 보급품이 있으나 전쟁에선 물자가 아무리 많아도 모자란 법이다. 다만 다행인 점은 수도로 향하는 후방을 통해 계속하여 지원과 보급을 받을 수 있다. 장마가 오면 보급이 끊길 수밖에 없는 제국에 비해 훨씬 사정이 좋았다.

카이로는 그렇게 활발하게, 또는 다급하게 움직이고 있었다.

모두가 움직이는 가운데 총사령관 보디앙 백작은 분노를 참지 않았다.

"이게 지금 무슨 일인가! 누가 마음대로 병력 배치를 바꾸라 했지?"

보디앙 백작은 바뀐 병력 배치에 불같이 화를 냈다. 골드락은 침착한 어조로 말했다.

"제가 임의로 병력 배치를 바꿨습니다."

"로겐 경! 누가 명령 없이 배치를 마음대로 바꾸라고 했나?"

"적들의 공세가 임박했습니다. 회의를 열어 결정하기엔 사안이 급박했기에 어쩔 수 없었습니다. 바로 사령관님께 알릴 생각이었습니다."

"그래도 이건 엄연한 월권행위야!"

"죄송합니다. 사령관님."

골드락은 허리를 숙이면서까지 사과를 했다. 그러자 보디앙은 앓는 소리를 내며 고개를 휙 돌렸다. 자신의 명령 없이 마음대로 배치를 바꾼 행동은 분명 마음에 들지 않았으나 골드락의 배치 설명을 들은 이상 더 뭐라 할 수도 없었다. 지금의 배치 이유는 적절했고 타당했으며, 어쩌면 카이로 성의 성벽에 적들의 피가 묻지 않고 뮌셴 강에서 전선이 고착될 수도 있었으니까.

그러나 평소 골드락이 카이로 내에서 기사들의 절대적 지지를 받는 것이 영 못마땅한 보디앙은 마지막으로 한마디를 던졌다.

"앞으로 똑바로 행동하게. 자네가 부사령관이지만 난 카이로의 총사령관이야. 사소한 것 하나까지 내 명령 없이 이루어질 순 없어."

"…알겠습니다. 명심하도록 하겠습니다."

"쯧. 가서 방어진이나 살피게. 자네가 병력 배치를 마쳤으니 방어진은 자네가 지휘해야 하니까 말이야."

"예. 그럼 먼저 움직이겠습니다."

고개를 숙이며 인사하는 골드락. 하나 보디앙은 그 인사를 받지도 않고 몸을 돌렸다.

부사령관은 전시 상황에서 서열 2위다. 그런 부사령관인 골드락을 대하는 보디앙의 행동은 분명 문제의 소지가 있었다. 그렇지만 골드락은 그저 침착한 얼굴로 성 밖을 바라볼 뿐이었다.

오히려 화를 낸 이는 골드락의 부관이었다.

"어이가 없군요. 어찌 저리도 예의가 없답니까?"

"……."

"참나. 부사령관님은 엄연한 귀족 작위에 기사단장, 그리고 지금 서열 2위가 아닙니까? 아무리 총사령관이라고 해도 저래도 된답니까?"

부관은 카이로에서 골드락과 동고동락했던 기사였다. 당연히 골드락을 대하는 보디앙의 태도에 분노를 참을 수가 없었다.

"경거망동하지 마. 지금은 전시다."

"하지만… 이건 아닌 것 같습니다."

골드락은 한숨을 내쉬며 부관을 바라보았다. 뭐라고 한 소리 들을 것 같은 분위기에 부관은 바짝 긴장했다. 그러나 이어진 골드락의 말은 전혀 의외였다.

"그래. 자네 말에 나도 동의하네."

"예?"

"보디앙 백작은 북방에서 경험을 쌓은 군인 출신이지. 근데 그것이 더 문제가 되네."

"경험을 쌓았다는데… 문제라뇨?"

부관은 고개를 갸웃했다. 아무리 전쟁이 없는 로스트 왕국이라 해도 북방에서는 야만인들의 끝없는 노략질이 있었고, 그것을 막는 북방군은 중앙군과 더불어 로스트의 정예병들이었다.

그런 북방에서 명성과 경험을 쌓은 보디앙 백작.

오히려 그것이 더 문제가 되다니?

골드락은 차분하게 말을 이었다.

"우리의 상대가 고작 북방의 야만인인가?"

"…아!"

"북방에서 야만인들이 군대를 조직하여 수만 명이 침략한 적이 있던가? 고작 수십 명, 많아야 수백 명이 민가를 약탈하고 노략질하는 것뿐이지 않나? 보디앙 백작은 그것에 익숙해져 있네. 차라리 아무것도 모르면 깊게 생각하고 심사숙고라도 하겠지. 근데 오히려 야만인들과의 자잘한 전투에 익숙해져 이 대규모 전쟁을 야만인들과 싸울 때처럼 대할까 봐 난 겁이나."

"설마… 그러겠습니까?"

끔찍한 일이다. 제국군은 북방의 야만인이 아니다. 동물 가죽으로 대충 옷을 만들어 입고 노략질만 해대는 야만인 따위하고 제국군은 비교할 수 없다.

"보디앙 백작은 속이 좁고 편협하다. 또한 특권 의식이 있고 오만하지. 내가 아니면 안 될 것이다, 가장 경험 많은 이가 나밖에 없다 하고 속으로 수없이 생각하는 자야."

"음……."

"결국 내가 욕을 먹더라도 이렇게 할 수밖에 없어. 일단 지금은 전쟁이니까. 그러니 자네도 괜히 밑에 기사들에게 불만을 표출하지 마. 보디앙 백작은 엄연한 총사령관이고 중앙군을 이끌고 왔어. 괜히 내부에서 흔들릴 필요가 없단 말이야."

냉철하게 상황을 분석하고 판단한 골드락이었다. 부관은 더이상 불만을 터뜨리지 않고 고개를 끄덕였다.

"명심하겠습니다."

＊　　＊　　＊

뮌센 강 방어진 후방에도 막사가 지어져 있었다.

예비대 800명과 기사 200명, 그리고 기사를 따르는 종자와

보병 400명까지 합해서 총 1400의 병력이 후방에 집결됐다. 이미 임무를 하달받은 예비대는 각자 무기를 점검하며 휴식을 취하고 있었다.

비첼도 몸이 다 낫진 않았지만 소대에 복귀해 무기를 점검하고 있었다.

"몸은 괜찮으냐?"

"조금 욱신거리긴 하지만 괜찮습니다."

"어디 한번 보자."

로무는 걱정스런 기색을 숨기지 않고 비첼에게 다가왔다. 하기야 그럴 수밖에 없다. 아무리 신체 건강한 남성이라고 해도 마나를 담은 공격을 정통으로 받으면 족히 이 주일은 요양해야 했다.

비첼은 거부감 없이 상의를 벗었다.

가슴 한 부분에는 희미한 주먹 자국이 남아 있었다. 로무는 이상하다는 듯이 고개를 갸웃했다.

"허. 이상하군."

"무슨 문제가 있나요?"

"그래, 이것도 참 문제라면 문제구나."

"예?"

"너무 빨리 나았다."

그게 무슨 문제가 되냐고 비첼은 어깨를 으쓱했다.

"신체 건강한 성인들도 그 정도 마나에 당했다면 이 주일은 누워 있어야 하는데, 벌써 흔적마저도 희미해지고 있는 것은 단지 빨리 낫는다는 얘기론 설명이 안 되는데……."

"제가 워낙 신체 건강 하지 않습니까."

비첼은 희미하게 웃었다. 최근에 대략적이나마 비첼에게서 어떻게 살아왔는지 들은 로무는 고개를 끄덕였다. 그렇지만 완전한 의문이 풀리지 않았는지 약간은 미심쩍은 눈빛이었다.

비첼은 그런 로무의 반응을 이해할 수가 없었다.

원래 어렸을 때부터 몸이 건강했던 비첼이었다.

그래서 흔한 자잘한 병치레도 한 적이 거의 없다. 상처를 입어도 며칠이면 털고 일어났다.

비첼은 로무의 반응에 평소 궁금했던 바를 질문했다.

"마나란 게 뭐기에 그런 겁니까?"

"음. 정녕 모르느냐?"

"예. 기사들이나 마법사들이 마나란 걸 다뤄서 강하다는 얘기는 많이 들었지만 자세한 내용은 모릅니다."

"마나란 건 기사들의 힘의 원천이다. 기사들이 전투에서 혼자 수십 명을 죽일 수 있는 이유가 그것이다. 수십 명이 달려들어도 꼼짝 안 하는 게 기사다."

"그게 마나 때문입니까?"

"그렇지. 마나가 풍부하다면 끊임없는 체력과 도저히 항거할 수 없는 거력을 지니게 되고, 칼날은 한없이 날카로워져서 강철마저 자르게 된다. 물론 마나가 몸속에서 고갈되면 기사들도 그저 칼질 잘하는 병사에 불과하겠지만 말이야."

"대단하군요."

비첼은 순수한 감탄을 터뜨렸다.

"물론 기사를 죽일 방법이 없는 게 아니야. 마나가 고갈되면 순식간에 약화되는 게 기사들이지. 또 모든 기사가 마나를 자유로이 다룰 수 있는 것도 아니고."

"마나를 다룰 수 없는데도 기사가 될 수 있나요?"

"물론이다. 마나를 다룰 수 있는 기사는 실제로 많지 않다. 왜냐하면 마나는 타고나야만 된다."

"타고나야 된다니요?"

비첼은 고개를 갸웃거렸다. 로무는 머리를 긁적이면서 말했다.

"나도 일반 병사라 잘은 모르지만 주워들은 사실대로라면 애초에 혈통에 따라 마나를 활용할 수 있는지 없는지가 결정된다고 한다."

"애초에 태어날 때부터 결정된단 말입니까?"

"그래. 그래서 일부 혈통을 중심으로 기사 가문이 만들어지고 그곳에서만 마나를 다룰 수 있는 진짜 기사들이 나오는 거지. 하나 이 혈통이 아무리 많다고 해도 모든 이가 마나를 잘 다룰 수 있는 것은 아니다. 그렇기 때문에 모든 기사가 마나를 다루는 것도 아니란 얘기다."

"그렇군요."

"실제로 카이로에 있는 500명의 기사 중 진짜배기 기사라고 말할 수 있는 자는 백 명도 채 안 될 거다. 그렇지 않은 기사들은 수십 명을 상대할 순 없어도 체력이 뛰어나고 검술에 조예가 깊은 이다. 이들만 해도 일반 병사하고 비교할 수 없이 강하지."

"알겠습니다. 하여튼 마나란 것은 하나의 특권에 가깝군요."

"그렇지. 뭐, 마법사들의 마나는 조금 다르다고 들었지만 그쪽엔 아는 게 없구나."

비첼은 곰곰이 생각에 잠겼다. 사실 마나에 당했다는 사실을 알고 혹여 그것을 어떻게 익힐 수 있지 않을까 고민했었다. 마나만 얻을 수 있으면 기사들도 쉽게 이길 수 있고, 전쟁에서 제국의 병사도 수없이 죽일 수 있으리라는 생각 때문이다.

한데, 혈통에 따라 결정이 된다하니 별도리가 없다.

'단념하자. 내가 어쩔 수 없는 부분이다.'

애초에 타고나야만 되는 거니 비첼의 노력 여부에도 별수 없다. 비첼은 빠르게 단념했다. 하나의 특권이나 마찬가지이니 더 이상 얽매일 필요도, 생각할 이유도 없었다.

그런데 그때였다.

둥… 둥…….

"음?"

어디선가 희미하게 들려오는 소리에 비첼의 귀가 쫑긋했다.

비첼은 생각을 정리하던 일을 멈추고 소리에 귀를 기울였다.

둥… 둥… 둥…….

소리는 일정한 박자에 맞춰 점점 커져가고 있었다. 즉, 그

애기는 소리의 근원지가 다가오고 있단 뜻이었다.

"이건 북소리인데?"

가만 듣고 있던 노카일이 중얼거렸다. 막사 내에 있던 병사들은 모두 소리에 귀를 기울이고 있었다.

"북은 진군할 때나 쓰는 건데……."

로무는 드디어 올 것이 왔다는 표정을 지으며 막사를 벗어났다. 비첼 역시 황급히 브로드 액스를 꽉 쥐면서 막사 밖으로 나왔다.

막사 밖에는 이미 많은 병사가 나와 뮌센 강을 바라보고 있었다.

꿀꺽.

누군가 마른침을 삼키는 소리가 들릴 정도로 주위는 고요해졌다.

폭풍우가 쏟아지기 전의 긴장감이 이러할까?

"오는군."

비첼의 눈에 보였다.

붉은 갑옷을 입고 붉은 깃발을 휘날리며 행차하는 붉은 물결.

붉은 제국의 대군이 왔다.

*　　　*　　　*

"왔군."

골드락이 눈을 빛냈다. 드디어 뮌센 강 너머에 붉은 제국의 대군이 몰려왔다. 초기 예측보다는 하루, 이틀이나 단축한 속도였다. 하지만 골드락은 당황하지 않고 철저히 준비했다.

"적의 총사령관은 누구인가?"

"제국의 최고 무장이라는 안드레이 류블로프라는 사람입니다. 로만 왕국 점령전 때 하급지휘관으로 참가해 지금은 군부를 휘어잡은 위치까지 오른 입지전적인 인물이죠."

"안드레이 류블로프라……."

골드락이 그 이름을 입안에서 한참 곱씹어보았다. 왠지 만만치 않으리란 직감이 곧바로 들었다.

"내일 새벽이나 아침에 공격하겠군."

"아마도 그럴 것 같습니다."

옆에 있던 부관이 골드락의 말에 동의했다. 적들은 예상보다 빠른 속도로 뮌센 강에 도착했다. 즉, 그 얘기는 쉬지 않고 강행군을 했다는 사실에 직결된다. 병사들이 피곤해하는 상태에서 공격을 범하지는 않으리라.

그 생각은 당연했고 상식적으로 옳은 얘기였다.

그러나… 제국은 상식으로 생각할 수 있는 군대가 아니었다.

뿌우우우우!

뮌센 강 저 너머에서 뿔고동 소리가 울렸다.

동시에 진군을 멈추었던 제국의 병사들이 마치 물결처럼 쏟아졌다.

“적, 적이 옵니다!”

당황한 부관이 외쳤다.

적들이 오고 있었다. 당도하자마자 바로 공격을 한다? 그것도 강을 건너야 하는 공격을? 골드락도 당황했는지 침착한 표정에 약간의 파문이 일었다.

“적 기마병이 아닌 중장보병이 선봉에 섰습니다!”

“보병이? 그것도 중장보병?”

골드락은 이해할 수 없다는 표정을 지었다.

물론 방어진을 구축했기에 기마병이나 기사단이 이곳을 돌입하기란 어려운 일이다. 그렇다고 중장보병을 앞세운다는 일은 더더욱 이해할 수 없었다. 강이 아직 수위가 높지 않다고 한들 육중한 무게의 중장보병들은 단숨에 강에 휩쓸릴 것이다. 한데 중장보병을 앞세워? 도저히 이해할 수 없는 처사였다.

그때였다.

“음!”

골드락의 머리카락이 쭈뼛 섰다.

강렬한 마나반응이었다. 이토록 강렬한 마나반응은 딱 하나밖에 없다.

“마법… 인가?”

이젠 침착함을 찾아볼 수 없는 독백이 조용히 흘러나왔다.

Chapter 04
뮌센 강 방어전

“마법입니다!”

과연 골드락의 예상은 정확했다. 조금 뒤에 위치해 있던 마법사 만드라가 황급히 다가와 외쳤다.

“막을 수 있겠소?”

“방어 마법진을 설치해 놨습니다. 충분히 막을 수 있습니다.”

“숫자가 부족하지는 않소?”

“현재 두 명이 방어진 좌우측으로 디텍팅 마법을 이용해 정찰 중이라서 네 명밖에 없지만 마법진을 준비해 놔서 충분히 막을 수 있습니다.”

“잘 부탁하겠소.”

마법사들의 수장 만드라는 결연한 표정으로 고개를 끄덕였다.

이윽고 만드라는 휘하 마법사 세 명을 모두 모아 마법진 위에 섰다.

웅웅웅웅!

마법사는 유난히 마나에 예민하다. 대기를 울리는 강렬한 마나 파동에 앳된 얼굴의 마법사가 잔뜩 긴장한 표정을 지었다.

"이거 장난 아닙니다."

"마나 파동이 너무 심한데요?"

"음……. 단단히 준비해라."

느껴지는 마나 파동은 피부로 느껴질 정도로 대단했다. 만드라마저 긴장한 빛이었다. 제국의 마법전력에 대해 알려진 바는 적으나 로만 왕국 점령전 당시에 동원된 제국의 마법사가 총 60명이라는 사실은 알려졌다.

로스트 왕국의 마법사 수가 20명밖에 되지 않는 것과 비교하면 제국의 마법전력은 대단했다.

뮌센 강에만 몇 명의 마법사가 왔는지 알 방도가 없었다.

하지만 지금 일어나고 있는 마나 파동만 해도 그 수는 족히 일곱 명은 넘어가리라.

숫자로는 부족하나 방어 마법진을 설치했기에 효율적으로 막아낼 수 있을 거라고 만드라는 생각했다.

설령 그렇지 못한다고 해도 해야만 했다. 마법사 간의 전투

에서 밀린다면 일반 병사들은 맹수를 만난 사슴 떼처럼 흩어
지리라.

"파괴력을 지닌 파이어 볼을 다수 날릴 것이다. 이것이 전쟁
에서 기초니까 모두 단단히 마음먹어라."

"알겠습니다."

웅웅웅웅!

만드라는 손을 뻗었다. 온몸에서 푸른 마나가 형상화되면서
마법진에 스며들었다. 이윽고 세 명의 마법사도 똑같은 반응
을 보였다. 보통 전투에서 마법사들이 쓰는 마법은 파이어 볼
이다. 적은 마나량으로도 강력한 파괴력을 낼 수도 있고 폭발
범위도 광범위했다.

만드라의 예상은 당연했던 것이다.

우르르릉!

진동과 함께 대기가 심하게 요동쳤다. 방어 마법진에서 증
폭되어 뿜어져 나온 마나 파동은 대기를 뒤흔들며 뿌연 막을
형성했다.

"와아아아!"

"마법이다!"

"살았다!"

자신을 둘러싼 뿌연 막을 보며 병사들은 환호했다. 마법이
전투에서 미치는 영향을 누구보다 잘 아는 병사들이었다. 특
히나 평소라면 보기 힘든 마법이 눈앞에 펼쳐졌으니 놀람도
컸다. 또한 마법이 자신들을 지켜준다는 사실, 그것 하나만으

로도 겁에 질렸던 병사들의 표정에 약간의 안도가 찾아왔다.

"잠깐……."

마법진에 마나를 공급하던 만드라의 표정이 묘하게 변했다.

"왜 그러십니까?"

휘하 마법사 중 하나가 물었다.

만드라는 곧바로 대답하지 않고 두 눈을 감았다. 마치 무언가에 집중하는 듯한 표정이었기에 마법사는 더 이상 질문을 던지지 않았다. 만드라의 표정은 점점 심각해져 갔고, 마법사들의 얼굴에 의문이 떠올랐다.

짧은 시간이 흐르고 만드라의 입에서 나온 말은 전혀 의외였다.

"마나 파동이 차갑다."

"예?"

"화계 마법이 아니야."

"그… 무슨!"

앳된 마법사가 자신도 모르게 소리쳤다.

화계 마법이 아니다?

즉, 전쟁용으로 대표적인 파이어 볼 마법이 아니라는 사실이다.

그렇다면 무엇인가?

마나 파동이 차갑단 얘기는 물이나 얼음에 관련된 마법이란 말이다.

마나 파동은 점점 차가워졌고 이젠 만드라뿐만 아니라 다른 마법사도 느낄 정도가 됐다. 심지어는 골드락을 비롯한 기사들마저 상황이 이상해짐을 느꼈다.

"도대체 뭘까요? 이렇게 오랫동안 마나 파동만 느껴지는 걸 보면 대규모 마법이 분명합니다. 파이어 볼 같은 기본적인 전투마법이 아닌……."

"물이나 얼음 계열 마법 중에 대규모 마법이 뭐가 있지?"

"그것도 전투적으로 사용하는 거라면……."

원래 논리적으로 생각하고 무언가를 탐구하는 족속들이 마법사다.

그들은 이렇게 급박한 상황 속에서도 최대한 상황을 분석해 내고 유추하고 있었다. 그렇지만 마땅한 답은 나오지 않았다. 만드라도 입을 굳게 다물고 생각에 잠겼다.

'도대체 뭘까. 이 정도 마나 파동이 유지되고 있다면 대규모 마법이 분명하다. 어떤 공격일까.'

답답하다.

알지 못해 너무나 답답했다. 어떤 공격마법일지 알 수 없으니 그저 방어막을 형성한 채 기다릴 수밖에 없다. 이쪽의 마법사 숫자가 많으면 선공을 날려서 확인해 보겠지만 그도 여의치 않다.

"무슨, 여기 병사를 다 얼려 버릴 생각으로 아이스 필드라도 펼치는 걸까요?"

앳된 마법사의 말이었다. 그러자 그보다 나이가 네다섯은 많아 보이는 마법사가 핀잔을 주었다.

"이놈아. 아이스 필드는 애초에 수분이 어느 정도 있어야 사용할 수 있는 마법이 아니냐? 아무리 초여름이라 습기가 많다고 해도 병사들을 얼려 버릴 정도로 수분이 많은 건 아니지 않느냐."

그 마법사의 말은 지극히 타당했다.

아이스 필드 마법은 빙계 마법의 대표적인 대규모 마법이다.

하지만 아이스 필드는 얼음을 만드는 마법이 아니다. 굳이 따지면 빙계 마법이 아니라 온도조절 마법이라 말해야 했다. 충분한 수분이 주위에 가득해야 한다는 필수 조건이 붙는다.

마법사의 말대로 지금은 초여름이라 습기가 많다고 하지만 대규모의 아이스 필드를 형성하기엔 적합하지 않다.

'잠깐, 수분?

곰곰이 대화를 듣던 만드라의 머리에 벼락이 쳤다.

'수분이라면 충분히 있지 않은가?

만드라의 시선이 뮌센 강에 닿았다.

그리고 그 너머에서 힘차게 발을 맞추며 들어오는 붉은 병사들.

만드라의 표정이 일그러졌다.

그리고 그의 입에서 벼락과 같은 호통이 터졌다.

"놈들은 강을 얼리고 도하할 예정이다. 막아! 강에다가 파이어 볼을 날려!"

찌저저저적!

만드라의 말이 끝나기 무섭게 뮌센 강이 얼어붙었다. 저 바닥에서부터 물이 얼어붙고 있던 와중에 중장보병들이 막 강에 도착한 순간, 거의 완벽한 아이스 필드가 형성되고 있었다.

“와아아아!”

붉은 물결이 함성과 함께 쏟아졌다.

골드락은 침착하게 검을 휘두르며 목이 터져라 외쳤다.

“궁병대 준비!”

골드락의 명령이 떨어지자 그들은 떨리는 손으로 화살을 먹이고 시위를 당겼다.

“명령이 떨어지기 전까지는 쏘지 마라!”

“아직 쏘지 마! 기다리고 있어!”

골드락의 명령을 받은 하급지휘관들이 목이 터져라 소리치며 병사들을 닦달했다.

“젠장……. 활시위도 못 당기겠어.”

“미친, 우리 마법사들은 뭐하고 있는 거야?”

순식간에 강이 얼어버렸다. 전체는 아니지만 방어진을 바라보는 정면 부분은 어김없이 얼었고, 붉은 물결이 그 얼음 위로 미친 듯이 쏟아지고 있었다.

병사들의 얼굴엔 공포가 어렸다.

언제 이런 전쟁을 경험했던가?

언제 대규모로 몰려드는 병사들을 본 적이 있는가?

한번 시작된 공포는 끝없이 전염되고 있었다.

"마법사들은 뭐하고 있나! 얼음을 깨야 되지 않나!"

골드락이 소리쳤다.

"지금 허공에 떠오른 마법사 넷과 대치 중입니다."

"뭐?"

"적 마법사의 숫자가 확인되지 않은 점이 큰 실수입니다. 현재 강을 얼린 마법사를 제외하고 네 명의 마법사가 이곳에 마법을 날릴 준비를 해서 방어막을 풀지 못하고 있다고 합니다!"

"젠장!"

늘 침착함을 유지하던 골드락도 지금은 그러지 못했다. 끊임없이 몰려드는 중장보병은 그 많은 숫자가 움직이는 데도 전열이 흐트러지지 않았다. 척 봐도 정예 중의 정예였다.

"궁병들은 대기하라!"

골드락은 입술을 깨물며 지휘했다. 자신마저 분위기에 휩쓸리면 안 됐다.

제국군의 첫 열이 사정거리 안으로 들어왔다. 병사들은 화살을 쏘고 싶은 마음을 꾹 참았다.

사정거리 안으로 많은 병력이 들어오기 전에 화살을 날리면 적들이 방패를 들어 올릴 것이고 그러면 피해를 줄 수 없었다.

이윽고 적군의 절반 가까이가 사정거리 안으로 들어왔다.

골드락이 외쳤다.

"쏴라!"

슝슝슝슝!

화살이 일제히 허공을 갈랐다.

이천 개의 화살이 동시에 떨어지는 광경은 과연 장관이었다.

병사들이 기대 어린 눈빛으로 전방을 주시했다.

그러나……!

따다당 따따당!

경쾌한 소리를 내며 퉁겨지는 화살들.

마치 괴물처럼 화살을 퉁겨내며 전진하는 제국군.

방어진에는 절망이 어렸다.

*　　　*　　　*

파파파팟!

"끄아악!"

하늘에서 비처럼 떨어지는 화살.

몇몇 병사가 화살이 꽂힌 채 비명을 지르며 쓰러졌다. 그러나 옆에 있던 동료는 전혀 신경도 쓰지 않고 전열을 맞추며 걸어 나갈 뿐이다. 미친 듯이 쏟아지는 화살비에 죽어나가는 병사는 소수에 불과했다.

중장보병들은 내부에 천으로 만든 클로스 아머를 입고 그 위에 목부터 무릎, 그리고 손목까지 호버크라는 갑옷으로 철저히 보호하고 있었다. 거기에 숨구멍과 시야를 확보할 수 있는 구멍만 있는 헬름이라는 투구를 쓰고 있어서 화살이 뚫고 들어갈 공간은 거의 없었다.

무엇보다 화살이 박히더라도 클로스 아머까지 뚫진 못했다.

몇몇 병사는 화살이 서너 개 꽂힌 채 전진하고 있었다. 더구나 한 번 쏟아진 화살비에 그들은 들고 있던 타워실드를 들어 올려 화살에 취약한 부분을 가리며 전진했다.

속도는 느려도 방어적인 측면에서는 아주 튼튼했다. 심지어 타워실드도 기사들이 쓰던 것하고는 약간은 달라보였다. 머리에서 다리까지 방어할 수 있을 정도로 컸으며 바깥쪽으로 살짝 휜 사각형이었다.

"음!"

지켜보던 골드락이 침음을 흘렸다.

도저히 빈틈이 없었다. 쏟아지는 화살비에도 죽어 나가는 병사는 극소수였다. 심지어 옆의 전우가 쓰러져도 무조건 앞으로 전진해 오는 그들은 골드락의 눈에도 대단해 보였다. 그러나 카이로의 병사들에겐 공포, 그 자체였다.

하기야 그럴 수밖에 없었다. 벌써 몸에 화살 한두 개가 꽂혔는데도 흔들림 없이 전진해 오는 제국군을 어찌 두려워하지 않으랴!

"기사단은 돌입을 준비하라."

골드락이 결정을 내렸다.

만일 중장보병이 방어진으로 들어온다면 일대 혼란이 일어날 것이다. 적들은 정예 중의 정예였고 여긴 전쟁을 처음 경험하는 카이로 수비대대가 전부다. 용병대가 있긴 했지만 장비가 허술해 썩 믿음직스럽진 않다.

"어딜 도망가! 위치 지켜!"

“억!”

한 병사가 공포를 이기지 못한 채 뒤로 도망치다가 독전대 기사의 칼을 맞았다. 병사는 짧은 비명만 내지르며 바닥에 쓰러졌다.

“모두 위치를 지키란 말이다! 만일 뒤로 물러나는 놈들이 있으면 내가 친히 목을 베어 개한테 던져주겠다!”

독전대 기사의 살기 어린 음성이 터져 나왔다.

그 모습을 지켜보던 골드락은 행동을 서둘렀다. 벌써 공포에 질려서 도망치는 병사가 나온다는 점은 앞으로 전쟁에 악영향을 끼치리라.

“하지만 중장보병에게 기사단 돌입은 무모할 수 있습니다.”

“어쩔 수 없다, 피해가 있다고 한들. 방어진 좌우측으로 빠져나가 놈들의 옆을 파고든다.”

“알겠습니다. 하지만 현재 방어진엔 100명의 기사밖에 없습니다. 이 숫자를 반으로 나누면 파괴력이 약해질 터인데…….”

“후방에 있는 기사 100명을 불러서 좌측을 맡도록.”

“알겠습니다.”

전령이 빠르게 말을 타고 오갔다.

이윽고 후방에 대기 중이던 기사 100명이 좌측으로 빠르게 움직였다. 골드락을 비롯한 방어진에 주둔하던 기사들도 우측으로 크게 돌아 나갔다.

“와! 기사님들이다!”

“와아!”

기사들이 일제히 움직이자 공포에 떨던 병사들이 환호했다.

이곳에서 기사는 무력의 척도였으며, 강력한 힘의 상징이기도 했다. 말을 타고 달려드는 기사는 도저히 막을 수 없는 창이었다. 그런 기사들이 일제히 움직이니 병사들의 눈빛엔 희망이 어렸다.

그런데 그때였다.

화악!

우측으로 멀리 떨어진 곳에서 노란 불빛이 치솟았다. 돌격 준비를 하던 골드락의 표정이 창백해졌다.

저 불빛은 바로 정찰을 내보냈던 마법사의 신호였다.

만일 적이 크게 우회해서 돌입한다면 자칫 포위당할 수 있는 상황이었기에 중요 전력인 마법사를 이용했다.

"부사령관님. 기사 100명을 돌려보내야 할 것 같습니다. 노란빛이면 적어도 5천 명 이상의 병력이지 않습니까?"

"……."

애초에 정한 신호로, 초록빛은 5천 미만, 노란빛은 5천에서 1만, 그리고 빨간빛은 1만 명 이상이 우회한 것을 발견했을 때 표시하기로 되어 있다.

지금 노란빛은 적어도 5천 명 이상이란 얘기였다.

그러나 예비대에 있는 병력은 기사 200명과 예비대 800명. 더구나 기사 절반이 이곳으로 와 있다. 결국엔 고작 900명의 병력, 기사들의 종자와 보병을 포함해도 1천이 간신히 넘는 병력이다.

골드락은 후방을 바라보았다.

예비대는 신호를 보자마자 빠르게 움직이고 있었다. 잠시 말이 없던 골드락은 이내 단호한 목소리로 입을 열었다.

"아니, 저들을 믿는다."

"하지만 단장님……!"

부관은 당황하여 부사령관의 칭호가 아니라 전쟁이 발발하기 전에 부르던 방법으로 호칭했다. 그러나 골드락은 요지부동이었다.

"저들이 뚫려서 포위당해도 끝이고, 여기서 적들이 파고들어서 방어진이 무너져도 끝이다."

"…알겠습니다."

확고하게 결정된 골드락의 마음은 바뀌지 않았다. 부관은 고개를 끄덕이며 랜스를 옆구리에 끼었다. 그리고 골드락의 명령을 기다렸다.

이윽고 골드락의 명령과 함께 200필의 기사단이 적들의 양옆으로 돌입했다.

두두두두!

대지를 울리는 말발굽 소리는 심장도 울렸다.

지켜보던 병사들의 침이 꿀꺽 삼켜졌다. 기사들의 랜스 차지는 엄청난 위력을 낸다. 단숨에 적을 짓이기리라. 그러나 그때였다.

적진에서 붉은 깃발이 몇 번 휘둘렸다.

그리고 앞으로 진군만 행하던 중장보병들이 자리에서 멈춰 섰다. 동시에 절반씩 좌우로 방향을 틀었다. 그 모습이 너무나 질서정연해서 적이지만 감탄이 나올 정도였다. 그러나 이내 그 감탄은 모두 삼켜질 수밖에 없었다.

쾅! 쾅!

제국 병사들이 일제히 바닥에 타워실드를 박았다. 그리고 그 위로 뒤에 있던 병사들이 타워실드를 높게 들었다. 눈 깜짝할 새에 하나의 방벽이 생겨났다. 그것도 더없이 튼튼한 방벽.

그리고 틈과 틈사이로 삐죽 솟아오르는 수많은 창.

"아……."

달려가던 골드락의 얼굴에 파문이 일었다.

적들이 방패로 벽을 세울 때만 해도 강력한 기사단의 돌격은 충분히 뚫어낼 수 있으리라 생각했다. 한데 그 사이로 뾰족 튀어나오는 무수히 많은 창을 보라.

'창병을 중장보병 사이에 숨겼었구나!'

골드락의 표정이 창백해졌다.

이제 말을 돌릴 수도 없다. 이미 가속도가 붙은 이상 돌격해야만 했다. 설령 그것이 창이 세워진 방벽이라 하더라도 어쩔 수가 없었다.

'모든 걸 예측했단 말인가……!'

그랬다.

수많은 전쟁을 경험한 제국군은 베테랑이었고 정예였다. 그것에 반해 로스트는 300년 동안 전쟁을 단 한 번도 경험하지 못했던 초짜만 가득한 곳이다. 오로지 이론으로만 전쟁을 알고 있던 골드락의 철저한 패배였다.

　이윽고 병사들의 눈에 비친 건 피육이 되어 무너져 가는 기사단의 모습이었다.

＊　　　＊　　　＊

　신호와 함께 적 우회병력을 격퇴하러 가던 예비대는 모두 우두커니 멈춰 설 수밖에 없었다.

　"저, 저런!"

　"아!"

　절로 안타까운 탄성이 터졌다.

　양옆을 향해 무지막지한 속도로 돌입하던 기사단은 적들의 탄탄한 방어벽에 힘없이 무너져 내렸다. 그토록 강력하게만 느껴지던 기사단이 별 힘을 쓰지 못하고 방패의 벽에 막히자 안타까움과 동시에 허무감이 몰려왔다.

　"신경 쓰지 마라! 우리의 임무는 우회병력을 격퇴하는 것! 중앙은 방어진이 막아낼 것이다!"

　예비대 대대장이 소리쳤지만 이미 떨어지는 사기는 걷잡을 수 없을 정도였다.

　"젠장. 기사들도 별수 없는데 우리가 어떻게 막아?"

　노카일이 불만을 터뜨렸다. 그러나 그것을 나무라는 이는 없었다. 모두가 하나같이 같은 심정이었으니까.

　그러나 모두가 그런 것만은 아니었다.

"정 무서우면 바닥에 처박혀서 끝날 때까지 죽은 척하든가. 한심하게 징징대지 말라고."

비첼이었다.

노카일이 표정을 구기면서 말을 삼켰다. 비첼의 독기 어린 표정을 보았던 탓이다. 전쟁을 앞두고 비첼의 얼굴은 마치 작은 악귀처럼 독기가 철철 흘렀다. 헝클어진 머리칼 사이에서 흉성을 토해내는 눈빛은 과연 이 아이가 단지 소년인가 싶을 정도로 섬뜩했다.

안 그래도 크게 당했던 터가 있던 지라 괜히 비첼과 부딪치지 않았다. 적어도 전쟁인 지금 서로 믿을 사람은 아군밖에 없지 않은가?

우측으로 크게 돌아가자 강폭이 상당히 넓은 부분이 나타났다. 마법사들이 강을 다 얼리는 일은 거의 불가능했고 이 부분은 수온이 차가울 뿐, 하나도 얼지 않았다.

그 너머에서 수천의 군세가 움직이는 모습이 보였다. 그들도 붉은색의 갑옷으로 무장했으나 중장보병과는 달리 가벼운 레더 갑옷만 입은 경보병이었다.

그걸 본 대대장이 외쳤다.

"적 대부분은 경보병이다! 우리에겐 기사단이 있으니 단숨에 궤멸시킬 수 있다! 모두들 겁먹지 말고 당당히 맞서 싸워라!"

"와아아아!"

확실히 경보병은 중장보병에 비해 무게감이 떨어졌다.

무엇보다 적들에겐 기마병이 있긴 했으나 기사단으로 보이지는 않았고 그 수는 그렇게 많지 않았다. 가벼운 무장을 한 모습을 보아 기사가 아닌 경기병이었다. 당연히 기사단과 부딪치면 기사단의 압승이다.

작은 라운드 실드 하나 들고 있는 경보병들은 기사단의 공격을 막지 못하리라.

"강을 건너기 위해서 경보병들 중심으로 편성한 것 같은데?"

"왜 기사단은 오지 않았지?"

"알 바야?! 일단 어떻게든 막아야지!"

빨리 움직인다고 움직였으나 이미 적은 대부분 강을 건넜다.

"기사단 돌격 준비!"

기사 100명이 일제히 랜스를 옆구리에 끼었다.

그리고 신호와 함께 적들을 향해 말을 달렸다.

두두두두두!

지축을 울리는 말발굽이 온몸으로 느껴졌다. 머리칼을 쭈뼛서게 할 정도로 소름이 끼쳤고, 엄청난 두려움으로 다가왔다.

일반 병사에게 말을 타고 달려오는 기사란 어떤 존재일까?

거의 지옥의 사신에 가깝게 느껴질 정도로 기사단의 존재는 공포에 가까웠다. 특히나 일반 병사 대부분이 가벼운 무장 차림이었고 그저 빠른 스피드를 살릴 생각으로 경보병과 경기병밖에 없었다. 기사단이 마음껏 날뛸 환경이었다.

두두두두!

푸욱! 푹!

"으아아악!"

"끄억!"

처참하기 이를 데 없는 비명이 울렸다.

밀집된 보병 사이로 단숨에 파고든 기사들은 악귀처럼 날뛰었다.

랜스에 몸이 꿰뚫려서 울부짖는 병사, 목이 반쯤 잘려 숨이 붙어 있어 꿈틀대는 놈, 배에 난 구멍에서 흘러내리는 내장을 쓸어 담는 놈…….

전장의 끔찍한 참상이 눈에 보이자 달려들던 병사들의 몸이 순간 굳어들었다. 물론 북방군 출신인 코아락을 비롯한 병사들은 굳은 얼굴로 기사단이 뚫은 길로 돌입했으나 노카일을 비롯한 일반 병사 출신들은 지독하기 이를 데 없는 참상에 몸이 완전히 굳어졌다.

그때였다.

굳어서 움직이지 못하는 노카일의 옆으로 롱소드가 베어져 왔다.

'아!'

그것을 인식한 순간, 너무나 늦었음을 동시에 깨달은 노카일은 짧은 탄성만 내뱉었다.

'시발… 꼰대 말을 듣는 게 아니었는데.'

몸이 굳어 움직이지 않는다.

이대로 검에 맞아 쓰러지면, 저기 처참하게 시체로 변해 있는 제국군처럼 되리라.

홍!

거친 파공음이 들렸다.

*　　　*　　　*

찌억!

"억!"

단말마의 비명을 내지른 사람은 노카일이 아니었다.

노카일은 파고드는 고통이 없자 자신도 모르게 질끈 감았던 눈을 떴다.

"협!"

고통에 일그러진 표정의 제국 병사가 보였다. 노카일에게 검을 휘두르던 놈이었다. 그러나 병사는 꼼짝도 하지 않았다. 그제야 정신을 차린 노카일은 병사의 뒤통수에 박힌 작은 도끼를 보고 탄성을 터뜨렸다.

"아!"

털썩.

병사는 시체가 되어 쓰러졌다.

그리고 그 뒤로 작은 인영이 보였다.

비첼이었다.

"비첼!"

"정신 차려!"

"아……."

"넋 놓고 다니지 말라고. 여긴 전장이야!"

노카일이 비첼보다 두 배는 더 살았어도 전쟁 경험은 비첼이 월등히 많았다. 아니, 노카일은 이런 전쟁 경험이 아예 전무했다. 비첼의 일갈을 듣고 나서야 노카일은 결연한 표정으로 고개를 끄덕였다.

죽이지 않으면 내가 죽는다.

살기 위해선 죽여야 한다.

죽여야만 살아 나올 수 있는 곳이 전장이다.

아버지에게 수없이 들었던 말이 머릿속에서 스쳤다.

푸욱!

노카일은 잠시 머뭇거리다가 기사들의 돌격에 가슴뼈가 함몰된 병사의 목에 검을 박아 넣었다. 숨이 붙어 뻐끔거리던 그 병사는 이내 침묵에 빠졌다.

"젠장. 뭣 같은 기분이구면."

기분이 더럽다.

노카일은 새삼스런 얼굴로 비첼을 바라보았다.

'저 녀석, 이렇게 사람을 죽여 왔단 말인가?

막말로 뭣 같이 더러운 기분이다.

생살을 가르는 기분, 피 냄새에 후각이 마비되는 느낌. 불쾌하기 짝이 없다.

이런 기분을 지금뿐만 아니라 과거에도 느껴왔단 생각이 들자 비첼에 대한 안타까움과 함께 두려움이 밀려왔다.

“너무 많아……..”

비첼의 입에서 갈라진 목소리가 흘러나왔다. 입안에서 단내
가 풍겼다. 목이 갈라지고 갈증이 심했다.

전투가 개시되고 시간이 얼마 흐르지 않았는데 벌써 반나절
은 지난 기분이다.

그때였다.

“으아!”

적 병사 하나가 기합을 내지르며 검을 쭉 뻗어왔다.

직선으로 뻗어지는 검로는 흔들림이 없었고 단숨에 비첼의
몸을 꿰뚫듯 파고들었다. 비첼의 눈동자가 살짝 흔들렸다. 검
을 휘두름에 망설임이 없었고 그 흔들림 없이 쭉 뻗어지는 공
격을 보건대 하나같이 다 정예병이었다.

비첼은 침착하게 대응했다.

째앵!

브로드 액스로 찔러오는 검을 내려쳤다. 그리고 동시에 다
리를 쭉 뻗어 달려오던 놈의 발을 걸었다. 제대로 걸리진 않았
지만 놈은 순간적으로 흔들렸다.

“하압!”

비첼이 기합과 함께 그 찰나를 파고들었다.

브로드 액스가 강렬한 파공성과 함께 놈의 머리를 갈랐
다.

푸악!

머리가 쩍 갈라지며 허연 뇌수와 핏물이 크게 튀었다. 비첼

의 얼굴이 피에 흠뻑 젖었다. 비릿한 피가 입안에서 감돌았다. 정신이 번쩍 드는 기분이었다.

'셋인가?'

가만 생각해 보니 벌써 셋의 목숨을 끊었다. 이런 난전 속에서 비첼은 철저했다.

두세 명씩 무리를 짓는 적을 발견하면 망설임 없이 자리를 피했다. 오로지 혼자만 있는 놈을 상대했다.

전투는 완전한 난전으로 변했다.

아군 적군이 서로 뒤섞여 죽이는 전쟁은 참혹했다.

적이 너무 많았다. 난전으로 변해서 돌격과 같은 강력한 공세를 보이지 못하고 눈먼 칼에 맞아 죽음을 맞이하는 기사도 있었다.

비첼은 모든 감각을 열고 주위를 살폈다.

산속에서 사냥감을 찾던 때처럼.

비첼의 눈에 보였다.

무기를 잃어 병사의 뒤통수를 큰 돌로 가격하는 놈, 이미 죽은 시체에 수없이 칼을 꽂아 넣는 자, 기사의 검에 몸이 절반으로 갈라져 버리는 병사, 목이 반쯤 잘린 시체, 핏물을 뒤집고 날뛰는 미치광이, 그리고 화살을 겨누고 있는 놈.

"화살?"

화살은 비첼을 향해 겨눠져 있었다.

그것을 인식하는 순간 비첼은 곧바로 바닥을 굴렀다.

슈웅! 푹!

“컥!”

맨살을 꿰뚫는 차가운 금속의 느낌.

머릿속이 새하얘졌다. 다행히 급히 몸을 굴려 화살은 어깨에 꽂혔다. 그러나 고통만큼은 쉽게 참을 수 없었다. 화끈했다. 불에 덴 마냥 화끈했고, 칼로 저미는 듯한 고통이 끓어올랐다.

“끄으윽.”

굳게 다문 이빨 사이로 고통에 찬 신음이 절로 흘러나왔다. 화살이 어깨를 뚫고 삐죽 튀어나왔다. 그것을 손으로 더듬던 비첼의 손가락이 부르르 떨렸다.

아찔한 고통에 숨이 헉헉 막혔다.

피하지 않았으면 화살은 머리를 꿰뚫었으리라.

그 생각이 들자 비첼은 고통을 억지로 참아내며 벌떡 일어섰다.

과연 병사는 다시 화살을 겨누고 있었다.

“젠장!”

비첼의 입에서 욕지거리가 튀어나왔다.

슝!

화살이 바람을 가르고 비첼의 미간을 향해 정확하게 날아왔다.

병사의 활솜씨는 수준급이었다. 그 덕에 비첼은 일어서자마자 바닥을 구를 수밖에 없었다.

“끅!”

구르면서 돌부리에 종아리가 찢어져 피가 주룩 흘러나왔다.

고통도 잠시, 비첼은 바닥에 떨어져 있는 주인 모를 라운드 방패를 들고 벼락처럼 달려갔다.

슝!

바람을 가르는 파공성이 다시 한 번 귓가를 자극했다.

비첼은 화살의 방향을 보고는 방패를 세워 막았다.

푸욱!

"큭!"

화살은 방패를 뚫고 들어왔다. 다행히 방패를 들고 있는 팔뚝 부분이 아니었다. 그러나 충격만큼은 상상초월이다. 사실 화살이 직진으로 날아온다면 그 파괴력은 무시무시하다. 비첼은 팔뚝이 떨어져 나갈 것 같은 고통에 자신도 모르게 혀를 살짝 씹었다. 핏물이 입안에 감돌면서 비첼의 정신이 바짝 차려졌다.

'잘못하면 죽는다!'

놈은 활만 제대로 익힌 궁병임이 틀림없었다. 그것도 상당한 명사수였다. 그렇지 않으면 이 난전 속에서 저토록 강력하고 정확한 화살을 날릴 수 있을까!

활에도 어느 정도 일가견이 있는 비첼이기에 놈의 위험성이 더욱 크게 느껴졌다.

슈웅!

화살이 다시 한 번 날아왔다.

비첼은 순간 고민했다.

막느냐? 쳐내느냐?

고민의 시간은 짧았다.

막는 건 위험하다. 방패마저 뚫을 정도로 강력한 위력이고, 가까이 다가갈수록 그 위력은 배가 되리라. 잘못하면 방패를 완전히 뚫고 맨살을 파고들 수도 있었다.

그럼, 쳐낸다.

"으아압!"

비첼이 기합을 크게 넣으며 브로드 액스를 휘둘렀다.

한 손엔 방패를 끼고 있었기에 오른손으로만 쳐낼 수밖에 없었다.

하나 오른 어깨엔 화살이 박혀 있었고 브로드 액스는 원래 양손도끼다. 성인도 한 손으로 쉽사리 휘두르기 어려운 무게였으나 비첼은 죽을힘을 다해 휘둘렀다.

째앵!

투둑 하고 팔 근육이 끊어지는 느낌이 들었으나 다행히도 화살을 쳐낼 수 있었다.

그리고 놈과의 거리는 불과 다섯 걸음!

그 순간 놈은 다시 한 번 화살을 겨누고 있었다.

'늦는다!'

다섯 걸음을 채우기 전에 화살은 머리를 꿰뚫으리라.

비첼이 입술을 굳게 다물었다.

그리고…….

쿵!

바닥을 박차며 크게 도약했다.

도약하는 비첼을 따라 화살촉이 위로 움직였다.

찰나의 시간이다.

꼴깍.

활을 든 병사의 목울대가 출렁이는 것이 보였다. 이제 저 활 시위를 놓으면 화살이 파고들리라. 찰나의 시간에 비첼은 수많은 생각을 했고, 동시에 들고 있던 브로드 액스를 내려찍었다. 아니, 내려찍은 것이 아니다. 밑에서 아래로 던져 버린 것이나 다름없었다.

푸아악!

"꺼억!"

"컥!"

놈도, 비첼도 비명을 질렀다.

브로드 액스는 놈의 어깨를 완전히 갈라 버렸다. 그리고 그 순간에 쏘아진 화살은 비첼의 허벅지를 거의 관통하다시피 박혔다.

"끅, 끅!"

어깨가 완전히 갈라져 갈비뼈까지 드러난 놈은 살 가망이 없었다. 비첼은 어기적 일어서면서 큰 돌을 들었다. 그리고 놈의 머리통을 사정없이 두드렸다.

퍽! 퍼억! 퍽! 퍽!

뇌수가 튀고 피가 튄다. 살점이 찢기고 피부가 뭉그러지는 모습이 참혹했다. 놈은 이제 짧은 신음도 내지 못했다. 죽은

것이다. 아무리 대단한 대마법사가 오더라도 절대 살려낼 수
없게.

"헉, 헉, 헉"

비첼이 비틀거리면서 일어났다. 입에서 단내가 훅훅 솟았
다.

짧았지만 격렬했다.

이로써 넷.

비첼은 오늘 네 명을 죽이는 전과를 올렸다.

"물이라도 마시고 싶군."

갈증이 너무도 심해 목을 벅벅 긁고 싶은 심정이다. 그러나
치열한 전장에서 물은 황금보다 귀하다. 그리고 갈증을 느낄
수 없을 정도로 주위 상황은 처참했다.

'수가 부족해.'

기사단의 돌입으로 적은 크게 피해를 입었지만 그것도 전체
병력에 비하면 턱없는 숫자였다. 적은 대략 오천이 넘어가는
병력. 그에 반해 이쪽은 고작 천여 명이다. 물리적으로 차이가
너무 심했다. 더구나 이렇게 부딪치는 난전에서 숫자의 차이
는 더욱 크게 다가온다.

기사단도 난전에 돌입하면서 별 위력을 내지 못하고 많은
수가 죽어가고 있었다. 아무리 무예를 수련하는 기사지만 전
장의 눈먼 화살이나 칼을 피할 수는 없었다. 또 수십 명이 동
시에 덤벼들면 마나를 자유자재로 사용할 수 없는 한 죽을 수
밖에 없다.

'이러면 전멸이다.'

벌써 아군은 700명도 채 안 남은 듯했다.

비첼은 고통도 잊고 바닥에 떨어진 활과 화살통을 집어 들었다.

어깨와 허벅지에 박힌 화살은 고통스러웠으나 비첼은 이를 악물었다. 알 수 없는 힘이 활에 천천히 화살을 먹였다.

"……!"

그리고 그의 눈에, 가벼운 무장이지만 말 위에 올라타 병사들을 지휘하는 남자가 들어왔다.

언제였던가.

로무에게 들었던 말이 스쳤다.

'자고로 전쟁에서 대가리만 족치면 끝나는 법이다. 아무리 강군이라고 해도 지휘관이 속수무책으로 죽어 나자빠지면 사기가 팍 떨어지고 힘을 제대로 못 써.'

대단한 지휘관으로 보이진 않는다.

아마 총지휘관의 아래에 있는 하급지휘관 중 하나겠지.

그래도 중요한 놈임은 틀림없다.

비첼이 활을 겨누었다.

후욱, 훅.

가슴이 솟아오르고 내려앉는 거친 호흡이 비첼의 집중을 방해했다.

그러나 별수 없다.

격렬한 전투를 치르는 데 편안한 호흡으로 활을 쏠 수 있겠는가.

비첼은 최대한 심호흡하면서 호흡을 진정시켰다.

그런데 그때였다.

비첼의 옆으로 기척이 크게 느껴졌다.

퍼억!

"흡!"

롱소드가 비첼이 있던 자리에 박혔다. 비첼은 크게 몸을 구르면서 자리에서 일어섰다. 몸이 불편하여 일어서는 것도 어정쩡하며 고통스러웠다. 제국군 한 놈이 악귀 같은 얼굴로 검을 들고 달려들었다.

비첼의 눈빛이 순간적으로 암울해졌다.

활을 쏴?

아니, 늦었다. 시위를 놓기 전에 심장이 박살 나리라.

브로드 액스는 이미 저 멀리 바닥에 박혀 있다.

'이대로……'

억울하다 싶은 심정도 든다.

수십이든, 수백이든, 수천, 수만 명이든.

붉은 제국의 개놈은 모두 다 죽여 버리리라고 맹세했는데.

처참하게 돌아가신 아버지를 뒤로하고 반드시 하리라고 맹세했는데.

'아, 로무 아저씨.'

비첼의 동공에 로무가 비치는 듯했다.

"아!"

푹!

거침없이 달려들던 병사의 몸이 우뚝 섰다. 병사는 고통스런 표정으로 천천히 고개를 숙였다.

병사의 복부를 뚫고 비집고 나온 롱소드가 날카로운 예기를 마구 풍겼다.

"끄으윽."

쨍!

복부를 비집고 들어온 롱소드가 다시 나오면서 병사의 몸은 스르르 바닥에 허물어졌다. 그 뒤로 로무라고 생각됐던 인영이 모습을 드러냈다.

노카일이었다.

"염병. 목숨 값 갚았다."

"노카일."

"주고받은 거야. 고마워할 필요 없어."

노카일이 씩 웃으며 얼굴을 닦았다. 온몸에 피를 흠뻑 뒤집어 쓴 노카일은 전에 뺀질거리던 모습이 온데간데없이 뛰어난 전사로 탈바꿈해 있었다.

피식.

비첼은 자신도 모르게 웃고 말았다.

"미친놈이구먼. 여기서 실실 웃기나 하고."

“노카일.”
“뭐?”
비첼이 시위에 다시 화살을 먹이며 말했다.
“이제 나를 보호해라.”

Chapter 05
유니아스 로겐

　노카일은 무슨 뜻인지 몰라 잠시 고개를 갸웃했으나 비첼이 활시위를 당기는 모습을 보고 고개를 끄덕였다.

　"그래. 화살 하나에 한 놈씩 꼭 골로 보내라."

　노카일이 씩 웃으며 비첼의 옆에 섰다. 노카일의 실력이 그렇게 뛰어난 편은 아니지만 누군가 옆에 있다는 사실 하나만으로도 마음이 든든해졌다. 이제 활쏘기에만 집중할 수 있는 환경이었기에 충분히 호흡을 가라앉힐 수 있었다.

　비첼은 호흡을 고르면서 시위를 당겼다.

　온몸에서 고통이 느껴졌지만 이를 악물고 참았다.

　어디에서 흘러나오는지 모를 알 수 없는 힘, 그리고 정신력이 비첼을 버티고 서게 하였다.

후욱, 훅, 훅.

점점 편안하게 바뀌는 호흡.

그리고 어느 순간, 호흡이 딱 멈추었다. 동시에 팽팽했던 시위가 크게 출렁였다.

띠잉!

화살이 시위를 떠나 파공성을 내며 공간을 갈랐다.

푹!

“컥!”

단말마의 신음이 들려왔지만 비첼의 표정은 일그러져 펴지지가 않았다.

“맞혔냐? 맞혔냐고?”

“죽진 않았다.”

“염병!”

애석하게도 화살은 놈이 순간적으로 몸을 비트는 바람에 어깨에 맞았다. 그러나 어깨에 맞았어도 그 충격은 무시할 수 없었고, 제국의 하급지휘관은 그대로 낙마해서 바닥을 굴렀다. 화살에 낙마한 충격까지 하면 죽지는 않더라도 운신을 하기엔 고통이 클 것이다.

비첼이 슬쩍 화살통을 바라보았다.

죽은 제국 궁병의 화살집엔 총 네 개의 화살이 남아 있었다.

‘포기한다.’

고개를 저었다.

어차피 거의 전투불능에 빠진 놈이다. 죽이지는 못했지만 더 이상 노릴 이유가 없다.

비첼은 아쉬움을 재빨리 털어내고는 다음 목표를 찾았다.

환경을 한눈에 살필 수 있는 비첼의 능력은 전장이란 환경에서 아주 무서운 능력이었다. 그의 시야에 곧 방금 전의 하급 지휘관과 비슷한 복장의 사내가 보였다. 단지 어디서 말을 잃은 듯했지만 소리를 지르며 병사들을 이끄는 모습을 보건대 어느 정도 지위가 있는 자가 틀림없다.

비첼은 망설임 없이 시위를 겨누었다.

오랜만에 잡은 활이라 방금 전은 제대로 맞추지 못했지만 이번만큼은 명중시키리라 굳게 마음먹었다.

"이번엔 제대로 해!"

노카일이 버럭 외치며 뛰어들던 병사 한 놈과 검을 맞대었다.

쨍쨍쨍!

검이 서로 얽히는 시끄러운 소리가 고막을 울렸지만 오로지 목표에게 집중한 비첼에겐 전혀 신경 쓰이지 않았다.

'이번엔 꼭……'

나무꾼이자 사냥꾼이었던 아버지의 영향으로 이미 비첼은 많은 능력을 보유하고 있었다. 그중 활 솜씨도 포함되었다.

비첼의 활 솜씨는 아까 비첼이 죽인 제국 궁병보다는 못했다. 그러나 숲 속에서 이리저리 뛰어다니는 작은 동물마저 멀리서 사냥할 수 있는 실력은 주위에서 쉬이 볼 수 있는 것은 아니었다.

'제길. 더럽게도 움직이는군.'

쉬이 시위를 놓을 수 없었다. 놈은 병사들 사이에서 지휘를 했고, 주위 병사들로부터 어느 정도 보호받고 있었다. 또 쉴 새 없이 움직이는 바람에 화살의 방향이나 힘을 가늠하기가 어려웠다.

푸욱!

"끄악!"

그 순간 노카일은 검을 맞댔던 병사의 복부에 검을 꽂아 넣었다.

"헉, 헉, 미치겠구먼!"

간신히 한 놈을 죽인 노카일은 이를 악물었다. 그의 시야에 악귀 같은 표정으로 방패를 들이밀면서 검을 쭉 찔러오는 병사가 잡혔기 때문이다.

"내가 먼저 죽겠다, 이 자식아!"

"……"

째앵!

검과 검이 부딪치는 요란한 소리, 병사들의 비명, 그야말로 아비규환인 상태에서 집중력을 유지하기란 어렵다. 그렇지만 비첼은 입술을 깨물고 목표에게서 시선을 떼지 않았다.

그리고 얼마나 시간이 흘렀을까.

노카일의 비명과도 같은 재촉이 이어질 때였다.

놈의 움직임이 약간 변했다. 소리를 바락바락 지르며 병사들을 지휘하던 놈이 지쳤는지 순간적으로 검을 늘어뜨리고 우뚝 멈춰 서 있었다.

'지금!'

아주 찰나였지만, 그 순간에 비첼의 손이 더 빨리 움직였다.

퉁!

시위가 출렁이며 화살을 쏘아 보냈다.

*　　　*　　　*

제국 별동대의 천인장인 케르히킨은 자신의 애마가 죽어서 병사들 사이에서 뛰어다녀야 함을 스스로 안타깝게 여겼다.

'대제국의 천인장이 이런 꼴이라니.'

기세 좋게 들어오는 기사들의 랜스 차지를 피하다가 결국 말을 잃게 됐다. 천인장의 직위는 휘하에 열 명의 백인장과 백 명의 십인장, 그리하여 총 천 명의 병사를 지휘하는 권한을 지닌 몸이다. 이번 별동대 병력은 총 오천. 별동대장을 제외하고 총 다섯의 천인장이 있는데 케르히킨은 그중 하나다.

케르히킨은 앞장서서 적과 싸우지 않았다.

그의 임무는 지휘다.

앞장서다 죽기라도 한다면 그나마 이 난전 속에서 전열을 유지하는 근처의 병력마저 와해되어 난전에 빠질 확률이 높았다. 너무나 빠른 적들의 대처와 곧바로 이어진 적 기사단의 차지로 인해 전열을 유지하며 강을 건너던 별동대는 완전히 무너졌고 난전 상태가 되었다.

그런 가운데 수많은 십인장과 백인장이 죽었다.

하급지휘관이더라도 대부분 기사가 그 역할을 맡는 로만이나 로스트 왕국과는 달리 붉은 제국은 전술교육을 받은 장교들만 하급지휘관을 맡을 수 있었다. 물론 고급지휘관은 귀족 혈통만이 가능하지만, 케르히킨은 평민 출신임에도 불구하고 장교가 되어 천인장까지 오른 입지전적인 인물이었다.

그러나 기사가 아니고 제대로 검을 배운 적이 없기에 용감하게 앞장서서 싸울 수 없다.

'로칸타가 보이지가 않는데?

각 천인장은 치열한 전투 속에서도 서로의 위치를 확인해가며 병력을 다시 수습하고 있었다. 한데 그의 동료 중 하나이자 천인장인 로칸타가 보이지 않았다. 분명 좌측에서 말을 타고 주위 병력을 지휘하고 있었건만…….

'설마, 죽기라도 한 건가?

뒷목이 섬뜩해지며 불안감이 스쳤다.

말을 타고 있었으니 적들에게 쉽게 노출이 될 터. 난전 속에 아무도 모르게 죽었을지도 모른다. 보아하니 로칸타가 지휘하던 병력은 금방 전열이 무너져 마구잡이로 싸우고 있었다.

'젠장.'

로칸타는 장교수업을 함께 동문수학한 친우이자 학우, 그리고 전우였다. 로만 왕국 정전에도 함께 참전했던 친구다. 그가 보이지 않자 케르히킨은 주위를 마구잡이로 살폈다.

찌르르!

그 순간이었다.

케르히킨은 똑바로 보았다.

자신을 향해 겨눠지고 있는 화살.

온몸의 털이 쭈뼛 서고 머릿속에선 위험을 알리는 경종이 마구 울렸으나 굳어진 몸은 움직일 생각을 하지 못했다.

그리고 그의 동공에 비치는 화살촉의 크기가 점점 확장되었다.

슈웅!

짧은 파공성.

그것이 케르히킨이 생전에 마지막으로 들은 소리였다.

*   *   *

"됐어!"

비첼이 주먹을 꽉 쥐었다.

미간에 정통으로 박힌 화살에 놈은 비명도 지를 새 없이 그대로 절명했다.

그 짜릿한 희열에 비첼은 저도 모르게 외쳤다.

푸욱!

"꺼억!"

그리고 그 시간에 노카일은 놀랍게도 병사 하나를 더 죽였다. 비록 뺀질대고 매사에 불평불만이 많지만 아버지의 영향으로 어렸을 때부터 검을 제법 휘둘렀던 그였다. 또한 비첼과 싸울 때, 만일 노카일이 롱소드를 휘둘렀다면 비첼은 분명 패배했을 정도로 어느 정도의 실력을 가진 이가 노카일이었다. 그래도 제국 정예병을 벌써 둘 이상을 죽인 전과는 대단하다 여길 수 있었다.

“하! 잘했어, 비첼! 전과가 대단한데?”

“……..”

“이봐, 비첼?”

“아직 더 싸울 수 있나?”

“뭐?”

그나마 한숨 돌리고 비첼에게 다가가던 노카일은 우뚝 설 수밖에 없었다. 비첼은 어느새 희열이 담긴 목소리가 아니라 냉정한 목소리였고 한곳만을 주시하고 있었다. 노카일은 그 시선을 따라가다 이내 표정을 구길 수밖에 없었다.

“염병. 자리를 뜨자.”

대략 대여섯의 병사가 무서운 속도로 비첼과 노카일이 있는 곳으로 달려오고 있었다.

“내가 죽인 놈이 제법 지위가 있었던 놈 같군.”

비첼이 씩 웃었다.

자신이 죽인 놈 근처에 있던 병사들이었다.

평범한 일반병이었으면 저렇게 분개하며 달려오지 않으리라.

“염병! 그게 중요한 게 아니잖아! 난 더 이상 널 못 지켜, 아니, 못 싸워!"

노카일이 얼굴을 붉히며 고래고래 소리쳤다. 지쳤다. 온몸이 천근만근 무거웠고 목이 갈라져서 목소리도 제대로 나오지 못하는 상황. 거기에 대여섯 명의 병사가 죽일 기세로 달려오는데 어찌 싸울까. 한데 비첼은 그 자세에서 꼼짝도 않았다. 아니, 오히려 활에 다시 화살을 먹이고 있었다.

"한 놈 더 죽이고. 넌 가라."

"이… 미친 새끼."

노카일은 차마 말을 잇지 못했다.

비첼은 달려오는 병사 뒤로 또 하나의 하급지휘관을 발견했다.

그에게 화살을 겨누었다.

"병신아. 한 놈 더 죽인다고 상황이 바뀌진 않아! 병사 새끼가 무슨 공을 그리 탐해. 가자, 일단 살아야 될 거 아니냐?"

노카일의 목소리는 절박해졌다.

차마 혼자 발걸음을 뗄 순 없었는지 그는 비첼을 설득하고자 노력했다.

그러나 비첼은 무심하게 고개를 저을 뿐이었다.

"이미 늦었다."

"뭐?"

"난 글렀어."

"… 하!"

그제야 비첼의 부상을 확인한 노카일이 짧게 신음을 내뱉었다.

비첼의 허벅지와 어깨에 박힌 화살. 아마 뛰지 못할 것이다. 허벅지에 박힌 화살은 거의 관통하다시피 뚫고 나왔다. 걷는 것마저 엄청난 고통이 뒤따를 터인데 어찌 도망치랴. 비첼은 어쩔 수 없는 상황에 빠진 것이다.

"지 몸 하나 못 챙기는 놈이었냐?"

"가."

"염병!"

노카일은 상스런 말을 내뱉으면서 비첼 옆에 섰다. 무심했던 비첼의 표정에 의아함이 어렸다. 비첼이 고개를 돌려 노카일을 바라보았다.

노카일은 비첼의 시선을 피하며 혼자 중얼거리듯 말했다.

"나도 지쳐서 못 뛴다. 차라리 싸우고 말지."

"……"

"감동 받았냐?"

"최소 두 놈은 죽이고 죽어라."

"…망할 새끼."

노카일이 김새는 소리를 내며 검을 들어 올렸다. 검을 든 오른손이 부들부들 떨리는 모습을 보건대 이미 지친 게 확연히 보였다.

"근데 인마. 내가 너보단 족히 두 배는 더 살았는데 어째 말이 짧아?"

"형 대접 받고 싶나?"

비첼은 노카일과 첫 대면 이후에 결코 노카일에게 존댓말을 쓴 적이 없다. 이제 막 삼십 줄에 들어선 노카일은 나이에 비해 어려 보여서 이십대 중후반으로 보였을 뿐더러, 생각하는 수준이나 정신연령은 젊다고 해야 할까, 어리다고 해야 할까?

하여튼 낮다 보니까 비첼은 별 망설임 없이 말을 막할 수 있었다. 한데 듣는 노카일의 입장에서는 영 거북했다.

"그래, 이 새끼야. 내가 올해 삼십 줄이야. 아직 성인식도 안 치른 어린놈한테 너, 야, 이딴 소리 들어야겠냐?"

"여기서 살아남는다면 생각해 보지. 형 대접 하는 거."

"끝까지 안하겠다는 것이구먼."

비첼이 피식 웃었다.

이들이 이렇게 난전 속에서 말이 많아진 이유는 죽음이 임박해졌음을 본능적으로 느꼈기 때문이다.

그런데 그때였다.

"우하하! 살아 있었군그래!"

익숙한 호탕한 목소리.

평소라면 귀찮아서 듣기도 싫었지만 지금은 아니었다. 노카일의 얼굴이 환해졌다.

"코아락!"

"하하! 자네가 그리 기쁜 얼굴로 나를 반길 때도 있군!"

"젠장, 무지하게도 반갑소!"

진심이었다.

노카일의 목소리에는 떨림이 가득 담겨 있었고 진심이 느껴졌다. 비첼은 자신도 모르게 씩 웃고 말았다. 코아락과 더불어 3소대 병사 다섯 명이 피를 잔뜩 뒤집어쓴 채 나타난 것이다.

"인사는 나중에 하고, 대충 상황은 알 거 같으니까."

코아락이 씩 웃으며 롱소드를 들었다. 자세히 보니 곳곳에 칼에 베인 상처에서 피가 계속 흘러나왔으나 코아락은 지치지도 않았는지 광폭한 기운을 마구 뿜어냈다. 과연 북방군의 수색대 출신다웠다.

그리고 그때서야 도달한 제국 병사와 무기를 휘두르며 얽혀들었다.

"개새끼들! 다 덤벼!"

"빌어먹을 새끼들아!"

서로 욕설을 지껄이며 얽혀드는 두 무리. 비첼은 그 가운데서 꼼짝도 하지 않고 화살을 겨누었다. 주위의 시끄러운 고함과 욕설, 비명, 병장기가 부딪치는 모든 소음을 잊고자 노력하였고 오로지 목표만을 바라보았다. 그리고 호흡이 멈추는 순간.

비첼은 다시 화살을 쏘았다.

화살은 싸움이 얽혀드는 사이를 비집고 지나가 멀리 떨어진 지휘관의 목에 정확히 박혀들었다.

푹!

병사들을 다독이던 그 하급지휘관은 자신에게 무슨 일이 벌어진지도 모른 채 그대로 절명했다. 비첼의 입가에 살짝 미소가 어렸다.

그러나 이내 그 미소는 순식간에 사라질 수밖에 없었다.

"네 이놈!"

호랑이의 포효가 이러할까?

심장을 얼게 만드는 목소리엔 분노와 당혹감, 그리고 살기가 담겨 있었고 멀리 떨어진 위치인 비첼도 피부로 느낄 정도로 대단했다.

비첼의 시선이 고함이 들려온 곳으로 향했다.

그리고 그곳에는 붉은색의 플레이트 아머를 장착하고 말에도 붉은 마갑을 입힌 채 오롯이 서 있는 기사가 보였다.

보통 플레이트 아머는 은색에 가까운데, 그 기사는 온통 붉었다. 마치 피를 잔뜩 머금은 것처럼.

*　　*　　*

비첼의 몸이 절로 딱딱하게 굳어졌다.

'기사다.'

그것도 로무가 말했던 진짜배기 기사.

골드락과 같이 마나를 자유자재로 사용할 수 있는 기사가 분명했다.

두두두두!

말을 몰고 이쪽으로 달려오는 모습이 비쳤다. 비첼은 입술을 깨물며 겨우 정신을 차리고 화살 통에서 삐죽 빠져나온 화살깃을 만졌다.

‘단 두 개.’

고작 두 개.

남은 화살은 고작 두 개뿐.

‘오기 전에 죽인다.’

어쩐 연유일지는 알 수 없으나 붉은 기사는 비첼을 노리고 달려오고 있었다. 달려오면서 길을 가로막는 병사는 모조리 짓밟고 베어내는 그의 칼날은 잔혹하기 그지없었다.

기사가 다가오면 살 희망은 절대 없다.

무조건 죽는다.

저 강력한 차지를 막을 수도 없을뿐더러, 설령 피한다고 한들 칼날마저 피할 수는 없으리라.

그전에 죽인다.

무조건 그래야만 했다. 비첼은 떨리는 손길로 시위를 당겼다.

‘젠장!’

기사의 모습은 더욱 확대되어 있었다. 그만큼 가까워졌음이라.

비첼의 손이 부르르 떨렸다.

도저히 시위를 놓을 수가 없었다.

붉은 기사는 지금껏 비첼이 활로 죽인 이들과는 차원이 달랐다. 온몸을 플레이트 아머로 감싼 기사는 엄청난 방어력을 자랑한다. 더욱이 말을 빠른 속도로 달려오는 기사를 맞추기란 아주 요원한 일이었다.

비첼은 이를 악물었다.

'철벽은 없다. 철벽에도 아주 미세한 틈이 있는 법.'

비첼의 눈이 빛났다.

그리고 팽팽하게 당겼던 시위를 놓았다.

푹!

이히히힝!

화살은 말의 다리, 그것도 발목 부분을 정확히 관통하고 들어갔다. 말이 순간적으로 울부짖으며 크게 앞발을 들어 올렸고, 달려오던 관성을 이기지 못한 기사는 그대로 바닥에 낙마했다.

"좋았어."

애초에 비첼이 노린 것은 바로 이것이었다.

기사뿐만 아니라 말도 마갑을 씌워서 노릴 부분이 거의 없었다. 그때 비첼은 아무리 뛰어난 기사라고 하더라도 전속력으로 돌진하는 말이 갑자기 서면 도저히 어찌할 수 없음을 생각해 냈다. 그래서 말의 다리를 노리고 화살을 쏘았고, 예상과는 달리 발목 부분을 관통했으나 오히려 그것이 더 큰 효과를 냈다.

말이 주춤거리면서 쓰러지고, 낙마한 기사의 몸을 그대로 깔아 누워버린 것이다.

플레이트 아머의 무게, 거기에 마갑을 씌운 말의 무게!

사람이라면 분명 압사(壓死)했을 터!

그러나 비첼이 간과한 점이 있다.

마나를 사용할 수 있다는 점.

그리고 기사라는 존재.

그것은 불가능을 가능으로 만들게 하는 힘을 지니고 있음을.

"으아아아!"

"……!"

사람이 너무 놀라면 말도 나오지 않을 때가 있다.

비첼이 그러했다.

분명 상식으로 생각하면 절대 기사는 일어설 수 없다.

그런데 비첼의 눈에 비친 것은, 기사가 고함을 내지르며 등으로 말을 들어 올리면서 일어선 모습이었다.

도저히 믿을 수 없는 광경에 두 눈동자가 사정없이 떨렸다.

"저 미친……!"

"말, 말도 안 돼!"

붉은 기사의 포효는 주위 병사들의 이목을 집중시키고, 심장을 얼어붙게 할 가공할 힘이 담겨 있었다.

노카일과 코아락도 온몸에 피를 뒤집어쓴 채 오롯이 서서 이곳을 노려보는 기사의 모습에 아연실색이었다.

"도망쳐야 된다!"

"피해!"

노카일과 코아락이 외쳤다. 어느새 그들은 싸움을 마쳤다. 3소대 병사 세 명이 죽었고, 달려들었던 여섯의 정예병도 모두 죽었다.

코아락이 떨리는 목소리로 비첼에게 말했다.

"저건 아니야. 우리 같은 작자가 상대할 사람이 아니야."

"피할 수 있을까요?"

"뭐?"

"저렇게 달려오는 걸요."

비첼의 시선을 따라간 코아락의 표정이 아연해졌다.

쿵쿵쿵쿵!

거칠게 땅을 울리며 달려오는 기사의 얼굴은 악귀처럼 일그러져 있었다. 낙마하면서 머리를 다쳤는지 피를 흘리는 모습은 한 마리의 야수 같았다.

앞을 가로막는 병사는 모조리 일검에 갈라 버리는 가공할 신위에 비첼은 심장이 얼어붙는 느낌이었다.

결코 적을 두려워한 적이 없다.

소년병으로 처음 전쟁에 나설 때도 단언컨대 두려움을 갖고 싸운 적은 없다. 가족의 죽음, 그리고 마을 사람들의 죽음으로 인해 철저하게 독기로 무장했던 비첼은 공포를 몰랐다.

한데, 지금 온몸에 오한이 들면서 공포가 스멀스멀 기어올랐다.

일반 병사와 싸울 때하고는 도저히 비교할 수 없는 이 느낌!

비첼의 몸이 부르르 떨렸다.

그럼에도 그의 손은 움직였다. 무의식적인 행동일지도 모른다. 짧은 기간 동안 로무와 가졌던 실전 같은 훈련에서 로무는 실제로 비첼을 죽이고자 검을 험하게 휘둘렀고, 비첼은 매일

피를 봤다. 그러면서 자신도 모르게 무의식적으로 몸이 움직이는 경우가 있었는데 지금이 그러했다.

어느새 화살 하나가 활에 먹여졌다.

그리고 피부가 베일 정도로 팽팽해진 시위가 부르르 떨림과 동시에 화살을 쏘아 보냈다.

"가소로운!"

놀랍게도 기사는 코앞에서 쏘아진 화살을 너무나 손쉽게 쳐냈다.

비첼의 얼굴이 암울하게 일그러졌다.

그의 손이 부지런히 무기를 찾았으나 없었다. 브로드 액스는 이미 멀리 떨어져 있었고, 허벅지를 관통해 버린 화살 때문에 일어설 수도 없었다.

"네깟놈이 감히 내 조카를! 반드시 널 죽여주마!"

기사가 흉흉하게 외치며 달려들었다.

아마 비첼이 죽인 지휘관 중 하나, 아마도 마지막에 죽인 이가 기사의 조카이리라.

"어억!"

순식간에 벼락처럼 득달한 기사의 칼날에 달려들던 노카일이 피를 뿌리며 쓰러졌다.

"이익!"

코아락이 롱소드를 쭉 뻗었다.

"같잖구나!"

기사는 콧방귀를 끼며 검을 휘둘렀다. 단 한 수에 코아락의 검이 깨끗하게 부러지고 코아락의 가슴팍에 긴 혈선과 함께 피가 솟구쳤다.

"컥!"

단말마의 비명과 고통스런 표정으로 코아락은 무너졌다.

이어 살아 있던 병사 둘이 더 덤벼들었으나 싸늘한 시체가 되어 바닥에 누울 뿐이었다.

그리고 남은 이는 비첼 하나.

찌르르!

기사의 살기가 비첼의 피부까지 전해진다. 살기 하나만으로도 피부가 상해 문드러질 정도였다. 온몸을 옥죄는 공포와 두려움으로 차마 입도 열지 못하는 비첼이었다. 그의 눈앞으로 기사가 잔인한 미소와 함께 크게 도약하는 모습이 보였다.

비첼이 고개를 올려다보았다.

붉은빛을 머금은 칼이 수직으로 떨어졌다.

질끈.

절로 눈이 감겼다.

로무가 말하길 절대 공격을 피하지도, 그리고 눈을 감지도 말라 했다. 비첼은 그것에 철저했고 골드락과 대결을 할 때도 그러했다. 한데 지금은 그러지 못했다. 죽음이란 공포가 턱밑까지 차오르자 그도 그걸 이겨내지 못했다. 아무리 비첼이 독기에 철저하게 무장한 녀석이라 하더라도 아직 십대 소년일 뿐이었으니까.

푸욱!

섬뜩한 소리가 귓가를 파고든다.

"……?"

한데 고통이 느껴지지 않는다.

비첼의 표정에 의문부호가 어렸다.

감았던 두 눈을 슬며시 떴다.

"아?"

짙은 그림자가 드리워져 있었다. 비첼이 저도 모르게 고개를 들어 올렸다.

"……!"

"끄으으."

마치 김이 새는 듯한 끔찍한 신음 소리였다. 부릅떠진 두 눈과 마주친 비첼의 눈동자가 붉어졌다. 기사의 목 언저리에서 뚝뚝 떨어지는 핏방울이 비첼을 얼굴을 적셔갔다.

눈동자에 핏물이 차올라 앞이 흐렸다.

그럼에도 비첼은 똑바로 보았다.

푹!

"끄으윽."

기사의 목을 뚫고 나오는 날카로운 칼날을.

기사의 머리 위로 손바닥이 불쑥 튀어나와 기사의 머리카락을 사정없이 잡아 뜯었다. 칼날은 위아래로 움직이면서 기사의 목을 잘라갔다.

"끄어어어……."

지독했다.

부르르!

비쳴이 몸을 떨었다. 마치 바람이 새는 듯한 그 소리! 그리고 나무에 톱질을 하듯 검으로 기사의 목을 잘근잘근 잘라가는 그 모습! 어찌 지독하지 않으랴!

전쟁엔 목불인견의 참상이 가득하지만 이리도 지독한 모습은 단연코 본 적이 없다.

숨이 끊어지지 않아 신음을 내며 목이 잘리는 그 고통을 받아들이는 기사의 표정은 사람의 얼굴이 아니었다. 얼굴이 완전히 구겨지고 공포에 실성한 사람처럼 눈동자엔 흰자위만 가득했다.

푸악!

기사의 머리가 거칠게 뽑혔다. 제대로 잘리지 않은 목뼈가 걸려 같이 나왔지만 다시 휘둘러진 검에 온전히 머리만 떨어졌다. 비쳴은 그 잔혹한 광경을 눈앞에서 똑똑히 봤지만 그제야 몸의 긴장이 풀리는 기분이었다.

천천히 허물어지는 기사의 육신.

그리고 그 등에 타올라 있던 왜소한 체격.

"아저씨……."

"늦지 않아 다행이구나."

온몸에 피칠을 한 로무였다. 로무를 본 순간에 지금까지 꽉 잡고 왔던 긴장의 끈이 모조리 풀렸다. 그제야 화살이 꽂힌 부분부터 끔찍한 고통이 따라왔다.

"끄윽."

“이제 쉬어라. 이 전투는 끝난 듯싶다.”

“하아…….”

“정말 대단하구나. 병사 한 명의 몫을 할까 염려했지만, 넌 정말 대단한 전과를 세웠어.”

로무의 음성은 한없이 자애로웠고 자상했다. 비첼은 끔찍한 고통 속에서도 조금은 미소를 띨 수 있었다.

“쉬어라. 잠시 아무 생각도 하지 말고… 고통도 모두 잊고.”

로무가 비첼의 얼굴을 부드럽게 어루만지며 나직이 뇌까렸다. 온몸에 힘과 기운이 싹 빠지자 당장에라도 쓰러질 것처럼 잠의 마수가 밀려왔다.

서서히 눈이 감겼다.

“사령관이 죽었다! 제국 사령관의 목이 잘렸다!”

그리고 서서히 감겨지는 비첼의 두 눈에, 장창에 기사의 머리를 꽂아 이리저리 뛰어다니는 로무의 모습이 잠시 비쳤다.

＊　　　＊　　　＊

“약속 지켜라, 인마.”

“뭘?”

가슴부터 복부까지 붕대를 둘러맨 노카일의 말에 비첼이 천연덕스럽게 대꾸했다. 그러자 노카일이 황당한 표정을 지으며 어이없어했다.

“허참, 살아남으면 형님 대접 해준다 하지 않았냐?”

"생각해 본다고 했지."

"염병할. 생각해 본다나 해준다나 똑같은 거 아니야?"

비첼이 피식 웃어버리곤 고개를 휘휘 저었다. 노카일이 잔뜩 붉게 변한 얼굴로 뭐라 하려다가 이내 실없이 웃어버리고 말았다.

노카일은 기적적으로 살아남았다.

달려오던 기사에게 덤벼들었지만, 노카일은 공격을 받을 때 저도 모르게 본능적으로 몸을 최대한 뒤로 빼 치명상은 면했었다. 물론 운신이 힘들 정도의 중상이긴 했지만 목숨을 건진 것만 해도 어디인가?

"저 양반은 괜찮을지 모르겠네."

"……."

노카일이 한쪽에 죽은 것처럼 누워 있는 코아락을 보며 씁쓸하게 중얼거렸다. 노카일과 달리 코아락은 죽을 각오를 하고 기사에게 달려들었고, 천운이 따랐는지 죽지는 않았지만, 당장 죽어도 이상할 게 없는 치명상을 입고 말았다. 지혈 효과가 있는 약초를 뿌리고 붕대로 강하게 압박했지만 상처가 너무 깊어 붕대가 핏물로 붉게 물들어 있었다.

비첼도 차마 말을 잇지 못하고 안타까운 눈길로 코아락을 바라보았다.

'참으로 고맙군.'

그 생각이 갑자기 들었다. 자신이 이렇게 살아남은 것은 순전히 동료들 덕이었다. 지친 가운데서도 비첼을 보호해 주던

노카일, 기사를 막기 위해 죽을 각오로 검을 휘둘렀던 코아락,
그리고 마지막에 비첼을 구해줬던 로무.

한없이 고맙기만 했다. 비첼은 전우애란 무엇인가를 느꼈다.

특히나 노카일은 의외였다. 자신과 그닥 사이가 좋지 않았
을뿐더러, 불미스런 일도 있었다. 한데 진심을 다해 곁에서 싸
워줬다. 전쟁이 싫어 부정적이기만 했던 그가 말이다.

"고맙다."

"뭐?"

"……."

"허, 고맙다고 한 거냐? 나한테?"

노카일이 새삼스런 눈빛으로 비첼을 바라보았다. 비첼은 그
런 그의 시선을 피하면서 벽에 등을 기댔다. 어깨와 허벅지에
서 진한 고통이 밀려왔지만 이젠 참을 만했다. 진통효과가 있
는 약초를 계속 질겅질겅 씹어댔더니 나름 효과가 있었다.

노카일이 과장된 목소리로 말했다.

"이야. 너한테 고맙단 말도 들어보고. 진심으로 고마우면
나이대접 좀 해주지?"

"나보다 약한 놈한테 내가 뭘 해주길 바라?"

"뭐? 아나, 이 자식이 진짜. 인마, 나 총 네 명이나 베었어.
이거 대단한 전과라고!"

비첼이 피식 웃었다. 그리고 손가락 두 개를 폈다.

"천인장 하나, 백인장 하나."

"……."

그러자 노카일은 꿀 먹은 벙어리처럼 아무 말도 하지 못했
다. 노카일의 전과도 일반 병사 한 명이 한 일이라면 대단했으
나 비첼의 전과는 그야말로 대단하다 못해 경이롭기까지 했으
니까.

맨 마지막에 죽인 기사의 조카는 천인장이 아니라 백인장이
었다. 그리고 처음에 화살을 쏘아 낙마시킨 하급지휘관은 용
케 살아남아 도망쳐서 전과에 포함되지 않았다.

그렇지만 병사 혼자 백인장과 천인장을 골로 보냈다는 사
실.

이것은 병사들 사이에서 떠들썩한 이야기였다. 그것도 아직
은 어린 비첼이라면 말이다.

그러나 의외로 비첼은 크게 부각되진 않았다.

그 이유는 바로 로무 때문이었다.

로무의 전과는 거의 전설적이었다.

별동대 총사령관이었던 제국 기사 로켄스트를 사살했다.

그리고 그 외에 백인장 셋과 천인장 하나, 그리고 병사를 열
명 넘게 죽인 것으로 확인되었다. 도저히 병사라고 볼 수 없는
혁혁한 전공이었다. 그래서 전투 중에 전사한 모하일 3중대장
을 대신하여 현재 중대장 직위에 올랐다. 카이로에 노카일의
아버지인 른네와 더불어 병사 출신 지휘관이 탄생한 셈이다.

상대적으로 로무에 가려 그 빛을 잃었지만 그래도 비첼을
대단하다고 치켜세우는 이가 상당히 많았다. 부상자들이 수용
되는 이곳에서도 비첼을 보면 엄지손가락을 올리며 감탄했으

니까.

그런데 그때였다.

"영애께서 오실 곳이 아닙니다."

"아니긴요, 전투 중에 부상을 입은 병사들입니다. 가서 위로해 주고 치료해 줘야죠."

부상자들이 모여 있는 막사 바깥이 소란스러웠다. 비첼도 노카일도 의아한 마음으로 고개를 돌렸다.

이윽고 막사 입구가 한쪽으로 걷혀지면서 한 여성이 걸어 들어왔다.

이제 스무 살이나 됐을까.

연한 금발의 머리카락이 어깨 아래까지 내려오고 간편하게 입은 듯한 의상은 땀으로 인해 몸에 달라붙어 은연중에 아름다운 굴곡을 보여주고 있었다.

무엇보다 약간은 홍조를 띤 얼굴은 새하얀 피부 때문인지 사랑스럽게 보이기도 했다. 피비린내 나는 전장에서 볼 수 없는 청초한 여인이었다.

노카일이 그 모습을 넋을 놓고 바라보았다.

"정말 고맙군요. 이렇게 다치면서까지 카이로를 지키기 위해 목숨을 내놓고 싸우시다니……."

여자는 쓰러져 있는 병자들을 보며 안타까움과 동정, 그리고 따뜻함이 깃든 목소리로 중얼거렸다. 그러다가 비첼을 보고는 눈을 동그랗게 뜨더니 천천히 다가왔다.

비첼은 그녀가 누군지 곧바로 알아보았다.

여자가 살포시 미소 지으며 말했다.

"약간은 낯익은 얼굴이네요."

"저는 잘 모르겠습니다."

비첼은 사실 여자를 본 적이 있다.

바로 카이로에 들어왔을 때, 로드니악과 더불어 자신을 지켜보던 사람이었다. 여자도 그것을 기억하고 비첼에게 말을 건넸지만 비첼은 모른 척했다. 굳이 아는 척해서 도움 될 거라곤 없단 생각이었다.

"그럴 수밖에요. 단지 제가 당신을 본 것 같거든요."

"……."

여자는 그러면서 살짝 미소 지었다. 순간적으로 비첼의 얼굴이 붉게 달아올랐다. 여자에게서 풍겨지는 향긋한 향기가 묘한 마력을 갖고 비첼의 마음을 어지럽혔다.

'으음…….'

싱숭생숭한, 쉽게 표현할 수 없는 묘한 두근거림에 비첼의 미간이 살짝 찌푸려졌다.

사실 비첼은 여자와 성에 관심이 많을 한창때였다. 다만 일찍이 전쟁에 뛰어들어 그것을 잊고 있었을 뿐, 막상 여자를 이리도 가까이 대면하니 얼굴이 절로 붉어지는 것을 어쩔 수 없었다.

그때 노카일이 그런 비첼의 얼굴을 보며 묘한 표정을 지었다.

'짜식. 그래도 남자라고…….'

괜스레 기분이 흐뭇해진 노카일이 비첼과 여자를 흥미진진한 눈빛으로 바라보았다.

"전 유니아스 로겐이라고 해요. 듣자 하니 굉장한 공을 세운 소년 병사가 있다 했는데, 당신이죠?"

"아, 영애님을 뵙습니다. 비첼이라고 합니다."

비첼이 황급히 고개를 숙였다. 비첼뿐만 아니라 막사 내에 있던 부상자들도 모두 고개를 숙이며 예를 표했다. 로겐이란 성으로 인해 골드락의 가족임을 알아챈 비첼은 곧바로 예를 표한 것이다.

"이러지들 마세요. 모두 몸도 불편한데 과한 예를 차릴 필요가 없어요."

유니아스가 손사래 치자 병사들이 쭈뼛거리며 고개를 들어 올렸다. 유니아스는 카이로 내에서 유명했다. 자애롭고 따뜻한 성격으로 일반 평민들에게도 존댓말을 하고, 워낙 성격이 착해 재산을 고아들을 위해 기부하는 등의 활동을 펼쳐 민중의 지지를 얻는 여인이었다.

무엇보다 카이로를 수호하는 기사 가문인 로겐 가문의 영애였고 카이로의 실질적인 지휘관이었던 골드락의 동생이기도 하여 그 위치가 대단했다.

그런 유니아스가 친히 부상막사를 찾아온 일에 대해 병사들은 감격을 감추지 못했다.

Chapter 06
위기의 카이로

“이런 누추한 곳까지 어인 일로…….”

노카일이 조심히 끼어들며 말했다.

부상막사는 이곳저곳에 핏자국이 있었고 상처가 곪아 지독한 냄새도 났기에 귀족 영애인 유니아스가 올만한 곳이 아니었다. 그러자 유니아스가 당찬 표정으로 고개를 저었다.

“카이로 내에 있는 모든 병사가 피를 흘리며 싸우고 있어요. 그리고 남아 있는 시민들도 자발적으로 음식을 제공하고 화살을 만들면서 카이로를 지키려고 하는데, 명색의 카이로의 귀족인 제가 가만히 있을 수 있나요?”

유니아스로서는 도저히 가만히 앉아 보호만 받을 수는 없었다.

　기사 가문인 로겐 가문의 차녀로서 기사는 아니지만 특유의 당당함만큼은 몸에 배어 있는 유니아스다.

　골드락이 수도로 피해 있으라 했으나 유니아스는 고집을 부려 카이로에 남았다. 그리고 부득이한 이유로 카이로를 떠나지 못한 시민들을 직접 찾아다니며 위로하고 격려하는 등의 활동을 펼쳐 왔었다.

　"비록 가진 재주는 없지만 저도 여러분을 돕고, 카이로를 지키고자 해요."

　유니아스는 그렇게 말하며 의무병과 함께 부상자들을 돌보기 시작했다.

　고귀한 신분인 그녀가 의무병처럼 부상자들을 돌보는 모습에 호위기사는 안절부절못했다.

　"아가씨. 이런 일들은 의무병들에게 맡기시고 들어가시지요. 골드락 단장님께서 아시면 크게 경을 칩니다."

　"아니에요. 별로 어려운 일도 아닌데요."

　유니아스는 그렇게 말하며 직접 부상자의 붕대를 풀고 깨끗한 새 붕대로 갈아줬다. 그러나 살점이 떨어지고 뼈가 훤히 보이는 상처를 보고는 유니아스의 표정도 창백하게 질렸다. 막사 내에 있던 지독한 피 냄새가 그녀의 머리를 어지럽혔다.

　하나 유니아스는 입술을 굳게 깨물었다. 로겐 가문의 차녀다. 그녀의 아버지도 기사고, 오빠인 골드락도 기사였다. 그런 가문에서 자란 유니아스는 겉은 유해 보여도 속은 단단한 여자였다.

유니아스로부터 직접 치료를 받은 병사는 황공한 표정으로 고개를 숙였다.

그 모습을 지켜보던 노카일이 감탄을 터뜨렸다.

"하. 정말 대단한 귀족영애시군."

유니아스는 지금까지 보아온 귀족들의 모습과는 차원이 달랐다.

기사 출신이 아닌 이상 전장을 찾지 않는 작자들이 귀족이다. 그야말로 고귀한 신분을 타고난 사람들이었으니까 위험한 곳에 올 생각은 전혀 하지 않는다.

그것도 여자라면 더욱 그렇다.

남자 귀족은 자신의 사내다움, 그러니까 나쁘게 말하면 허세를 부리기 위해 전장을 찾는 경우는 있지만 여성 귀족이 비록 후방이지만 전장에 나타나 부상자들을 돌보는 경우는 아주 이례적인 일이었다.

"그런 것 같군."

비첼도 노카일의 말에 동조했다. 노카일이 슬쩍 비첼을 바라보고는 능글스런 웃음을 지었다.

"아까 얼굴을 붉히던데, 혹시 반했냐?"

"실없는 소리."

비첼이 고개를 설레설레 저으며 노카일을 무시했다.

"하여튼 애늙은이 자식 아니랄까 봐. 지보다 연상인 여자를 좋아해요."

노카일이 능글스럽게 말했지만 비첼은 애써 무시하고 유니아스에게서 시선을 뗄 수 없었다. 비첼도 유니아스 같은 귀족은 처음 보기에 상당히 낯설기도 했다. 하기야 평민에게 존댓말을 한다는 점부터 믿기 어려운데, 직접 의무병과 함께 부상자들을 돌보는 모습은 두 눈으로 보고도 믿기 어렵다.

카이로 시민들이 왜 유니아스를 좋아하는지 알 수 있는 대목이었다.

이내 유니아스는 의무병과 함께 부상자들을 한 명, 한 명 돌보면서 노카일과 비첼이 있는 곳으로 왔다.

노카일이 잔뜩 기대한 얼굴로 난간에 바싹 붙어 앉았다.

그러나 그의 기대와는 달리 그에게 다가온 이는 시커먼 남정네였다. 노카일의 표정이 와락 찌푸려졌다.

건장한 남자 의무병이 달라붙어 큼지막한 손으로 붕대를 풀었다.

"아악, 거참. 좀 살살합시다."

노카일의 표정이 마치 똥이라도 싶은 모양으로 찌푸려져 지켜보던 비첼은 저도 모르게 피식 웃고 말았다.

그때 유니아스가 다가와 비첼의 상태를 살폈다.

"상처가 심각하네요."

"아, 예."

"싸움이 격렬했나 봐요."

"힘든 전투였습니다."

유니아스는 비첼의 붕대를 조심스럽게 풀었다. 노카일의 붕대를 풀던 의무병과 대조되는 손길이었다.

유니아스가 상냥한 목소리로 말했다.

"로만 왕국 사람이라 들었어요."

"예."

"고마워요."

"……?"

뜬금없는 감사에 비첼이 고개를 갸웃했다.

"카이로의 시민도 아니고, 로스트 왕국의 백성도 아닌데 큰 공을 세웠다고 들었어요."

"그저 살기 위해 싸운 겁니다."

비첼이 고개를 저으며 말했다. 그러나 그의 말에는 어폐가 있었다.

"그래서 이렇게 몸이 심각하게 망가졌나요?"

"……."

비첼은 말을 잃었다. 비첼도 그걸 알고 있었다. 애초에 로무가 조언했던 바는 전장에서 공을 세우는 법이 아니라 살아남는 법이었다. 그간 했던 훈련도 그러했다. 한데 비첼은 전장에서 제일 앞에 나섰고, 끊임없이 적과 싸웠다. 피할 법도 한데 굳이 전투를 끝내기 위해 위험하게 적 지휘관들을 직접 노렸다.

병사라면 죽고 싶어 환장하지 않으면 절대 그러지 못하리라.

"어떤 이유로 카이로를 위해, 로스트를 위해 전장에 나섰는지 모르겠어요. 아무래도 특별한 이유가 있겠죠."

유니아스는 상처가 곪지 않게 약초를 잘게 빻아 만든 약품을 조심스럽게 상처 부위에 발라줬다.

"용기 있게 선봉에 서서 싸운다는 건 정말 멋지죠. 대단하고, 용감한 행동이죠. 적어도 오빠는 그렇게 말하더군요."

"……."

"무언가 이유가 있어 싸우는 거 알아요. 그런데 목숨을 도외시하면서까지 싸우는 거… 그러다가 자칫 목숨을 잃으면 어떻게 되는 거죠?"

유니아스는 그 말을 끝으로 붕대를 새로 감고는 숙였던 허리를 폈다. 그리고는 살짝 미소 지으면서 의무병들과 함께 막사 밖으로 나갔다.

남겨진 비첼의 눈에 미묘한 빛이 어렸다.

＊　　　＊　　　＊

"그러니까 몸을 사리라는 거야?"

"듣고 있었나?"

"뭐, 일부러 들으려고 했던 건 아니고……."

노카일이 어깨를 으쓱였다. 비첼은 노카엘에게서 시선을 떼고 조용히 눈을 감았다.

유니아스가 굳이 왜 그런 말을 일반 병사인 자신에게 했는지는 몰랐지만 분명 생각해 볼 말이었다.

마나를 사용할 수 있는 기사도 죽어 나자빠지는 곳이 전장이다.

실제로 별동대 총사령관은 기사이면서도 로무에게 뒤를 허용해서 억울하게 죽었다.

아무리 실력이 뛰어나도 함부로 움직였다간 죽음을 면치 못하는 점을 비첼은 똑똑히 보았다.

한데 비첼은 첫 전투에서 너무 움직였다. 속된 말로 나댔다.

어깨와 허벅지, 그리고 전체적으로 큰 부상을 입었지만 동료들의 도움이 없었으면 분명 죽음을 면치 못했을 터.

죽으면 말짱 도루묵이다.

아버지의 죽음 앞에서 했던 맹세를 지킬 수가 없다.

붉은 제국의 병사들을 죽이는 것이야 말로 비첼이 평생의 업으로 삼은 일이다. 한데 그러다가 죽어버리면 아무것도 아니다. 그저 전장에 뛰어든 병사 중 하나로 아무도 기억하지 못하고 죽겠지.

"내가 생각해도 넌 좀 적당히 해야 해."

노카일이 비첼의 상념을 깨뜨리며 말했다.

"아무리 네가 실력이 뛰어나도 그런 식으로 싸우면 넌 다음 전투에서 반드시 죽어."

"……."

"짜식. 너나 나나 여기 털보나 그리고 로무 소대장님… 아니지, 중대장님 아니었으면 죽었어. 유니아스 님께서 말하신 게 옳아."

노카일까지 그렇게 말하자 비첼은 자신이 저질렀던 실수를 인정할 수밖에 없었다.

로무는 5년 동안 전장에서 살아남으면서 수많은 제국 놈을 죽여왔다. 그렇게 할 수 있었던 이유는 철저한 행동 덕택이었다. 굳이 공을 세울 맘으로 나서지도 않았고 그저 자기 앞에 있는 적만 베었을 뿐이라고 말했었다. 그러다가 기회가 왔을 때 비로소 기사의 뒤를 노리거나 했을 뿐이라고.

비첼도 그런 로무의 모습을 본받아 행동하기로 마음먹었다.

지금이야 부상으로만 끝났지만 어제의 전투처럼 행동한다면 반드시 죽을 수밖에 없으리라.

그런데 그때였다.

"몸은 괜찮느냐?"

자애롭기까지 한 목소리였다.

비첼이 얼굴에 잔잔한 미소를 띠며 로무를 반겼다.

"오셨어요?"

"그래, 그래. 어디, 몸은 괜찮고?"

"고통스럽긴 하지만 괜찮습니다. 의무병도 의외로 상처가 빨리 아문다고 합니다. 완치만 되면 무기를 휘둘러도 크게 불편한 점은 없을 거라 합니다."

"다행이구나."

로무는 그렇게 말하면서 미소를 지었다. 그런데 미소를 짓는 입가가 살짝 어설픈 것이 무언가 이상했다. 다른 사람들이라면 전혀 알아차리지 못하겠지만 환경을 살피는 능력만큼은 특화된 비첼이다. 더구나 1년을 같이 지낸 로무의 표정을 못

읽어낼 비첼도 아니었다.

"무슨 일 있으십니까?"

"응? 왜? 내 표정이 이상하더냐?"

로무는 짐짓 태연한 척했지만 비첼은 이미 로무의 어색한 점을 간파했다.

"그건 아니지만, 약간 근심이 있어 보입니다."

"흠흠. 널 속일 순 없겠구나. 사실 당분간 널 찾아오지 못할 것 같다."

로무는 헛기침을 하면서 비첼의 옆에 앉았다.

"아무래도 여긴 성안이니 못 오시겠죠."

부상막사는 카이로 성내에 설치되어 있다. 방어진에서 예비대 3중대를 맡게 된 로무로서는 당연히 올 수 없으리라. 그러나 비첼은 그것이 이유가 아님을 이내 알아차렸다.

"뭐 특별한 일이 있습니까?"

"임무가 내려왔다."

그리고 로무는 말을 잇지 않았다. 비첼도 궁금했지만 더 이상 굳이 캐묻지 않았다. 로무가 말을 하지 않는 이유에는 아마 보안상의 문제 등이 있을 것이다. 비첼은 그것을 충분히 이해했으나, 로무가 평소와 다른 표정을 지을 정도로 어려운 임무란 생각이 들었다.

"아무래도 내가 너무 공을 크게 세운 것 같구나. 로만에서는 이런 일이 한 번도 없었는데."

로무가 살짝 후회의 심정을 내보였다.

전장에서 공을 세운다고 해도 일반 병사인 로무에겐 크게 이로울 게 없다. 오히려 윗사람들에겐 병사이면서도 실력이 출중하기에 더 이용해 먹기 쉬울 뿐이다. 양성해 내기 어려운 기사에 비해서 말이다.

로무가 크게 공을 세우는 바람에 그 실력과 능력을 인정받아 이번 임무에도 참가하게 됐다.

"어려운 임무인가요?"

"글쎄."

부정하지 않는다.

어렵다는 얘기다. 그렇다면 목숨도 위험할 터. 비첼은 겉으론 담담해 보였지만 속으론 심장이 쿵쾅쿵쾅 뛰었다.

"그래도 걱정 마라. 로만에서 5년 동안 살아남은 몸이다. 임무 완수는 못하더라도 죽진 않는다."

로무가 자신만만하게 말했다. 그러면서 품에서 무언가를 꺼내 비첼에게 쑥 건넸다.

"이건……?"

로무의 손에 잡힌 건 작은 유리병이었다. 비첼은 유리병 안에 담긴 붉은빛이 감도는 액체를 보고 눈을 크게 떴다. 사실 액체보단 유리병에 새겨진 신전의 마크 때문이었다.

"힐링포션이다. 부상으로 내려왔더구나."

"이 귀한 걸……."

"나야 부상당한 곳도 없는데 뭣하러 갖고 다니겠느냐."

"…감사합니다."

비첼은 거절하지 않았다. 사실 비첼의 부상은 심각했지만 놀랄 정도로 빠른 속도로 아물고 있었고, 비첼도 그것을 느끼고 있었다.

그러나 조금 살짝 떨어진 곳에서 죽은 듯이 누워 있는 코아락을 보니 도저히 거절할 수 없었다.

"그래, 난 이만 가보마. 몸조리 잘하고……."

"예, 곧 뵙겠습니다."

"그래, 그래."

로무는 잔잔한 미소를 띠며 일어섰다. 그리고 몸을 돌리는 순간, 그는 노카일의 얼굴을 바라보면서 입술을 달싹였다.

"……?"

"그럼 이만 가겠다. 노카일, 자네도 빨리 낫고."

"아, 예 가십시오, 소대… 아니 중대장님."

노카일은 로무에게 고개를 꾸벅 숙여 인사했다.

'잘… 부탁한다?'

분명 목소리는 내지 않았지만 입의 모양을 보건대 그러했다. 잘 부탁한다는 말이었다. 노카일은 그 대상이 누구인지 금방 알아차렸다. 그는 밖으로 나가는 로무의 뒷모습을 바라보고 있는 비첼에게 시선을 돌렸다.

'도대체 얼마나 위험한 임무기에…….'

노카일이 본 로무는 강했고, 대단한 인물이었다.

그런데 그런 자가 마치 돌아올 수 없는 것처럼 잘 부탁한다는 한마디를 남기고 가다니.

노카일의 표정이 어두워졌다.

'염병……'

＊　　　＊　　　＊

로무가 부상막사를 떠난 지 삼 일이 지났다.

"끙. 아파 죽겠군."

코아락이 뒤척이다가 벽에 등을 기댔다. 그 모습을 가만히 지켜보던 노카일이 불퉁스런 말로 중얼거렸다.

"염병. 힐링포션은 혼자 다 처먹어놓고, 아프단 말이 나오쇼?"

"그게 무슨 만능 약이라도 되는가. 흠흠. 하여튼 포션은 고맙네, 비첼."

힐링포션이 만능은 아니었다.

그러나 거의 죽어가던 코아락을 어느 정도 움직일 수 있도록 하기에는 충분했다. 포션 한 병을 거의 다 코아락에게 쏟아붓긴 했지만, 노카일도 조금은 마셔서 몸이 많이 나아졌다.

그에 반해 비첼은 힐링포션에 입도 대지 않았다. 그의 몸은 비첼이 가장 잘 알고 있었다.

'거의 다 낫고 있어.'

상처가 많이 아물었음을 느끼고 있었다. 온몸엔 활력이 돌기 시작했고, 이젠 두 발로 조금 빨리 걸어도 문제가 없을 정도였다. 심각한 부상에 비해 상당히 빠른 회복 속도였다.

"너, 우리 몰래 마셨지?"

노카일이 그런 비첼이 이해가 안 되는 듯 따졌다. 비첼은 노카일을 한번 흘겨보고는 상대할 가치도 없다는 듯이 고개를 홱 돌렸다.

며칠간 부상막사에서 제대로 움직일 수가 없으니 노카일의 불평불만과 그 많은 말을 다 들을 수밖에 없었다. 괜히 노카일하고 말이 길어지면 피곤해짐을 아는 비첼은 그저 무시로 일관했다. 아니, 일부러 무시한 것은 아니었다. 지금 비첼의 머릿속은 복잡하기 그지없었다.

'아저씨……'

머릿속에는 오로지 연락이 없는 로무에 대한 생각으로 가득했다.

아무런 연락이 없다.

조금의 소식도 없다.

실패하면 지휘관들이 임무에 대한 이야기를 숨긴다. 그러나 성공한다면 병사들 사이에 퍼뜨려 사기를 진작시키는 법이다. 한데 아무런 이야기도 없었다.

'일단 성공은 아니란 건가.'

그렇다고 실패라고 볼 수도 없다. 아무리 임무가 실패해도 병사들 사이에서 소문이 돌게 마련이다.

한데 아무런 소문이 없으니 답답할 노릇이다. 비첼은 순간적으로 불길한 생각이 들었다.

'설마 무슨 변고가 생긴 것인가?'

임무에 참여했던 병사 중 단 한 명도 생환하지 못했다면?

그럼 소문이 돌지 않을 수도 있다.

불길한 생각이 스멀스멀 피어오르자 비첼은 고개를 휘휘 저었다. 가슴에 납덩이가 떡하니 자리를 차지하고 있는 느낌이었다.

'후, 답답하군.'

비첼이 꽉 막힌 가슴을 두어 번 치고는 주위를 둘러보았다.

낯선 얼굴의 부상자들이 병상 위에 가득했다.

부상막사에는 새로운 부상자들이 매일같이 들어오고 나가기를 반복했다.

이젠 경상자뿐만 아니라 어느 정도 회복한 중상자들도 다시 전선에 배치되고 있었다.

즉 전투가 급박해진단 소리였다.

비첼은 얼마 지나지 않아 자신도 새로 전선에 배치될 것을 알았다.

아니, 그는 오히려 당장에라도 전선에 나가고 싶었다. 싸우고 싶어서? 몸이 근질거려서? 그것은 전혀 아니었다.

직접 로무의 생사를 확인하고 싶었다. 조금의 소식이라도 듣고 싶은 마음이 간절했다.

그런 비첼의 심정을 느꼈음인가?

코아락이 조심히 비첼을 진정시켰다.

"로무 중대장이라면 뛰어난 싸움꾼 아닌가. 분명 살아올 것이야."

"…예."

비첼도 고개를 끄덕이며 마음을 가라앉혔다.

로무를 믿기 때문에 그나마 침착성을 유지할 수 있었다. 5년 동안 전장에서 살아남은 베테랑인 로무가 쉬이 죽지 않으리란 믿음이다.

그 믿음은 그간 절대적으로 비첼의 머릿속에 자리 잡았다. 기사마저 베어버리는 그 무위는 5년 동안의 경험이 그대로 묻어나오는 베테랑인 로무만이 가질 수 있는 힘이었다.

그런데 그때였다.

"비켜! 다들 비키라고!"

"빨리 지혈시켜! 이러다간 죽어!"

막사 바깥쪽이 소란스러워지더니 의무병들이 고함 소리와 함께 들것을 들고 안으로 들이닥쳤다.

들것에서는 뜨거운 핏물이 뚝뚝 흘러내리고 있었다. 막사에 역한 피 냄새가 확 풍겼다. 지독한 냄새였다. 며칠간 후각에 익숙해졌다고 해도 갓 흘러나오는 뜨거운 피 냄새는 지독했고 역하기 그지없었다. 비첼의 표정이 저절로 찌푸려졌다.

부상막사에는 자리가 없었다. 그렇지만 의무병들은 억지로 자리를 만들어내고 그 위에 시체나 다름없는 병사를 눕혔다. 들것에서 내려지면서 병사의 창백한 얼굴이 드러났다.

"……!"

그 병사의 얼굴을 바라보던 비첼의 얼굴이 경악으로 일그러졌다.

비첼은 심장이 덜컥 내려져 앉는 기분이었다.

"아저씨!"

로무였다.

정신을 잃고 얼굴에 창백한 빛이 감돌고 입이 푸른색으로 부어올라 거의 시체처럼 보였다. 비첼은 저도 모르게 로무에게 뛰어들었다.

"미친, 저리 꺼져!"

"비켜, 이 자식아!"

의무병들이 가까이 오는 비첼을 저지했다.

비첼은 의무병의 저지에도 불구하고 로무에게 다가가려고 애썼다. 가까이 갈수록 참혹한 모습이 눈에 비쳤다. 온몸을 난도질 당한 듯, 수많은 검상이 곳곳에 새겨져 있었다. 무엇보다 심각한 일은 로무의 오른팔이 깨끗이 잘려 나가 있었다.

부들부들!

비첼의 몸이 부르르 떨렸다. 로무는 오른손잡이다. 근데 오른팔을 잃었다. 그럼 평생 검을 들 수 없다. 병사로서 로무의 목숨은 끝났다. 아니, 사람으로서의 목숨도 지금은 아슬아슬했다. 죽을지도 몰랐다.

가슴에서 활화산이 터지듯 심장이 미친 듯이 요동쳤다.

그를 뒤에서 잡은 건 노카일이었다.

"염병! 진정해!"

"……."

노카일이 있는 힘껏 꽉 붙들어 매자 비첼은 잠시 버둥거리다 이내 이를 악물었다. 이가 부딪쳐 갈리면서 뿌드득하는 소리가 흘러나왔다. 이빨이 부서져라 꽉 닫힌 입에선 마치 짐승의 울부짖음 같은 신음이 흘러나왔다.

"크으으……."

비첼의 눈동자가 붉게 충혈되어 마치 피가 뚝뚝 떨어질 것만 같았다. 꽉 쥔 두 주먹이 부르르 떨렸다. 그 분노를 느낀 노카일은 비첼을 겨우 간신히 진정시키고 의무병들의 행동을 지켜봤다. 비첼도 분노를 억지로 억누르면서 두 눈을 부릅뜨고 지켜봤다.

의무병은 일단 잘린 부분을 물로 씻어내고 마른 헝겊으로 닦았다. 그리고 그 위에 지혈효과가 있는 약초를 곱게 빻은 가루를 마구 뿌렸고 붕대를 어깨와 가슴 쪽으로 크게 둘둘 말았다.

사실 별다른 방법이 없다.

의무병이라고 해서 대단한 의술을 갖고 있는 것도 아니다.

그저 이 정도가 최선이다.

비첼은 다 쓴 힐링포션을 떠올리고 뒤늦게 후회했다.

힐링포션만 남아 있다면 적어도 목숨만은 확실히 살렸을 텐데…….

지금은 알 수 없다.

쇼크로 죽을지도 모르고, 어쩌면 이미 피가 너무 많이 흘러 죽을지도 모르는 일이다.

의무병은 그렇게 로무를 치료하고, 들것에 실려 있던 또 다른 남자를 그 옆에 눕혔다. 남자는 로무에 비해 양호했으나 가슴에 긴 자상이 남은 걸로 보아 제법 상처가 심했다.

"끄윽! 죽겠구먼!"

남자는 용케도 정신을 잃지 않고 치료를 받았다.

의무병들은 치료를 다 마치고 다시 바쁘게 바깥으로 뛰어나갔다.

비첼은 의무병이 나가자마자 로무에게 다가갔다.

"이 무슨."

믿기지 않는다. 시체처럼 누워 있는 로무를 두 눈으로 보고도 쉬이 믿을 수 없었다.

비첼은 조심히 로무의 뺨을 어루만졌다.

아직은 온기가 감돌고 있었다.

"괜찮을 게다. 괜찮을 게야."

코아락이 힘들게 다가오며 말했다. 비첼은 굳게 입을 다물고 아무 말도 하지 못했다.

그때 비첼이 고개를 돌려 입을 열었다.

"혹시 같은 임무를 수행하셨습니까?"

옆에 있던 노카일과 코아락이 흠칫할 정도로 차가운 목소리였다.

비첼의 물음에 로무와 함께 실려 왔던 남자는 힘겹게 고개를 끄덕였다.

"그래. 죽다 겨우 살아 나왔지."

"어떻게 된 겁니까?"

“큭. 그냥 말도 안 되는 임무였지.”

남자가 조롱기 가득한 웃음을 지었다.

비첼은 순간 속에서 열불이 터지는 기분이었다. 말도 안 되는 임무에 로무가 참가했다가 이리 됐단 생각이 들자 제정신을 유지하기 힘들었다. 비첼은 입술을 깨물었다. 입술이 찢어지면서 피가 입안에 감돌자 침착함을 유지할 수 있었다.

“어떤 임무였는지 물어봐도 되겠습니까?”

피부가 시릴 정도로 냉기가 뚝뚝 떨어지는 어투다. 남자는 잠시 고민하는 표정을 짓더니 한숨을 내쉬었다.

“어차피 이렇게 된 거. 소문이 다 날 터이니…….”

남자가 그렇게 운을 떼자, 근처에 있던 다른 부상자들도 귀를 기울였다.

“다들 방어진에 있었으면 뮌센 강이 단번에 얼어버리는 모습을 똑똑히 봤을 거야. 마법의 위력이었지. 세상에 겨울에도 혹한이 아닌 이상 얼지 않는 뮌센 강이 얼어버리는 모습은 내 평생 처음 봤었지.”

남자는 감상에 젖어드는 표정으로 중얼거렸다.

“근데 그걸 우리네 마법사가 깨부수지 않았는가? 우리 마법사가 적음에도 적 마법사들과 나름 대등하고, 얼음까지 부순 이유는 무엇이라고 생각하나?”

비첼은 잠시 생각하다 말했다.

“마법진일 겁니다.”

“그래. 마법진 때문에 겨우 전투를 끝낸 거였어. 마법사 수가 적음에도 나름 대등하게 맞섰고 피해도 입히면서 상처뿐인 승리라도 이끌어냈지. 그렇지만 말이야. 우리 마법사가 그리는 마법진을 저기서는 그리지 못할까?”

“그럼……?”

“제국군이 오자마자 공격을 시작했기에 적들은 마법진을 하나도 완성하지 못했지. 그래서 마법사 숫자가 많아도 제대로 강을 얼리지 못했고, 끝까지 유지도 못했지. 근데 다음 전투부터 마법진을 제대로 만들어놓고 싸운다면 어찌 되겠는가?”

“염병. 다 뒈지는 거지.”

노카일이 중얼거렸고 비첼은 고개를 끄덕였다.

마법사들이 전쟁에 나설 땐 여러 마법진을 준비하고 전투한다고 들었다. 그러면 마법사 숫자가 적어도 배가되는 능력과 파괴력을 낼 수 있다.

한데 숫자가 훨씬 더 많은 제국 마법사들이 그런 마법진을 완성시킨다면 추는 완전히 제국 쪽으로 기울어진다.

거기까지 생각이 미치자 비첼은 머릿속에 번뜩 드는 생각이 있었다.

“그럼 그 마법진을 파괴시키는 것이 임무였습니까?”

끄덕.

남자는 예의 비웃음 같은 미소를 띠면서 고개를 끄덕였다.

“미친!”

“염병할. 그게 무슨 말이나 되는…….”

지켜보던 노카일이 상스런 욕을 내뱉었다.

세상에 마법진을 파괴시킨다는 허무맹랑하기 짝이 없는 생각은 도저히 어떻게 나왔는가? 그것이 임무란 말인가?

마법진을 파괴하는 일은 사실상 불가능하다. 이 사실은 일반 병사부터… 아니, 한낱 치안대원도 아는 기본적인 상식이었다.

뮌센 강 방어진에 설치된 마법진도 수백의 병사로 둘러싸여 보호받고 있다. 뮌센간 방어진도 그러한데, 이곳보다 네다섯 배는 병력이 많은 제국진영에선 어쩌겠는가?

아마 주위에 수천의 병사가 철저하게 지키고 있으리라.

그런데 그 가운데에 있는 마법진을 파괴하라?

그런 허무맹랑한 임무가 어디 있는가?

비첼은 가슴속에서 치미는 분노… 아니, 그런 상투적인 말로는 표현할 수 없는 감정에 머리가 쪼개지고 열이 뻗치는 기분이었다.

비첼은 저도 모르게 버럭 소리쳤다.

"말도 안 되는 임무입니다!"

"개 같은 임무지. 개 같은 임무야. 기사 50명하고 한가락 한다는 병사 이백 명이 동원됐는데……. 병사 중에는 나하고 저 양반밖에 안 남은 것 같더군. 기사들은 절반은 넘게 살아서 도망친 것 같았는데 말이야."

"그딴 임무를 지시한 게 누굽니까?"

비첼은 부사령관 골드락을 떠올렸다. 그러나 남자의 입에서 흘러나온 것은 다른 이름이었다.

“총사령관 보디앙 백작이라더군.”

“보디앙? 북방의 보디앙 말이요?”

코아락이 보디앙 백작의 이름을 듣고 눈을 홉떴다. 북방군 수색대 출신인 코아락이 그의 이름을 모를 리가 없다.

“빌어먹을. 그 무식한 양반이라면 그럴 만해.”

코아락이 그답지 않게 미간을 찌푸리며 욕을 내뱉었다. 비첼이 코아락을 지그시 바라보았다. 비첼의 시선은 마치 불덩이가 타오를 듯이 강렬해서 코아락은 제가 아는 바를 털어놓을 수밖에 없었다.

“북방의 멍청한 호랑이 장군으로 불렸던 작자일세.”

“멍청한 호랑이 장군?”

역설적인 별명이다.

보통 호랑이 장군하면 적들에게 엄청난 공포를 가져다주는 용장에게 붙이는 별칭이다. 한데 그 앞에 ‘멍청한’이라는 형용사가 붙었다.

“용감하고 거칠 것 없이 적들을 향해 돌격하는 용장이긴 했지. 근데 그뿐이야. 머릿속에 든 게 없어서 병사들을 자주 사지로 몰아넣었네. 한 번은 이런 적도 있었네. 야만인 삼백쯤이 남하해서 마을을 약탈했는데, 보디앙은 천 명을 이끌고 무지막지하게 돌격했다가 함정에 빠져 사백이 넘는 병사를 잃었어. 정예 천을 동원해 놓고 사백이나 잃었으면서 야만인들을 다 잡았다고 스스로 승전이라고 말하고 다녔지.”

“그런 자가 총사령관이란 말입니까?”

비첼은 이해할 수가 없었다.

로만 왕국이었다면 상상도 못할 일이었다.

비록 로만 왕국도 평화의 시기 동안 군사력이 정체되었지만 무기력만 하진 않았다.

제국과 국경을 접하고 있어 전쟁이 일어나기 전에 제국으로 군사 유학을 다녀왔던 출신이 많았다.

그것은 5년 동안 제국과 전쟁을 수행할 수 있었던 힘이 되었다. 만일 제국에서 장교수업을 받은 자가 많지 않았다면 로만 왕국은 5년은커녕 2년도 버티지 못했을지도 모른다.

그런 로만 출신인 비첼은 보디앙 백작 같은 총사령관을 이해할 수가 없었다.

"그래. 휘하 병사들의 능력이 출중하니 그래도 북방에서 공은 제법 많이 세웠지. 그만큼 병사도 많이 잃고 말이야. 하기야 로스트에 그만큼 전투 경험이 많은 장군도 없겠지만……. 보디앙 이 멍청한 자식은 제국군을 북방 야만인처럼 여겼군. 병사들만 갖다 부으면 다 이길 줄 아는 미련한 작자 같으니라고!"

코아락이 분을 참지 못하는 듯 바닥을 강하게 내려쳤다.

남자는 그 모습을 보더니 혀를 쯧쯧 찼다.

"골드락 부사령관님하고 휘하 부장들이 그 작전을 결사코 만류했지만 보디앙 그 작자가 억지로 밀어붙였다고 하더군. 그래도 뭐, 성과가 없는 건 아니야. 희생으로 말미암아 마법진 일부는 파괴했지. 그 덕택에 지금까지 방어진이 무사할 수 있었던 거야."

남자는 피곤한 기색이었다. 두 눈이 저절로 감기는지 크게 하품하며 바닥에 몸을 눕혔다. 그러더니 별안간 중얼거렸다.

"뮌센 강 방어진은 얼마 버티지 못할 게야. 간신히 도망쳐 나오면서 봤는데 끔찍하더군."

"……."

비첼은 조용히 생각에 잠겼다. 가슴속에서 불쑥불쑥 치미는 형용하기 어려운 괴로움과 분노라는 감정을 억지로 식혔다. 지금 그가 화를 내도 어쩔 도리는 없다. 일반 병사가 감히 지휘관을 어찌할 수는 없다. 받아들일 수밖에 없다.

무능력한 지휘관을 만나면 그 피해는 온전히 휘하 병사들이 입는 것은 어느 시대에나 통용되는 사실이었다.

'과한 전공은 양날의 검이란 말인가.'

로무는 병사로서 이루기 힘든 엄청난 전공을 세웠다.

근데 그것이 오히려 베테랑인 로무를 사지로 몰아넣게 하는 원인이 되었다. 적당한 전공은 자신을 포장해 충분한 대우를 받을 수 있다. 하나 과한 전공은 지휘관들에게 이용당하기 딱 좋을 뿐이다. 그것도 일반 병사라면 더더욱.

로무는 5년 동안 로만에서 상당한 전공을 세웠다.

그러나 로무는 옥르하틴 수성전에서도 임시로 백인장에 올랐을 뿐이다.

그 이유를 물었던 적이 있었는데 답은 간단했다.

'전공을 알릴 이유가 없느니라.'

전공을 최대한 숨겼다는 것이다.

누군가에게 전공을 양보하거나 모르는 척하며 적당한 대우만 받아왔다고 했다. 그것이 병사로서 전장에서 살아남을 수 있는 방법이라 말했다.

한데 이번에는 좀 일이 틀어졌다.

비첼을 지키기 위해 별동대 총사령관을 죽이는 로무의 모습은 수많은 병사 눈에 각인됐다. 문제는 지휘관급인 기사들에게도 그 모습을 보였던 것이다. 하여 전공을 숨기지 못했고 결국 일이 이 지경까지 되고 말았다.

'병사로 살아남으려면 전공을 숨겨야 하나?

만일 비첼이 큰 부상을 입지 못했다면 어쩌면 그도 이런 어이없는 임무에 희생되었을지도 모른다.

그럼 전공을 숨겨야만 하는가?

'웃기는 소리!'

그러나 비첼은 로무와는 생각을 달리했다.

'내가 세운 전공을 왜 숨겨야만 하지? 지휘관들이 이용하니까? 그럼 이용당하더라도 살아남을 수만 있으면 되는 거 아냐? 아무리 이용당하더라도, 아무리 지독한 곳이라도 싸워 살아남을 수 있는 무력! 무력만 있으면 모든 것이 해결되는데.'

비첼의 눈이 흉흉한 빛을 토했다. 로무를 처음 만났을 때의 그 눈빛이었다.

'힘을 갖춰야만 한다. 힘! 무력! 홀로 적지에 떨어진다 한들 살아나올 수 있는 강력한 힘!'

비첼의 꽉 쥔 두 주먹이 부르르 떨렸다.

그는 로무처럼 무책임하게 이용당할 생각은 꿈에도 없었다.

그렇다고 자기의 전공을 숨기면서 살아남을 생각도 없었다. 남에게 애써 세운 전공을 양보할 생각은 전혀 없다. 애써 세운 전공을 왜 숨기고 양보하는가?

애초에 로무와 생각하는 바가 달랐다. 가치관이 달랐다.

로무는 자식까지 본 중후한 나이에 전쟁에 뛰어들었다.

이미 인생이란 어떤 것인지 충분히 경험한 그는 노련했고, 전장에서 공을 세우는 법보단 살아남는 법을 본능적으로 배웠다.

하나 비첼은 다르다.

비첼은 웅심이 가득하고 혈기왕성한 나이다.

결코 노련하지도, 경험이 많지도 않지만 패기만큼은 지니고 있었다.

지휘관이 전공을 세운 비첼을 이용한다면, 이용당함에도 살아남을 수 있는 무력을 갖추면 된다. 간단한 논리다. 강한 힘을 지니면 오히려 윗사람도 함부로 다룰 수 없다. 비첼은 그렇게 생각했다.

물론 로무는 그것이 얼마나 어려운 일인가를 알았기에 노련하게 행동했다. 그러나 패기만만한 어린 비첼은 결단코 그럴 생각이 없었다.

그러면 그럴수록 더욱 강한 무력을 지니고 성장하면 된다고 생각했다. 로무와는 기본적으로 생각하는 궤가 아주 달랐던 것이다.

그렇게 비첼이 새로운 목표를 정할 무렵.

뮌센 강 방어진이 무너졌다는 소식이 카이로에 퍼져 나갔다.

＊　　　＊　　　＊

비첼은 이제 격렬한 전투는 힘들더라도 충분히 움직일 수 있을 정도로 회복되었다.

'후우.'

내일부로 성곽에 배치된다는 연락을 받고 쉬이 잠을 이루지 못했다. 전쟁을 앞둔 공포라기보다는 마음이 심란했다. 옆에 죽은 듯이 누워 있는 로무를 보자 그 심란함이 더욱 커졌다.

비첼은 슬그머니 자리에서 일어나 막사 밖으로 향했다.

늦은 새벽이라 성벽과 성탑에 있는 병사를 제외하곤 깨어 있는 이가 없었다.

"어디 가느냐?"

"소변 좀 보고 오겠습니다."

막사를 지키던 병사에게 짤막한 말을 내뱉고 비첼은 천천히 앞으로 걸었다. 사위가 침묵에 빠진 것처럼 조용했지만 긴장감만큼은 곳곳에 팽배해 있었다. 피부로 느낄 정도였다.

사실 소변이 마렵지는 않았다. 단지 잠이 오지 않으니 새벽 바람을 쐬고 싶었다.

그런데 그때였다.

“…….”

스스슥.

비첼의 감각에 무언가 걸렸다.

아주 미세한 소리였지만 귀에 거슬렸다. 옷깃이 서로 스치는 듯한 소리였다. 조용한 어둠 속이라 그런지 그 소리가 더욱 잘 들렸다.

천천히 걷던 비첼은 순간 걸음을 멈추고 눈을 크게 떴다. 비첼이 아무리 환경을 단번에 살필 수 있는 능력이 있다고 해도 어둠 속에서만큼은 무리였다.

비첼은 최대한 정신을 집중하면서 모든 감각을 일깨우고 어둠 속을 꿰뚫듯 바라보았다.

그때였다.

푹!

스르륵!

횃불 아래에서 경계를 서던 병사 하나가 비명도 지르지 못하고 바닥에 쓰러지는 모습이 눈에 들어왔다.

'적!'

야습이다.

그것도 아주 은밀한 야습이다. 이 새벽에 은밀하게 경비를 서는 병사들을 제거하는 야습이라면 무얼 의미하는가?

지휘관 암살, 또는 성문을 여는 등의 행동!

비첼은 본능적으로 무기를 찾았다.

'젠장.'

브로드 액스는 갖고 오지 않았다. 그러나 품속엔 작은 핸드 액스 하나가 있었다. 비첼은 침을 삼키면서 머릿속으로 여러 생각이 스쳐 갔다.

'저놈들이 성문을 열면 끝장이다! 적 기사단이나 기마병들이 단숨에 들이닥치면 어쩔 도리가 없어!'

비첼의 분석은 정확했다.

성문이 열리고 기사단만 성안으로 들어와도 쑥대밭이 될 것이다. 그리고 이어 일반 보병들이 들이닥치면 카이로는 단숨에 함락되고 만다.

비첼은 망설임 없이 소리쳤다.

"적이다! 적들이 성문을 열려고 한다!"

비첼의 목소리가 침묵에 빠져있던 카이로를 시끄럽게 했다. 순식간에 곳곳에서 불이 켜지고 부산스런 움직임이 일어났다.

그리고 날카로운 파공성과 함께 검이 어둠을 가르면서 비첼을 찔러왔다.

쨍!

비첼이 핸드 액스의 단면으로 찌르기를 막았다.

"음!"

침음이 절로 나왔다.

손목이 저릿저릿했다.

단순한 찌르기에도 힘에 부칠 정도다. 적들의 실력이 범상치 않다. 무엇보다 심각한 문제는 이런 적이 얼마나 더 있을지 모른다는 일이었다.

그러나 상념은 길지 못했다.

비첼에게 무지막지한 공격이 쏟아졌다.

쟁, 째앵, 쟁!

"큭!"

이빨을 비집고 신음이 터져 나왔다. 원래 투척용으로나 사용하는 핸드 액스는 공격을 막기엔 적합하지 않았다. 길이도 짧고 파괴력도 적다보니 막을 때마다 손목이 끊어질 것 같은 고통이 뇌까지 전해졌다.

그 가공할 공격에 핸드 액스의 단면도 완전히 꿰뚫려 버릴 것 같았다.

"끄악!"

"기, 기습이다!"

"적이다―!"

이젠 곳곳에서 비명과 함께 횃불이 밝혀졌고 병사들의 움직임이 바빠졌다. 발각되자 적들은 앞을 막는 병사들은 닥치고 죽이면서 성문으로 쇄도해 들어가고 있었다. 또 일부는 지휘관들이 쉬고 있는 막사로 파고들었다.

비첼은 다급해졌다.

병사들이 적들을 전혀 막아내지 못하고 있었다. 적들의 수준은 병사들이 막아설 수준이 아니었다. 이대로 성문이 열린다면 끝장이었다. 그렇지만 비첼이 어쩔 도리는 없었다. 지금 상대하는 놈 때문에 본인 목숨도 위험한 상황이었다.

그리고 그 순간에 비첼의 심장을 노리고 검이 쭉 찔러왔다.

“흡!”

비첼이 황급히 몸을 비틀었다.

보통 병사들은 검을 휘두르거나 베는 등의 동작에 익숙하다. 한데 지금 상대하는 놈은 마치 송곳 같았다. 검이 비첼 몸 곳곳을 노리고 쭉 찔러오는데 비첼로서는 상대하기 상당히 난처했다.

결국 몸을 비틀면서 피하는 방법밖에 없었다.

팡! 파팡!

놈의 검이 공간을 찌를 때마다 마치 북 터지는 듯한 소리가 들려왔다.

그대로 심장을 꿰뚫을 듯한 가공할 위력이었다.

비첼로서는 피하는 방법밖에 없었다.

그러다가 순간 비첼의 머릿속에 번뜩 스치는 생각이 있었다.

생각과 동시에 행동은 이어졌다.

검이 비첼의 목을 노리고 쑥 들어왔다. 비첼은 허리를 뒤로 크게 굽혔다. 그리고 부드럽게 뒤로 넘어가듯이 굴렀다. 일종의 백 텀블링이었다.

비첼은 그러면서 의도적으로 발을 들어 올렸다.

쨍!

“흡!”

놈이 헛숨을 들이켰다. 비첼이 백 텀블링을 하며 발로 뻗어진 칼날을 위로 쳐냈기 때문이다.

‘젠장.’

비첼의 표정이 일그러졌다.

애초에 놈의 손목을 쳐올릴 생각이었다. 그러면 아무리 꽉 쥐고 있다고 하더라도 순간적으로 검을 놓칠 수 있으리란 판단이었다. 하나 익숙지 못한 백 텀블링 동작에 칼날을 쳐내는 것에 그쳤다.

놈은 잠시 당황한 기색을 보이다 이내 검을 거둬들이고 앞으로 쇄도해 왔다. 그 순간은 찰나에 가까운 짧은 시간이었다.

비첼은 백 텀블링을 하는 순간에 다음 동작을 이미 준비하고 있었다. 한 바퀴 구른 비첼은 손을 크게 휘둘렀고, 들고 있던 핸드 액스가 공간을 가르면서 놈에게 던져졌다.

후웅!

“……!”

정면으로 파공성을 내며 날아오는 핸드 액스에 놈이 쇄도해 오던 동작을 멈추었다. 그리고 잠시 어쩔 줄 몰라 하다 이내 크게 몸을 비틀었다.

그 순간 놈은 여지없이 빈틈을 보였다.

‘지금!’

이미 핸드 액스를 던짐과 동시에 비첼의 몸은 벼락처럼 움직였다.

노렸던 바가 이것이었다.

비첼은 놈이 찌르기에 익숙하다는 맹점을 파고 들었다.

즉, 그 말은 베기나 휘두르는 공격을 잘하지 못한다는 얘기였다.

아니, 잘하더라도 평소 익숙한 동작은 아님을 의미했다.

놈은 결코 핸드 액스를 쳐낼 생각을 하지 않았다. 정면으로 날아오는 탓에 무리를 하더라도 몸을 크게 비틀 뿐이었다.

비첼은 그것을 노리고 정면으로 핸드 액스를 투척했다.

만일 베기 등의 행동에 자신이 있었으면 무리가 있더라도 핸드 액스를 쳐냈을 것이다. 놈의 실력으로 보건대 충분히 쳐낼 능력이 있어 보였다. 하나 찌르기에 익숙한 놈은 습관적으로 쳐내기보단 피하는 행동을 선택했다.

그것이 비첼에겐 기회가 됐다.

비첼은 벼락처럼 놈에게 득달했다.

무기를 던진 이상 이제 믿을 건 몸뚱이 하나뿐!

핸드 액스를 간신히 피한 놈은 덮쳐 오는 비첼의 육탄돌격에 속수무책이었다.

"끅!"

둘이 한 몸이 되어 바닥을 뒹굴었다.

비첼은 그 상황에서 놈이 검을 쥐고 있는 손목을 붙잡고 있는 힘껏 비틀었다.

뚜두둑!

쨍그랑!

"꺽!"

끔찍한 소리와 함께 놈이 고통에 겨운 비명을 질렀다.

검이 바닥에 볼품없이 떨어졌다.

이제 둘 다 무기가 없다. 남은 건 몸뚱이뿐!

비첼은 놈과 바닥을 뒹굴면서 서로 얼굴을 맞댔다.

"이 개새끼……!"

놈이 처음으로 입을 열었다.

비첼은 그 욕설을 그대로 들으면서 머리를 크게 젖혔다가 힘껏 박아버렸다.

퍼억!

"꺽!"

놈의 이빨이 산산조각이 났다. 비첼의 박치기를 그대로 허용한 놈은 코가 깨졌는지 출혈이 심했다. 고통도 큰지 눈동자의 동공이 살짝 풀렸다. 비첼은 쉬지 않고 머리를 들이박았다.

퍽, 퍽! 퍽!

놈의 얼굴이 피떡이 되어가며 뭉개졌다.

"끄으으!"

이젠 욕할 기력도 남지 않았는지 놈은 신음성만 흘렸다. 비첼은 그제야 자리에서 고개를 번쩍 들어 올렸다. 이마가 찢어져 피가 주륵 흘러내렸다. 놈의 피와 본인의 피로 얼굴 전체가 피를 머금은 것처럼 흉측했다.

"후욱, 훅."

비첼은 숨을 고르면서 멀리 바닥에 박혀든 핸드 액스를 들어 올렸다.

이미 놈은 반항조차 할 수 없을 정도로 망가졌다.

그러나 비첼은 결코 긴장을 풀지 않았다. 확실히 죽여야만

했다. 놈의 머리를 향해 핸드 액스를 내리쳤다.

퍽!

머리가 쩍 갈라지며 허연 뇌수가 비첼의 얼굴에 팍 튀었다.

이래도 살아날 수 있는 자는 없으리라.

놈은 확실히 죽었다.

비첼은 그제야 몸을 일으켜 주위를 살폈다.

곳곳이 시끄러웠고 간간히 비명과 병장기 부딪치는 소리가 들려왔다.

아직 싸움은 다 끝나지 않았다.

"도대체 몇 명인지……"

어두워서 놈들의 숫자를 도저히 확인할 수 없었다. 그나마 확실한 점은 절대 소규모 야습이 아니었다. 적들은 발각됐을 때를 대비했는지 신속한 행동을 보이고 있었다. 일부는 성문을 열기 위해 움직였고 일부는 지휘체계를 마비시키기 위해 지휘관들이 쉬는 막사를 습격했다.

어둠 때문인지, 또는 적들의 신속함 때문인지 그야말로 속수무책이었다.

설마 적들이 성벽을 넘고 야습할 줄은 몰랐을 터!

'잠깐, 성벽을 넘어?'

성벽을 넘고 야습을 한다?

불가능한 일이다. 비첼은 자신이 죽인 시체를 바라보았다.

비첼이 상대한 놈은 까만 흑색의 옷을 입고 있어 횃불을 높이 쳐들지 않는 한 코앞에 당도할 때까지 적인지 알 수 없었다.

비첼은 다시 고개를 돌렸다.

몇몇 적은 카이로 수비대대의 복장을 하고 있었다. 그 때문에 혼란이 가중되었다.

'간세가 있었구나!'

애초에 성벽을 넘어와서 옷을 갈아입은 게 아니었다.

수비대대의 옷을 입고 병사를 학살하듯이 죽여 버리는 놈들 중에 전에도 봤던 얼굴이 종종 있었다. 애초에 전투를 시작하기 전에 간세들이 카이로에 스며들었던 것이다.

그 숫자는 예측 불가능.

또 하급지휘관들은 갑작스런 사태에 대부분 죽었는지 밖으로 나올 생각을 하지 않았다. 몇몇 소대장이나 중대장이 밖에 나와 지휘를 하려고 하면 여지없이 칼날이 떨어졌다.

그야말로 아비규환의 사태!

이 상태에서 성문이 열리면 더 이상 답이 없다.

"와아아아!"

"와아아!"

성벽 밖에서 함성 소리가 들려왔다.

때를 맞춰 적들의 공격이 시작된 것이다.

비첼은 입술을 깨물고 곧바로 부상막사를 향해 달렸다.

Chapter 07
제국의 비밀 병기

비첼은 곧바로 핸드 액스를 품에 갈무리하고 부상막사를 향해 달렸다.

상황이 이렇게 된 이상 제대로 된 무기를 갖추고 있어야 했다. 핸드 액스 하나만으로 전투를 수행하기엔 역부족이었다. 또 지금 거의 맨몸이나 다름없는 상태다. 그 흔한 면으로 된 클로스 아머도 입지 않은 상태였다.

가죽 갑옷이라도 챙겨 입어야 눈먼 칼을 맞아도 죽지 않을 수 있었다.

무엇보다 막사 내에 있는 로무가 걱정됐다.

상황이 이런데 나름 후방에 있는 부상막사라고 한들 안전할 리가 없었다.

달려가는 와중에도 비첼은 주위를 살피는 일을 멈추지 않았
다.

곳곳에서 터져 나오는 비명, 그리고 눈에 보이는 끔찍한 참
상.

단순 야습이라고 보기엔 규모가 너무 컸고, 피해도 심각했
다.

지휘체계가 단숨에 무너지자 아무리 훈련받은 병사들이라
해도 혼란을 막지 못했다. 무엇보다 적들의 능력이 출중해서
병사 두셋이 동시에 덤벼들어도 어쩔 도리가 없었다.

"와아아아아!"

성벽 밖에서부터 들려오는 함성 소리.

내부가 이리도 혼란스러운데 밖에서 적들이 파도처럼 몰려
오고 있다.

비첼은 지금이 카이로의 위기임을 느꼈다.

"아저씨!"

막사 안으로 들어선 비첼은 로무부터 찾았다.

로무는 그 순간 깨어났는지 불편한 몸으로 군화를 신고 있
었다. 비첼이 황급하게 다가갔다.

"공격이 시작됐느냐?"

"내부에 숨어 있던 간세의 숫자가 상당한 것 같아요. 지금
아주 혼란스러워요. 공성전도 이제 시작되는 것 같고요."

"큰일이구나."

로무는 그렇게 말하면서 일어서려 했다. 하나 큰 부상 때문

에 일어서기도 힘들어 몸이 휘청거렸다. 비첼은 로무를 황급히 부축했다. 그리고 막사 안을 살폈다.

노카일과 코아락이 보이지 않았다.

하기야 이런 소란에 막사 내에 가만히 앉아 있을 수는 없을 것이다. 아마 소란을 듣고 무기를 챙긴 다음에 뛰쳐나갔으리라. 특히 부상이 다 회복되지 않은 둘이라서 비첼은 걱정이 들었지만 이내 잊어버렸다.

지금 심각한 건 로무였다.

"업히십시오."

"됐다. 움직일 수 있어."

"죽고 싶으시지 않으시면 업히세요. 지금 위험한 상황입니다. 누가 적이고 아군인지 구별도 안 되는 상태예요."

카이로 정규군 복장을 하고 있는 이들이 어느새 뒤에서 칼침을 놓고 있는 상황이다. 이런 상황에서 아군을 그대로 믿기란 어려운 법이다. 로무 같은 부상자는 살아남기 어려운 환경이었다.

비첼의 말에 로무는 한숨을 내쉬며 롱소드를 챙겼다. 벨트에 단단히 검집을 묶고는 비첼의 등에 업혔다.

"일단 내성 쪽으로 가야 할 것 같습니다."

"아직 외성이 함락된 것은 아니지 않느냐?"

"시간문제예요."

비첼은 그렇게 말하면서 막사 안에 있던 천을 길게 찢어 로무와 자신의 허리를 꽁꽁 묶었다.

로무를 업느라 두 손이 봉인된 상태라면 제대로 싸울 수가 없었다.

그렇게 떨어지지 않게 고정시키고 구석에 놓아둔 브로드 액스를 들어 올렸다.

꽉!

묵직한 느낌이 손아귀에 전해지자 비첼은 그제야 힘이 넘치는 기분이었다.

"내부가 수습되지 않는다고 해도 성문만 열리지 않으면 카이로는 충분히 버틸 수 있을 것이다. 괜히 내성으로 가다가 적군으로 오인되면 큰일 아니냐?"

로무는 부상으로 힘든 상태에서도 나름 정확한 분석을 내렸다.

그의 말은 지극히 상식적이었다.

카이로는 대마법 방어진도 설계되어 있고, 성문만 열리지 않는 이상 절대로 함락될 수 없는 구조를 지닌 천혜의 요새다.

괜히 섣부른 판단으로 내성으로 향하다간 적으로 오인되어 사살당할 수도 있다.

내성은 말만 내성이지 사실상 후방에 설치된 성채나 다름없었다.

다만 기껏해야 이천의 병력밖에 수용할 수 없는 구조적 한계가 있었다.

"아뇨. 지금 지휘체계가 무너지는 것 같아요. 무엇보다 야습한 적들이 너무 강해요. 적어도… 기사급이에요."

“기사… 기사급이라고?”

로무가 믿을 수 없다는 듯이 중얼거렸다.

기사가 야습을 한다는 얘기는 어디서 들어본 적도 없다. 애초에 기사도 마나를 다루지 못하는 한, 말이 없으면 파괴력이 급감하는 존재들이다.

즉, 이런 야습에서 활약을 하려면 최소 마나를 다룰 줄 아는 진짜배기 기사들이어야 한다. 그러나 그런 기사의 숫자가 많지도 않은데 위험한 임무에 투입할 생각을 할 리가 없다.

그러나 로무의 머릿속에 번뜩 스치는 생각이 있었다.

‘기사… 지금껏 전투에서 제국 기사가 대규모로 나타났던 적이 있었던가?

별안간 로무의 몸이 부르르 떨렸다.

비첼도 그 떨림을 전해 받고는 우뚝 멈춰 섰다.

“무슨 일이에요, 아저씨?”

“그래, 네 말이 맞을 것 같다. 기사… 어쩌면 이번 야습을 한 놈 대부분이 기사일지도 모른다. 생각해 보면 제국 기사단이 전면 투입되었던 전투가 단 한 번도 없다. 소규모 집단의 기사들만 간간이 전투에서 모습을 드러냈고……”

“……!”

“우리 쪽 기사단이 움직이면 자연히 적들도 기사단으로 대응해야 하는데, 그런 적이 거의 없다. 있더라도 내가 보기엔 진짜배기 기사들이 아닌 그저 중갑기병대에 불과했어.”

“그럼 설마…….”

"지금까지 징집된 신병중에 기사단에 편입되길 요청했던 자유기사들이 있었다고 들었다. 그들 중에 제국 기사가 숨어든 것일지도 모르겠구나!"

"……!"

비첼은 그제야 상황이 생각보다 더 끔찍함을 깨달았다.

상대가 기사라면 일반 병사로는 어림도 없다. 왜 지휘체계가 단숨에 무너지는지 알 수 있는 대목이었다.

아무리 지휘관이라고 해도 자다 일어난 상황에서 기사들의 공격을 막아내기란 요원한 일일 터!

"내성으로 가야 합니다. 적어도 그쪽으론 가야 해요."

여차하면 내성 안으로 몸을 피해야 했다.

성벽이 아무리 튼튼하다고 한들, 내부가 무너지면 결국 카이로는 함락되게 되어 있다. 로무도 비첼의 말에 동감하는 듯 고개를 끄덕였다. 비첼은 막사를 나섰다.

그러던 도중에 바닥에 피를 흘리며 누워 있는 카이로 병사를 보았다.

이미 검에 맞아 죽은 지 시간이 꽤 지나 보이는 시체였다.

비첼의 눈길을 끈 건 병사의 시체가 아니었다. 병사의 옆에 있던 활과 화살이었다.

비첼은 망설이지 않고 그것들을 챙겼다.

활은 자그마한 소궁이었다. 작은 동물을 사냥할 때나 쓰는 크기로, 병사들이 흔히 주무기와 함께 들고 다니는 부수적인 용도였다. 그러나 오히려 비첼에게 그것이 더 딱 맞았다. 괜히 장궁은 크기도 커서 비첼이 다루기 힘들었다. 사냥할 때도 이런 소궁을 쓰니 더 익숙했다.

활을 왼쪽 어깨에 걸고 화살은 통은 버리고 일곱 개만 꺼내 벨트에 고정시켰다.

"어깨가 다 낫지도 않았을 터인데 활을 쏠 수 있겠느냐?"

"걱정하지 마세요. 이미 거의 다 나아서 내일부턴 전선에 배치될 예정이었어요."

"허… 대단하구나."

로무는 경이로운 비첼의 치유력에 감탄을 터뜨렸다.

"근데 적이 모두 기사인 것만은 아닌 것 같습니다."

"그렇겠지. 보아하니 상당한 숫자의, 최소한 한 개 중대 이상의 병력이 투입된 것 같은데 그들 대부분이 진짜배기 기사일 리는 없다."

"예. 제가 상대한 놈도 꽤나 강한 병사 정도로만 느껴졌습니다."

만일 상대가 기사였다면 비첼은 영락없이 죽었을 것이다.

마나를 다룬다는 점 하나 때문에 초인적인 힘을 발휘하는 기사!

그런 기사에겐 비첼의 영악한 수도 통하지 않으리라. 맨몸으로 달려들었을 때 아마 온몸의 뼈가 다 부러져 죽었을지도 모르는 일이다. 확실히 비첼이 상대한 자는 기사가 아니었다.

비첼은 무기를 챙겨들고 곧바로 달렸다.

등에 업힌 로무가 성인치고는 왜소한 체격이라고 한들 비첼보다 체격이 컸다. 거기에 여러 무기의 무게까지 더해지니 비첼의 이마에 굵은 땀방울이 맺혔다.

"헉, 헉……."

비첼의 체력은 뛰어난 편이지만 몸이 완전히 다 낫지 않는 상태. 거기에 무장에 로무까지 업고 나니 금세 지쳐갔다. 무엇보다 곳곳에서 피하는 전투를 피하면서 길을 돌아가다 보니 움직이는 거리도 길어졌다.

로무가 걱정스런 음색으로 말했다.

"힘들면 날 내려놓아라. 충분히 뛸 수 있다."

"헉… 헉, 아저씨. 거짓말이 서툴러요."

비첼이 씩 웃으면서 로무의 청을 거절했다. 로무가 하는 말이 거짓임을 잘 아는 비첼이다.

팔이 잘리는 중상을 입고 이렇게 맨 정신을 유지하는 로무가 대단하다.

그렇다고 전속력으로 뛸 수는 없으리라.

그때였다.

비첼은 앞에서 흐릿한 인영을 보고 순간 걸음을 멈추었다.

카이로 수비대대 정규복장을 하고 있는 한 사내가 이쪽으로 빠른 속도로 달려오고 있었다.

분명 카이로 병사였지만 왠지 모를 위화감이 들었다.

'왜지?'

순간적으로 생각에 잠겼다.

이내 위화감의 원인이 무엇인지 깨달을 수 있었다.

지금 상황은 카이로의 위기나 다름없었다.

한데 정면에서 달려오고 있는 사내의 입가에 은은한 미소가 걸려 있었다.

'미소!'

바로 미소가 위화감의 원인이었다.

이 암울한 상황에서 카이로 병사가 미소를 띠어?

그 순간, 로무가 외쳤다.

"네 상대가 될 작자가 아니다. 도망쳐!"

＊　　　＊　　　＊

"와아아! 와아!"

카이로 수비대대에 속한 오르간은 성 밖에서 까맣게 몰려오는 적들을 보고 질린 표정을 지었다.

정말 많다는 말로는 표현할 수 없는 대군이 성문을 향해 돌진하듯 밀려오는 모습은 그야말로 장관이었다. 그러나 지켜보는 오르간의 입장에선 입이 바싹바싹 타들어갔다.

"각자 위치 사수하라! 위치를 사수해!"

어느새 푸르스름한 새벽녘의 하늘이 점점 밝아지고 있었다.

오르간은 슬쩍 고개를 돌려 뒤를 보았다.

여전히 아비규환의 성 내부의 모습이었다.

그나마 다행인 점은 기사단이 움직여서 곳곳에서 전투가 벌어지던 모습이 금세 줄어들어 있었다.

하나 충격이 심했다.

성벽만 믿고 의지할 수 있는 곳이 바로 여기 카이로다.

한데 카이로 안에서 대규모의 소란이 일어난 일에 상당히 충격 받을 수밖에 없었다.

뒤가 안전치 못하면 앞에서 지켜야 하는 병사들의 심적 부담감은 훨씬 가중되게 마련이다.

죽어라 성벽을 지켜내도 안에서 싸움이 끝나 버리면 그 얼마나 허탈하랴!

그러나 길게 상념에 잠겨 있을 시간은 존재하지 않았다.

뿌우우우!

나팔 소리가 크게 울리며 적들이 성벽 근처까지 도달했다. 그리고 병사들의 보호 아래 투석기 같은 공성무기가 움직이는 모습도 보였다.

"궁수대 대기!"

성벽 위에서 깃발이 나부꼈다.

사람의 목소리가 곳곳에 전해질 수 없는 여건이다.

아무리 목소리가 크다고 한들 전쟁터 같은 소음이 가득한 곳에선 들리지 않는다. 그래서 깃발 등을 비롯한 신호를 활용한다.

오르간은 활에 시위를 먹였다.

'과연 화살이 통할까?'

뮌센 강 방어진에 있었던 전투 사항은 대부분 병사들에게 다 전해졌다.

오르간 같은 궁병에게 화살이 통하지 않는 적들은 공포에 가까웠다.

꿀꺽.

마른침이 목울대를 출렁이며 넘어갔다.

그때였다.

"지금이다. 쏴라!"

"쏴라!"

슈수수수숙!

오르간은 저도 모르게 시위를 놓았다.

기사들이 내지르는 고함에 정신을 반쯤 놓은 채 화살을 쏘아 보냈다.

화살은 하늘을 까맣게 메우며 바닥에 그림자를 드리웠다.

그리고 바닥을 향해 맹렬한 속도로 쏟아졌다.

파바바바박!

전열을 맞추며 걸어오던 중장보병은 모두 타워실드를 들어 올리고 각도를 살짝 조절해 화살을 막았다. 그러나 완전한 철벽은 없는 법이다.

틈을 비집고 들어간 화살 때문에 곳곳에서 많은 병사가 쓰러졌다.

하지만 금세 다른 병사가 그 틈을 메우고 있었다.

"자유 사격 개시!"

"자유 사격한다!"

화살로써는 적들의 진군을 막을 수 없었다. 불가피하게 자유사격 명령이 떨어졌다. 오르간은 정신을 반쯤 놓고 맹목적으로 화살을 쏘아 보냈다.

하나 마치 바다에 돌멩이를 던지는 기분이었다.

성벽을 향해 몰아치는 붉은 물결은 수없이 떨어지는 화살을 삼키고 있었다.

그때였다.

"마법사님들이다!"

"와아아아!"

"마법사다!"

성벽 위에 있던 병사들이 일제히 환호했다. 마법사들이 방패수들을 주위에 둘러싼 채 성벽에 오른 모습이 보였기 때문이다.

만드라를 비롯한 세 명의 마법사는 일제히 마나를 공명시키며 마법을 준비했다.

웅웅웅웅!

마나가 공명하며 허공에 불덩어리들이 생성됐다.

이글거리는 뜨거운 아지랑이가 눈에 보일 정도로 선명했다.

불덩어리는 하나, 둘 늘어나더니 이내 수십 개를 가뿐히 넘을 정도로 허공을 뒤덮었다.

그리고 만드라의 손짓 한 번에 불덩어리들이 적들을 향해 쏟아졌다.

파바박!

콰콰콰쾅!

마법이 작렬하면서 무지막지한 폭음이 지축을 울렸다. 먼지가 자욱하게 피어오르고 검은 연기가 마구 솟아올랐다.

그 모습을 보고 병사들이 환호했다.

"와아아!"

"와아!"

파이어 볼의 무시무시한 위력에 모두가 놀랐다.

그토록 강력한 방어력을 자랑하던 중장보병이 모두 짓이기거나 검게 타서 형체도 알아보기 힘들 정도로 망가져 있었다. 곳곳에 그을림이 가득했다.

만드라는 쉬지 않고 곧바로 다음 공격을 준비했다.

그러나 다음 공격은 제국 마법사들의 대응에 막혔다.

웅웅웅웅!

공명음과 함께 제국군 진영에 뿌연 막이 형성되었다.

전형적인 실드 마법이 펼쳐지자 쏟아져 내리는 파이어 볼은 모두 무력화될 수밖에 없었다. 그럼에도 만드라를 비롯한 마법사들은 공격을 멈추지 않았다. 제국 마법사들의 발을 묶어놓아야만 했다.

만일 적들이 성벽 위로 마법을 쏟아붓는다면?

병사들은 모두 다 죽은 목숨이 분명했다.

그러지 못하게 발을 묶어야만 했다.

다행히 적 마법사의 숫자는 월등히 많았으나 전진하는 제국군을 보호하기 위한 범위가 워낙 컸기에 실드를 유지하기에도 급급했다.

마법진이 있으면 적은 수로도 수월했겠지만 제대로 된 마법진이 만들어져 있지 않으니 어려운 일이다.

또 만드라와 마법사들의 집요한 마법 공격에 제국군의 피해는 눈덩이처럼 불어났다.

아무리 실드를 사용한다고 한들 수만 명에 달하는 대군을 보호하기란 절대적으로 불가하다.

만드라는 노련하게 실드가 닿지 않는 범위에 마법을 정확히 떨어뜨렸고 제국군의 병력 손실은 심해졌다.

"투석기다—!"

"투석에 대비하라!"

시력이 좋은 병사가 투석기가 준비되는 모습을 보고 외쳤다.

상당히 먼 거리였지만 로만정복전 때 사용했던 제국의 투석기는 '트레뷰 셋'이란 이름으로 그 사정거리가 삼백 미터가 넘어가고 파괴력도 일반 투석기에 비해 월등했다.

병사들이 머리를 성벽에 바짝 몸을 기대고 머리를 숙였다.

투석기에서 쏟아지는 돌에 맞았다간 그대로 머리가 깨져 골로 가리라.

"적 투석기… 아니, 트레뷰 셋의 숫자는 얼마 정도인가?"

골드락이 눈이 좋은 병사에게 물었다. 병사는 잠시 입을 옹알거리다가 소리쳤다.

"오십이… 오십삼… 오십사… 오십오 대입니다!"

"……!"

총 55대라는 엄청난 숫자에 골드락은 침착함을 유지하기 어려웠다.

트레뷰셋의 악명은 로만에서부터 들려왔기에 걱정하지 않을 수가 없었다.

무엇보다 55대의 트레뷰 셋이 동시에 투석을 한다면……!

"날아옵니다!"

병사가 소리쳤다.

골드락을 비롯한 지휘관 주위로 병사들이 방패를 들고 섰다.

후우우웅!

강렬한 파공성과 함께 무언가가 호선을 그리며 떨어졌다.

가속이 붙은 투석들은 가공할 속도로 성벽에 거침없이 부딪쳤다.

꽈아앙!

"……!"

폭음이었다.

우르르르!

동시에 공격을 당한 부분이 진동과 함께 흔들리더니 무너졌다..

그 주위에 있던 병사들은 무너지는 성벽에 휩쓸려 죽거나 아니면…….

"불이라니? 이 무슨!"

불에 타고 있었다.

"흐아아악!"

"사, 살려줘!"

공격을 당한 부분에는 불길이 솟구쳤다.

골드락은 어안이 벙벙했다.

꽝! 꽈아앙! 꽝!

그것은 폭발음이었다. 성벽에 부딪쳐 '쾅!' 하고 나는 굉음이 아니라 마치 파이어 볼이 작렬하는 듯한 폭음이었다.

지축이 크게 흔들리고 성벽이 조금씩 무너져 내렸다. 그리고 폭음이 터진 곳에서는 여지없이 불길이 솟구쳤다.

골드락은 만드라를 찾았다.

"만드라! 이것이 어찌된 일이오? 마법이 아니오?!"

"마법은 아닙니다. 분명… 분명 마법은 아닙니다."

"그럼 대체 뭐란 말이오! 바위가 날아와 터지면 폭발과 함께 불길이 생긴다는 얘기는 내 평생 듣지 못했소!"

만드라는 아무런 말을 하지 못했다.

분명 마나공명 현상이 일어나지 않았다. 그럼 마법은 절대 아니란 얘기다.

마법이라면 대마법 방어진 때문에 이런 폭발은 도저히 낼 수가 없다. 그럼 뭐란 말인가?

꽝! 꽈꽈꽝!

"으아아악!"

"아아악! 뜨, 뜨거워! 살려줘!"

"물을 부어! 물을 갖고 와!"

트레뷰 셋은 멈추지 않고 정체불명의 무언가를 날려 보냈다. 강렬한 폭발에 그토록 견고하던 성벽이 조금씩 무너져 내리기 시작했다.

"저, 저걸 보십시오!"

그때 만드라가 마나를 공명시키며 소리쳤다. 골드락은 만드라가 가리키는 곳을 바라보았다.

"슬로우!"

맹렬한 파공성을 내며 날아오던 그 '무언가' 가 슬로우 마법에 의해 허공에서 유영하듯 천천히 떨어졌다.

그 모습을 똑똑히 볼 수 있던 골드락의 입에선 허탈한 목소리가 흘러나왔다.

"항… 아리?"

위가 볼록하고 아래로 갈수록 홀쭉한 형체. 그것은 분명 항아리였다.

골드락은 머리가 혼란스러웠다. 세상에 어느 공성전에서 바위를 던지는 것이 아니라 항아리를 던진단 말인가?

그러나 골드락은 이내 꿀 먹은 벙어리처럼 입을 닫을 수밖에 없었다.

쫘아앙!

항아리는 바닥에 떨어지면서 크게 깨져 나갔고, 동시에 강한 폭음을 내며 폭발해 버렸다. 그리고 깨진 항아리에서 시커먼 액체가 팍 튀어나오며 불길이 솟구쳤다. 무시무시한 위력이었다.

"마법무구는 아니오?!"

"모르겠습니다. 정녕 모르겠습니다."

만드라도 혼란스런 얼굴이었다.

수많은 지식을 향유하는 마법사인 그마저도 모르는 이 항아리!

제국의 비밀 병기였다.

그리고 그 순간에도 쉼 없이 항아리들이 쏟아졌고, 성벽 곳곳이 무너져 흉측한 모습을 보였다.

또한 치솟는 불길에 물을 뿌리는 데도 오히려 물 위에서도 강렬하게 타오르는 불길에 병사들은 혼비백산했다.

"모래를 뿌려라! 모래를 뿌려!"

물로는 불이 꺼지지 않음을 확인한 기사가 소리쳤다.

한번 솟구친 불길은 곳곳에서 맹렬하게 타오르며 카이로를 잠식해 들어가고 있었다.

그리고 그때였다.

꽈꽈꽝!

"끄아악!"

비명과 함께 다시 한 번 폭발이 있었다. 그러나 그 위치가 문제였다.

폭발에 휩싸인 곳은 성 안쪽에서 성문을 지키기 위해 병사들과 기사들이 벽을 세웠던 곳이다. 그런데 그곳에 불행하게도 항아리가 떨어져 폭발했고 병사들은 불길에 휩싸여 고통에 겨운 비명을 질렀다.

병사뿐만 아니라 기사들도 마찬가지였다.

"성문을 사수해! 성문을!"

골드락이 눈이 벌게진 채 소리쳤다.

폭발 다음에 근처에 카이로 병사로 위장하고 있던 병사 너댓 명이 동시에 칼을 빼들고 살아남은 병사를 죽이고 있었던 것이다.

골드락은 검을 뽑아 들면서 당장에라도 뛰어내릴 태세였다.

그런데 그때였다.

골드락은 등 뒤에서 날카로운 예기와 함께 살기를 느꼈다.

그리고 본능적으로 몸을 돌렸다.

푸악! 파악!

"껴!"

"끄악!"

"이 미친……!"

골드락의 눈에 피를 흘리며 쓰러지는 두 명의 기사가 보였다.

자신의 곁에서 늘 함께했던 휘하 기사였다.

골드락은 믿을 수 없다는 표정을 지었다. 기사들을 그렇게 만든 이는 카이로 기사단 소속의 기사였다. 그것도 2년 전부터 함께해 온 녀석이었다. 한데 그는 잔인한 웃음을 흘리며 골드락에게 빠르게 쇄도해 들어왔다.

너무나 당황스럽고 갑작스러워 골드락의 대가는 늦었다.

"단장님!"

그 순간 부관이 달려들면서 검을 쳐냈다. 하나 놈의 공격은 빨랐고 부관은 제대로 쳐내지 못해 팔에 긴 자상이 남았다.

"크윽!"

"……!"

골드락의 검이 자비 없이 휘둘러졌다.

온몸에서 은은한 마나가 거센 기류와 함께 소용돌이치며 검 끝에 도달해 강력한 파괴력을 냈다.

그 가공할 위력에 상대의 가슴이 완전히 뚫렸다.

"크르르……."

"넌, 분명 2년 전에 수도에서 발령받은 기사가 아니더냐? 국왕 전하께 기사 서임을 받은……."

골드락은 검을 빼내면서 믿을 수 없다는 목소리로 중얼거렸다.

"불… 붉은 제국 만세, 황제 폐하 만세!"

짧은 외침과 함께 놈은 즉사했다. 입안에서 씁쓸함이 감돌았다. 2년 전에 기사서임을 받고 카이로에 온 녀석이다. 한데 이 녀석이 제국의 간세라니…….

그렇다면 붉은 제국은 로만과 전쟁 중일 때부터 로스트 왕국과의 전쟁을 준비해 왔던 것이다.

골드락은 필연적으로 느꼈다.

어쩌면 오만이었을지도 모른다.

질 수 없는 전쟁이라며 의기를 다졌던 과거의 자신이 그렇게 멍청해 보일 수가 없었다.

"성문이 열렸다—!"

"성문을 막아, 막아!"

그리고 카이로의 패망을 알리는 소리가 골드락의 귓가에 파고들었다.

Chapter 08
패주

영웅병사

“네 상대가 될 작자가 아니다. 도망쳐!”

비첼은 로무의 외침과 동시에 옆쪽으로 빠졌다. 비첼도 본능적으로 느끼는 바가 있었다.

자신이 상대할 부류는 아니라는 직감이었다.

하나 병사는 먹잇감을 발견한 것처럼 비첼을 쫓아왔다.

“기사다. 분명 기사야.”

5년 동안 수없이 전장을 구른 로무다.

전쟁터에서 상대의 기세나 분위기, 그리고 눈빛만 봐도 어떤 상대인지 대략 견적이 나온다.

로무의 직감에 수비대대 복장을 하고 달려오는 저놈은 기사가 분명했다.

“외성으로 가라.”

로무가 말했다. 비첼은 그 말에 토도 달지 않고 외성 쪽으로 발길을 돌렸다.

그도 외성 방향이 적을 상대하는 데 낫다는 판단을 내렸다.

성문이 있는 외성은 아무래도 방어가 견고하고 기사들도 주둔하고 있으리라는 생각 때문이었다.

아니, 사실 길이 많지 않았다.

놈은 내성 쪽으로 가는 길목을 막아서며 내려오고 있었기에 부득이하게 발길이 외성 쪽으로 향할 수밖에 없었다.

“어딜 가느냐!”

그때 생각보다 가까이서 적 기사의 목소리가 흘러나왔다.

비첼은 황급히 허리를 크게 숙였다.

훙!

바람을 가르는 날카로운 파공성이 귓가에 파고들었다.

비첼의 이마에 식은땀이 흘렀다.

자칫하면 자신도, 그리고 로무도 일단에 반쪽으로 베였을지 모른다.

비첼은 곧바로 달려가는 방향을 또다시 바꾸었다.

마나를 사용할 줄 아는 기사는 범인보다 뛰어난 스피드로 비첼에게 바싹 붙어 따라왔다.

절로 조바심이 생겼다.

자칫하면 따라잡혀 일검에 죽을지도 모른다는 생각에 발길이 급해졌다.

쨍, 째앵— 쨍!

외성 쪽으로 가까워질수록 어지러이 높이 들어 올린 횃불이 많아지고 병장기 부딪치는 소리가 들려왔다.

아스라이 밝아오는 푸른 하늘 밑으로 죽고 죽이는 아비규환의 사태가 보였다.

생각보다 더 심각한 상황에 비첼은 순간적으로 말을 잃었다.

꽈, 꽈꽝!

그때 하늘에서 무언가 떨어지더니 강력한 폭발과 함께 주위가 불길로 뒤덮였다. 비첼은 저도 모르게 바닥에 몸을 바싹 붙였다.

그를 쫓아오던 기사도 폭발에 조금 휘말려 저 멀리 밀려나 있었다.

천행이었다.

만일 폭발이 없었으면 쫓아온 기사의 칼날에 쓰러졌으리라 생각하니 모골이 송연해졌다.

그때 비첼의 눈에 누군가 비쳤다.

"로만스터!"

"……!"

검과 방패를 들고 기사로 보이는 적을 상대로 망설임 없이 맞서는 병사가 있었다.

다름 아닌 로드니악이 로무에게 부탁하며 맡겼던 로만스터였다.

치열한 전장에서 아는 사람을 만난 로만스터는 눈을 크게 떴다.

"위험해!"

비첼이 순간 외쳤다.

로만스터가 이쪽을 쳐다보는 순간 상대가 검을 쭉 뻗어오는 걸 봤기 때문이다.

그러나 로만스터는 만만한 상대가 결코 아니었다.

로드니악의 곁에서 그를 수행했던 호위무사였던 만큼 실력이 뛰어났다.

그는 쭉 찔러온 검을 방패로 흘려보내고 검 손잡이 부분으로 뻗어진 상대의 손목을 위에서 아래로 강하게 때렸다. 그러자 검이 부르르 떨리더니 이내 상대가 뒤로 물러섰다.

로만스터는 그 틈에 뒤로 빠르게 움직이며 상대와 거리를 벌렸다.

거리가 벌려지자마자 로만스터는 곧바로 비첼에게 뛰어오듯 다가왔다.

"살아 있었군!"

무뚝뚝한 어투였지만 반가움이 풍겨 나왔다.

로만스터하고는 별다른 말을 섞어본 적도 없는 비첼이었지만 그래도 그 반가움은 숨길 수 없었다.

적어도 일면식이 있는 사람이었으니까.

로만스터는 비첼의 등에 업힌 로무를 보고는 크게 놀란 표정을 지었다. 그토록 무심해 보이던 로만스터의 얼굴에 파문이 생겼다.

"로무 님……!"

"허허, 로만스터였군! 자네 살아 있으니 다행일세. 로드니악 님께 술도 얻어먹었는데 챙겨주지 못해 항상 빚진 것만 같았는데!"

로무가 제법 좋아진 기색으로 말했다. 비첼은 주위를 둘러보다가 물었다.

"상황은 어찌 된 겁니까?"

"모르겠다. 끔찍해. 적이 몇 명인지, 그리고 누가 아군이고 적인지 분별이 안 돼. 나랑 같이 훈련을 받고 같은 소대에서 싸우던 놈이 갑자기 돌아서서 나에게 검을 휘두르는데……."

충분히 이해가 됐다.

제국은 애초에 전쟁이 시작하기도 완벽한 전쟁 준비를 해왔던 것이다.

징집소에 제국의 간세, 기사들을 집어넣어 놓고 오늘을 위해 기다려 왔던 것이다.

"내성으로 가야 할 것 같습니다. 제 생각에는 우리 쪽 기사단이 충분히 정리를 하고 있으리라 생각됐는데……."

꽈꽈꽝!

비첼의 말은 이어지지 못했다.

다시 한 번 하늘에서 무언가 떨어지면서 강력한 폭발이 주위를 휩쓸었다. 팍 튀어 오르는 불길에 비첼의 얼굴에 그을림이 생겼다.

"마법?"

마법이 아닌데 저런 폭발을 낼 순 없다.

비첼의 생각은 당연했으나 애석하게도 제국의 비밀 병기는 상식 외의 병기였다.

꽈꽈꽝!

꽈앙!

무차별적으로 쏟아지는 공격에 비첼은 움직일 수가 없었다. 폭발에 휩쓸렸다간 아무리 기사라도 살아남지 못한다.

제국군은 이 안에 자기들 편이 있는지 알면서도 무차별적으로 항아리를 던지고 있었다.

비첼이 로만스터를 부르며 외쳤다.

"내성, 내성으로 갑시다!"

"내성이라고 안전하다고 생각되진 않은데!"

"적어도 여기보단 나을 겁니다!"

비첼은 그렇게 말하며 활을 꺼내 화살을 먹였다. 그리고 시위가 크게 출렁이더니 화살이 공간을 가르며 적의 머리통을 그대로 깨부쉈다.

"거기엔 제국의 간세가 없다고 장담하나?"

"……!"

순간 생각지 못한 로만스터의 말에 비첼의 얼굴이 딱딱하게 굳어졌다.

병사들의 배치는 잘 알 수 없었으나 내성에도 천 명이 넘는 병력과 시민들을 비롯한 인원이 있다. 그중에도 제국군이 없다고 말할 수는 없다.

비첼의 몸이 딱딱하게 굳어졌다.

"제국의 수에 완전히 말린 거야. 완전히."

평소의 로만스터 답지 않게 말이 많았다. 허를 찌르는 제국의 수에 질린 것일까.

로만스터의 얼굴엔 언뜻 안타까움과 삶에 대한 미련이 남아 있는 듯 보였다. 그러나 비첼은 여기서 넋 놓고 죽을 생각은 전혀 없었다.

최소한 외성은 곧 무너진다.

미친 듯이 쏟아지는 폭발과 밖에서 들려오는 제국군의 함성 소리는 그것을 증명하고 있었다.

최소한, 지금 최소한 내성으로 가야 했다.

아니……

"카이로를 떠나야 하오!"

비첼이 외쳤다.

로만스터는 슬쩍 그를 보더니 무언가 결심한 표정으로 말했다.

"가자."

로만스터가 비첼의 곁에 섰다.

그때였다.

절망에 가득 찬 음성이 카이로에 울렸다.

"성문이, 성문이 열렸다—!"

"성문이 열렸다—!"

너무나 빠르다. 공성이 시작된 지 얼마 되지도 않았건만 성문이 열렸다.

카이로라면 능히 한 달, 아니 1년이 넘어가는 시간을 버텨낼 수 있는 천혜의 요새이건만, 제국의 영악한 수에 힘없이 무너지고 있었다.

＊　　＊　　＊

두두두두!

지축을 울리는 말발굽의 진동이 온몸으로 전해져 왔다. 열린 성문으로 중갑으로 무장한 적 기사단이 일제히 돌입했다.

기사단은 앞을 가로막는 건 모조리 부수고 지나갔다. 병사들이 방패를 세우고 성문을 막으려 해도 단숨에 돌입한 기사단은 병사들을 갈기갈기 찢어놓았다.

쾅! 쾅!

기사들을 막아서던 병사들은 엄청난 굉음과 함께 랜스 차지에 의해 허공에 떠오르며 바닥에 떨어졌다. 가공할 충격에 대부분이 곧바로 절명했고, 그때 죽지 않았다고 한들 이내 무차별적으로 지나가는 말발굽에 짓밟혀 죽었다.

가공할 기사단의 위력에 성문을 사수하려던 병사들은 전열이 무너지며 우르르 도망쳤다. 전열이 흐트러진 병사들은 기사들에겐 좋은 먹잇감에 불과했다.

"끔찍하군."

　멀리서 지켜보던 비첼이 몸을 부르르 떨었다. 기사단의 가공할 위력에 말을 잃었다. 사람들이 왜 기사란 존재를 두려워하는가를 알 수 있는 대목이었다.

　"어서 가지."

　애석하게도 카이로는 끝났다.

　이미 기정사실이었다. 비첼은 그 사실을 순순히 인정했고 카이로를 빠져나가기 위한 궁리를 했다. 우선 남쪽에 있는 성채나 다름없는 내성을 통해 밖으로 나가는 방법이 최선이었다.

　그러나 로만스터의 말대로 그곳도 제국군에게 점령당했다면…….

　비첼은 고개를 휘휘 저었다.

　일단 가보고 나서 판단할 문제였다. 로만스터는 로무를 부축하며 빠르게 움직였다. 비첼의 체격이 작다 보니 로무를 업고 움직이기가 여간 힘든 것이 아니었다. 그런 이유로 로만스터가 로무를 부축하고 움직이게 됐다.

　두두두두두!

　그때 비첼의 등 뒤에서 말발굽의 진동이 점점 커져갔다.

　두명의 기사가 말을 몰면서 이쪽을 향해 달려오고 있었다. 그 거침없는 진격에 비첼은 본능적으로 바닥을 굴렀다.

　이히히힝!

　"큭!"

　돌부리에 팔뚝이 크게 긁혀 피가 주룩 흘러나왔다. 하나 그런 고통쯤은 문제가 아니었다. 비첼은 황급히 고개를 들어 로무를 살폈다. 다행히 로만스터와 로무는 무사히 옆으로 몸을 굴려 기사들의 말발굽을 피했다.

그러나 기사는 그대로 진격하지 않고 말머리를 이쪽으로 돌려세웠다.

‘젠장.’

비첼의 미간이 찌푸려졌다. 피칠을 한 것처럼 붉디붉은 풀플레이트 아머를 착용하고 투구를 써서 얼굴마저 보이지 않는 기사는 그 모습만 봐도 공포에 가까웠다.

그렇다면…….

“상황 참 끔찍하군.”

로만스터가 자조 섞인 목소리로 중얼거렸다.

결코 이길 수 없다. 로무도 그때 총사령관을 뒤에서 기습해서 죽인 것에 지나지 않았다. 만일 정면으로 부딪쳤다면 이길 방법은 전무했으리라. 한데 여기서 유일하게 기사를 상대로 이긴 적도 있는 로무는 정상적인 몸 상태가 아니었다. 무엇보다 상대는 둘이다.

이히히힝.

전마가 울부짖었다.

살기.

이제 전투에 익숙해진 비첼은 그것이 무엇인지 잘 알았다.

사람을 죽이고자 하는 하나의 기세! 살기!

그 살기에 말이 반응하여 울부짖고 있었다. 저 두 기사는 주위 생명체를 모조리 말살하겠다는 의지를 표하고 있었다.

"후. 아버지께 면목 없군."

로만스터는 로드니악을 떠올리며 씁쓸하게 웃었다.

그는 이미 죽음을 예감하고 있는 듯했다.

하나 비첼은 아니었다. 호랑이에게 물려 가도 정신만 차리면 살아 나온다고, 언제나 모든 일에는 변수가 있는 법이다. 비첼의 머리가 맹렬하게 회전했다.

수많은 생각과 상황을 분석해서 방법을 찾았다.

그러나 상념은 길지 못했다.

"이랴!"

기사가 말의 배를 박차며 달려왔다. 비첼은 다시 바닥에 볼품없이 구를 수밖에 없었다.

"크으으!"

아직은 다 낫지 않은 상처가 욱신거렸다.

후웅!

비첼이 아파할 틈도 없이 기사가 말에서 내려 검을 휘둘렀다. 비첼은 거의 본능적으로 몸을 구르면서 피했다.

파파팍!

비첼이 있던 자리에 기다란 금이 새겼다. 마나가 가득한 공격은 돌을 깔아 만든 바닥에 상처를 남길 정도로 위력적이었다.

'방법을 찾아야 한다. 방법을!'

이대로라면 꼼짝없이 죽는다.

정말 농담이 아니라 죽고 만다. 어떻게든 살아 나갈 구멍을 엿보았다. 그러나 기사는 틈이 없었다. 화살을 쏠 틈도 없었고, 그렇다고 핸드 액스를 던질 수도 없었다. 갑옷으로 완전무장한 기사를 어찌 타격을 입히랴!

그렇다고 가만히 당할 수는 없다. 비첼은 브로드 액스를 휘두르며 기사의 하단을 노렸다. 그나마 상대적으로 방어력이 약한 부분이었다.

하나 기사는 충분히 예상한 듯 검을 바닥으로 휘둘러 공격을 간단히 막아냈다.

찌르르!

손목으로 저릿한 통증이 전해졌다. 단지 공격이 막힌 것뿐인데도 손목이 끊어져 나갈 것만 같았다. 어깨가 얼얼했다. 몸소 부딪치고 나서야 비첼은 기사란 존재가 얼마나 공포에 가까운가를 실감할 수 있었다.

기사는 결코 시간을 주지 않았다. 맹렬한 공격이 무차별적으로 쏟아졌다. 마나를 한껏 담은 강렬한 기세에 비첼은 막아낼 엄두도 내지 못했다. 어쩌면 그 순간에 로만스터처럼 죽음을 예감했을지도 모른다.

그때, 그런 비첼을 깨우는 외침.

"비첼! 정신 차려라!"

악전고투하듯 목소리가 갈라졌지만 목소리에 담긴 진심만큼은 그대로 전해졌다. 비첼은 그제야 퍼뜩 정신을 차리고 바닥에 납작 붙으면서 다시 몸을 굴렀다. 입고 있던 가죽 갑옷이 흉측하게 찢어져 볼품없었으나 다행히 이번 공격도 피했다.

비첼은 몸을 일으켰다.

그의 눈에 로만스터와 함께 기사를 상대하며 거친 신음을 토하는 로무가 보였다.

로무는 초인적인 정신력을 발휘하며 검을 휘둘렀다.

오른손잡이였던 그가 왼손으로 휘둘렀다.

왜?

살고자 하는 간절한 마음!

그런 의지가 육체적 한계를 이겨내고 있었다. 그것에 고무받아 비첼은 힘껏 브로드 액스를 휘둘렀다.

순간적으로 기세가 달라졌다.

공간을 가르는 브로드 액스는 날카로운 예리함이 담겨 있었고 모든걸 억눌러 버리는 묵직함이 있었다. 기사는 순간적으로 막기 어렵다는 생각을 하고 검을 비틀며 공격을 흘려보냈다. 비첼은 그 틈을 놓치지 않고 기사에게 벼락처럼 슬라이드해서 기사의 하단을 발로 가격했다.

"흠!"

기사는 침음을 내뱉으며 빠르게 발을 움직였다. 비첼의 공격은 무위에 그쳤다.

그때였다.

그런 기사의 등 뒤로 로무의 혼신이 담긴 일격이 쏟아졌다.

푸악!

어디서 그런 위력이 나왔던 걸까.

기사의 갑옷이 쩍 갈라지며 피가 솟구쳤다. 기사의 표정이 흉신악살처럼 일그러졌다.

"비첼, 도망쳐라!"

로무가 외쳤다. 그리고 고통에 신음하는 기사를 향해 다시 쇄도했다. 팔 하나를 잃은 외팔이라고 믿기지 않는 매서운 공격이었다. 비첼은 그 틈에 몸을 갈무리하며 자리에 일어설 수 있었다.

그의 눈에 기사 하나가 바닥에 꿈틀거리며 쓰러져 있는 모습이 보였다. 바닥에 피가 홍건했다. 비첼의 동공이 거세게 흔들렸다. 로무와 로만스터는 기사 하나를 성공적으로 죽인 것이다.

"카이로를 떠나 도망쳐라. 수도로 가지도 말고 인적이 닿지 않는 곳으로 가라. 이 전쟁은 패하게 되어 있다. 수도는 곧 함락될 거고 로스트는 멸망한다. 가라! 비첼!"

"아저씨!"

로무의 온몸이 피로 뒤덮였다. 순식간에 그의 몸에 수많은 상처가 생겨 피를 토해내고 있었다. 짧은 격돌에도 기사는 그의 몸에 많은 상처를 입혀놨다. 그럼에도 로무는 꿋꿋이 버텨섰고, 오히려 그럴수록 맹렬하게 기사를 상대해 갔다.

비첼은 그런 로무를 두고 갈 순 없었다.

머리로는 가야만한다고 말했으나 가슴은 그러지 못했다.

이성적으로는 떠나야 맞았다. 로무가 이렇게 시간을 벌어줄 때 어서 가야만 했다. 한데 발걸음이 떨어지지 않았다. 그런 비첼의 뒷목을 누군가 거칠게 잡아끌었다.

이히힝!

"병신처럼 우두커니 서 있지 마!"

로만스터는 노획한 말위에서 비첼을 억지로 끌어 앉혔다.

비첼이 잠시 바둥거렸으나 로무의 표정을 보고 이내 잠잠히 로만스터의 뒤에 올라탔다.

"가라. 여긴 내가 막는다."

그 뒷모습이 마치 어디선가 본 듯했다.

'가라, 아들아. 이 아비를 놓고 가란 말이다. 제발, 가거라. 가서 살아남으라. 가서 숨어 있으라. 가서… 이 아비를 부디 기억해 다오!'

몇 년 전에 기사를 향해 도끼 한 자루만 들고 막아서던 아버지의 모습이 로무에게 겹쳐 보였다.

눈앞이 뿌옇게 변했다. 심장이 욱신거렸다. 고통을 느낄 새도 없이, 감상에 젖을 새도 없이 로만스터는 말을 박찼다.

"이랏! 이랴앗!"

점점 멀어지는 로무의 등이 눈앞에 아른거렸다.

그 등이 너무나 왜소해 보였다. 언제나 듬직하고 가정을 위해 일하시던 아버지의 넓은 등이, 마지막 순간 너무 왜소해서 안쓰런 맘이 들었을 때처럼……

*   *   *

“헉헉헉!”

노카일은 숨이 가빠져 옴을 느꼈다. 그리고 숨이 가빠질수록 자신의 생명도 희미해져 간다고 생각했다. 갑작스런 난리에 노카일은 무기를 챙겨 들고 밖으로 뛰쳐나왔다.

한데 밖에 나와 보니 상황은 그야말로 아비규환이다. 아군을 향해 칼을 휘두르는 놈들과 어디서 나타났는지도 모를 혹의인들이 일반 병사를 학살하듯이 찍어 죽이고 있었다.

노카일은 곧바로 도망쳤다.

본능이 위험하다는 신호를 알렸고 노카일은 거기에 충실했다. 하나 끝까지 도망만 칠 수는 없었다. 어느새 성안은 아군과 적이 뒤섞여 갈피를 잡을 수 없는 혼란 상태였고, 노카일은 결국 등에 검을 맞고 바닥에 구를 수밖에 없었다.

“끄으으!”

고통에 겨운 신음이 입술을 비집고 터져 나왔다.

안 그래도 부상에서 다 낫지 않은 몸이다. 상처가 다시 벌어져 피가 흘러나왔다. 본래 하얀색이었던 붕대는 붉게 물들어 피를 뚝뚝 흘리고 있었다.

그때 적이 검을 쭉 휘둘러 왔다.

“으아아!”

노카일은 비명에 가까운 기합을 내지르며 검을 휘둘렀다.

힘이 다 빠져 볼품없었으나 그래도 일격은 막아냈다.

그러나 바로 이어진 적의 공격에 여지없이 가슴을 허용했고 혈혼과 함께 피가 솟구쳤다.

"아아아악!"

세상이 떠내려가라 비명을 질렀다.

인두로 가슴을 지지는 듯한 뜨거운, 화끈한 고통에 머리카락이 쭈뼛 섰다. 입가에서 침이 줄줄 흘러내렸다. 노카일은 지금이 자신의 마지막임을 알았다.

억울했다.

병사가 되고 싶었던 적은 단 한 번도 없다.

한데 아버지, 그 빌어먹을 꼰대 때문에 전쟁터로 끌려와 이대로 죽을 생각하니 억울했다.

그런데 이상하게 꼰대의 얼굴이 지금 미치도록 보고 싶었다.

꼰대 얼굴이 아른거렸다.

"이 미련한 자식아!"

"아, 아버지?"

어느새 반백의 중년인이 벼락처럼 달려와 노카일을 죽이고자 했던 적을 강하게 밀어붙였다. 노카일은 어안이 벙벙한 목소리로 중얼거렸다.

그의 아버지, 중대장 른네였다.

병사로서 최초로 하급지휘관이 된 인물. 사내로서, 군인으로서 나라를 지켜야 한다는 사명감으로 무장한 그의 아버지 른네였다.

"이 개자식아. 언제까지 애처럼 질질 짜기만 할 거야! 네 녀석은 도대체 언제 크는 거냐. 언제까지 이 아비의 도움을 받고 살아남을 거냐. 한심한 자식아. 멍청한 자식아!"

"아버지!"

"가라. 썩 꺼져 버려! 이 빌어먹을 자식. 이번이 아비로서 마지막으로 도와주는 거다. 아비는 다신 널 도와주지 않을 게야. 뒈지든지 살든지 네가 알아서 해야 한다. 썩 꺼지거라!"

걸쭉한 욕설이었다. 노카일은 그제야 힘없이 자리에서 일어섰다.

른네는 놀랍게도 상대가 기사임에도 불구하고 전혀 밀리지 않았다. 아니 오히려 핼버드를 맹렬하게 휘두르면서 상대를 압도하고 있었다. 노카일이 슬픈 눈으로 그 모습을 지켜보았다.

"언제 이 아비 말을 제대로 들을 거냐. 꺼지란 말이다. 썩!"

"염병. 갑니다, 가요!"

"꼴도 보기 싫으니 빨리 가!"

"내성에서 보는 거요. 꼭 오시오, 아버지."

른네는 그 말에 대답치 않았다. 노카일과 단 한 번도 시선을 마주치지 않고 핼버드를 휘두르는 데에만 열중했다. 그 모습을 지켜보던 노카일이 몸을 돌렸다.

저 깊은 곳에서 뜨거운 무언가가 불쑥 솟구쳤다. 동시에 눈가가 촉촉해지고 코끝이 찡했다.

아버지가 말했던 '아비로서의 마지막 도움'이란 말이 머릿속에 맴돌았다.

　정말… 어쩌면 마지막일지도 모른다는 불길한 예감이었다.

　"염병! 염병! 염병!"

＊　　　＊　　　＊

　이히히힝!

　어디선가 날아온 칼날에 달려가던 전마가 세로로 쩍 갈라졌다. 로만스터와 비첼은 말에서 낙마해서 바닥을 한참이나 굴러갔다.

　"끄으으!"

　고통이 목까지 찬다. 비첼이 눈을 부릅뜨며 자리에서 벌떡 일어섰다. 그의 눈동자에서 서늘하기 짝이 없는 독기가 철철 흘렀다.

　붉은 갑주로 무장한 기사가 불쑥 튀어나와 비첼을 막아섰다.

　비첼은 망설임 없이 달려들었다. 브로드 액스가 묵중한 힘과 함께 기사의 가슴을 가르듯이 떨어져 내렸다. 그러나 기사는 가뿐히 몸을 비틀면서 피하고는 롱소드를 쭉 뻗었다. 공간이 쩍 하고 갈라지면서 비첼을 파고들었다.

　그 순간에 옆에서 로만스터가 검을 휘둘러 왔다. 기사는 황급히 뻗었던 검을 거둬들이고 로만스터를 막았다. 다행히 비첼은 그때 몸을 뺄 수 있었다. 하나 온몸이 만신창이였고 입에

서 단내가 날정도로 지쳤다. 싸우기는 힘들었다. 그러나 기세
만큼은 죽지 않았다. 철철 흘러넘치는 독기는 기사들도 섬뜩
하게 할 정도로 위력적이었다.

그런데 그때였다.

"허! 로만의 소년병! 아직 살아 있었구나!"

피칠을 하고 봉두난발을 한 채 천천히 나타난 인물이 있었
다. 바로 골드락이었다. 비첼은 갑작스런 골드락의 등장에 눈
을 크게 떴다.

"하하하. 아직 살아 있었구나. 역시 대단해. 내가 잘못 본 게
아니었어."

골드락은 비첼을 보며 크게 웃었다. 비첼은 그런 그의 웃음
에서 삶을 초탈한 무언가를 느낄 수 있었다. 골드락은 이미 전
쟁에 패했음을 인정하고 있었다.

그가 천천히 나타나 비첼 앞에 섰다.

"로만의 소년이여. 아직 죽기에는 이르고 그 능력이 너무 아
깝구나. 여기를 떠나거라. 옥르헤틴에서처럼 죽고자 버틸 필
요가 없다. 이미 카이로는 무너졌고, 로스트는 패했다."

골드락이 슬프게 웃었다. 그리고 검을 들어 기사를 막았다.

"내 말을 타고 카이로를 떠나거라. 아니, 로스트를 떠나거라.
여긴 로만 사람인 네가 죽기엔 아무런 의미가 없는 곳 아니더
냐. 로스트는 끝났다. 오늘로써 로스트의 생명은 끊겼어."

비첼은 아무 말도 하지 못했다. 골드락의 목소리는 너무나
처연했다. 지켜내지 못했다는 자괴감이 그런 것일까. 골드락

의 어깨가 축 처진 듯한 기분이었다. 골드락이 자신이 타고 온
말 고삐를 건네줬다.

"내 마지막 부탁을 하나 하지. 내성에 가면 내 동생이 있을
거야. 그 아이를 데리고 부디 멀리 떠나주게. 이왕이면 로스트
가 아니면 좋겠어. 제국의 손길이 닿지 않는 아주 먼 곳으
로……."

"직접 도망치시는 게 어떻겠습니까? 남은 병사들을 수습해
서……."

"하하하. 로만의 소년이여. 상황을 직시하게나. 이미 끝난
전쟁이야. 패배한 전쟁이야. 이곳에서 수도까진 이틀 거리야.
카이로가 함락됐단 소식이 전해지기도 전에 붉은 제국이 수도
를 포위할 거야. 수도에서 아무리 방비를 하더라도 막을 수 없
을 것일세. 제국은… 제국은 진정 무서운 놈들이네."

골드락이 몸을 부르르 떨렸다.

"그리고 카이로의 무장으로서, 기사로서, 사내로서, 군인으
로서 도망친다는 것이 용납되지 않는군. 패장이지만 난 카이
로에서 태어났고, 카이로에서 자랐고, 그리고 카이로에서 묻
혀질 거야."

"……."

비첼은 고개를 숙이며 예를 표했다. 그리고 로만스터와 함
께 골드락의 말에 올라탔다. 그 순간 적 기사가 검을 뻗어왔으
나 골드락의 간단한 방어에 무위로 돌아갔다. 오히려 바로 역
공을 취한 골드락에 의해 그 목숨을 잃고 말았다.

골드락은 하늘을 올려다보았다.

쏴아아아아아!

먹구름 낀 하늘에서 비가 쏟아져 내렸다.

골드락이 처연한 미소를 지었다.

"비가 오기를 그토록 기다렸는데……. 너무 늦었구나."

*   *   *

대륙력 355년 7월.

카이로가 함락됐다. 카이로 총사령관 보디앙 백작과 더불어 지휘관은 모두 전사했고 2만 4천의 병력 중에 3천명의 포로를 제외하곤 모두 카이로에 묻혔다.

그리고 이듬해 356년 2월.

수도의 함락으로 인해 로스트 왕가가 사라졌다. 남부의 56개 영지가 붉은 제국에 복속되기를 청해왔고, 명실상부 로스트 왕국은 지도에서 그 이름을 지우게 된다.

Chapter 09
4년의 시간이 흐르고

딸랑.

“어서 오십쇼!”

문을 열자 방울 소리와 함께 주인으로 보이는 남자의 걸쭉한 음성이 반겼다.

여관 안으로 들어선 로브를 머리끝까지 뒤집어쓴 이가 주위를 둘러보다 조용히 한쪽 자리에 가서 앉았다.

주인은 슬쩍 그 모습을 위아래로 한 번 훑어보고는 이내 메뉴판을 들고 다가갔다.

“식사하시겠습니까?”

“예.”

짤막한 말투. 약간은 낮게 깔리면서도 묵직한 것을 보건대 사내의 음성이었다.

주인은 씩 웃으면서 메뉴판을 건넸다. 그리고 한쪽에 있는 벽난로로 다가가 장작을 더 쑤셔 넣었다.

“북방은 남부에 비해서 참 춥습니다. 안 그러십니까?”

흠칫.

주인의 중얼거림에 그 사내는 흠칫 몸을 떨었다.

“저도 로스트가 멸망하기 전에는 남부로 여행이나 갈까 했었죠. 근데 빌어먹을 제국 잡놈들 때문에 안 가렵니다. 남쪽은 그 새끼들 수탈이 심하다면서요?”

“내가 남부에서 온 건 어찌 알았소?”

당황한 목소리였다. 주인이 어깨를 으쓱이며 장작을 힘껏 밀어 넣더니 별거 아니라는 투로 얘기했다.

“누가 북방에서 로브를 뒤집어쓴답니까. 추위도 막지 못하고 거추장스럽기만 한 건데.”

“아…….”

“이 추운 북부 지역엔 어쩐 일입니까?”

“그것까지 알 이유는 없지 않소?”

사내의 날선 말투에 주인은 그저 허허 웃었다. 그리고 식탁으로 성큼성큼 다가왔다.

“뭘 드실 겁니까?”

“음. 그저 주인장 주시고 싶은 것 주시구려.”

“허허. 남부에서 오셨으니 북부 요리도 먹어봐야지요. 내가 어제 잡은 설원 멧돼지로 맛있게 해드리지.”

주인은 호탕하게 웃으면서 부엌으로 들어갔다. 사내는 그 뒷모습을 바라보다가 이내 로브를 벗었다. 아무래도 로브를 입고 있는 모습이 오히려 북방에서는 더 시선을 끄는 듯했다.

"빌어먹을. 내가 내 나라 땅에도 함부로 돌아다니지 못하다니……."

속에서 욕지기가 솟구쳤다.

나라 잃은 슬픔과 애환이 갑자기 물밀 듯 밀려왔다.

사내의 이름은 로호인.

로스트 왕국의 몰락 귀족의 후예다. 비록 몰락한 귀족가문이지만 나라를 사랑하는 애국심만큼은 그 누구에게도 뒤지지 않는다. 그의 아버지와 형은 직접 군사를 일으켜 제국에 대항했고 로호인도 무기를 들고 제국과 싸웠다. 그러나 카이로가 무너지고 채 일 년도 안 돼 수도가 제국에 함락되자 남부에 있던 수많은 영지가 제국에 항복하고 복속을 요청해 왔다.

그 모습을 지켜봐 오던 로호인은 충격에 몸을 떨었다.

수도가 함락되었다고 해서 영지를 갖다 바치는 그들의 행태를 보라!

자신의 안위만 바라겠다고 나라를 팔아먹는 행위를 보라!

얼마나 분노했던가. 그럼에도 어찌할 수 없는 자신을 얼마나 원망했던가!

로호인의 몸이 한 차례 부르르 떨렸다.

북부의 영지가 연합해 끝까지 항쟁했으나 고작 7개월을 더

버텼을 뿐이다. 결국 제국의 칼날 아래 애국지사는 대부분이 전사했고 이 땅에 남은 이는 제국과 친제국파뿐이었다.

그래서 그는 남부에서 무너진 로스트 왕가의 부흥 운동을 전개시키고자 움직였다.

하나 곧바로 발각되어 제국군에게 쫓기는 형세가 되었고 그의 형과 아버지는 붙잡혀서 모진 고문 끝에 결국 죽음을 면치 못했다.

“빌어먹을 제국놈들…….”

도저히 참을 수 없는 분노가 불쑥 솟구쳤다.

그는 탁자에 내온 차가운 냉수를 들이켰다.

남부 제일 끝자락에서 로스트의 최북단인 이곳까지 오면서 제국의 2등 신민으로 격하된 로스트인들의 처참한 일상을 지켜봐 온 로호인이다.

수많은 공사와 작업에 거의 반강제적으로 투입되는 로스트인들은 사실상 노예나 다름없는 취급을 받고 있었다.

또 제국은 로스트인들의 정신적인 부분을 망가뜨리고 있었다. 두 나라는 비록 언어는 대륙 공용어로 같았으나, 쓰는 글자는 달랐다. 한데 제국은 오로지 제국의 문자를 사용하기를 강요했고, 로스트 사람들의 이름도 제국식으로 고치라는 법령을 선포하기도 했다. 만일 그러지 않으면 이름이 없어지고 노예로 신분이 격하된다는 무시무시한 협박을 동반하고!

그렇게 끝없는 도망 생활을 하던 도중, 우연히 나라를 사랑하는 애국지사 한 명을 만났다. 그는 굶주린 로호인에게 음식을 제공해 주고 따뜻한 물로 샤워까지 하게 해줬다. 그리고 말했다.

'진정 로스트의 부흥을 원한다면 위로 가시오. 저 위로.'

'위라니, 어딜 말씀하시는 겁니까?'

'로스트의 최북단. 칼칼로 영지 말이오.'

'칼칼로 영지라면… 끝까지 제국에 항쟁했던 곳이 아닙니까. 하지만 거기 있던 애국지사는 대부분이 죽었을 터인데.'

'날 믿고 가시오. 그곳엔 로스트의 부흥을 이루고자 하는 군사가 있고, 그 군사를 철의 여인이 이끌고 있소.'

'철의 여인? 그녀가 살아 있단 말입니까?'

철의 여인!

수도가 함락되고 남부지방이 모조리 제국에 복속당했을 때, 칼칼로 영지에서 들고 일어나 무려 7개월을 버텨내게 한 걸출한 영웅이 있었는데 그녀가 바로 철의 여인이었다. 하나 칼칼로 영지 함락 후에 죽었다고 알려졌건만……

그 말을 듣고 로호인은 곧바로 칼칼로 영지로 향했다.

철의 여인이 살아 있다면 로스트의 부흥이 꿈만은 아니었다. 또 그녀가 이끄는 군사가 남아 있다면야!

우연찮게 만난 애국지사와 헤어지고 2개월이 넘는 시간을 보내며 겨우 이곳 칼칼로 영지에 도착했다. 칼칼로 영지는 남부 지역과는 달랐다. 제국 병사들이 순찰을 돌고 있음에도 여기 시민들은 겁을 먹거나 위축하는 모습이 없었다.

원래 북방 사람들의 특징이 강맹하고 누구나 잘 싸우고 지

기를 싫어하는 성격이었는데, 나라가 멸망하고도 그 성격이
어디 가지는 않았다.

"후. 어디로 가야 하나."

로호인은 한숨을 내쉬었다. 일단 칼칼로 영지에 도착하긴
했지만 어디로 가야 만날 수 있을지는 의문이었다. 그렇다고
누구에게 물을 수도 없었다. 만일 묻기라도 했다가 그자가 관
아에 고변이라도 한다면?

안 그래도 제국군에게 쫓기는 마당에 여기서 붙잡히면 최소
한 참수형이다.

로호인은 답답한 마음에 남아 있는 냉수를 전부 들이켰
다.

자신의 본래 능력은 행정업무였다. 그래서 제법 규모가 있
는 상단을 운영하며 가문을 일으켜 세우고자 한 적도 있었다.
비록 부족한 능력이지만 부흥군에 가담하다면 능히 자신의 능
력이 쓰이리라 생각됐다.

"허허. 배가 많이 고팠나보오. 여기 음식 나왔소."

그때 따끈한 음식이 나왔다. 연기가 혹 치솟는데 매콤한 향
기였다. 로호인은 입에 침이 고이는 걸 느끼고 정신없이 음식
을 먹었다.

음식점 주인이 슬그머니 그의 앞에 다가왔다.

"혹시 소문을 듣고 왔소?"

"큽, 흐흠!"

갑작스런 말에 급하게 음식을 먹던 로호인은 목에 걸리는

기분이었다. 그는 물을 벌컥 들이마시며 주인을 노려보았다.

일견에는 평범한 사람이다. 하나 단숨에 로호인이 남부 사람임을 알아보는 눈썰미와 사람 속을 훤히 들여다보는 듯한 저 말투는 범상치가 않았다.

"뭔 소리요?"

"여긴 왜 온 것이오?"

"오지랖이 넓으시군. 내가 그런 거를 일일이 설명하며 다녀야 하나?"

"호호호. 그럴 필요는 없지만, 적어도 이 영지에 로스트인 사이엔 비밀이 없는 법이지."

"……?"

그때였다.

까악— 하는 여성의 날카로운 비명이 밖에서부터 들렸다. 주인이 그 소리를 듣고 씩 웃으며 말했다.

"마침 당신이 이곳에 온 이유를 확인할 수 있을 것 같소. 따라오시오."

주인은 그렇게 말하며 음식점에 로호인만 남기고 밖으로 나갔다. 로호인은 잠시 당황했으나 이내 표정을 굳히고 그 뒤를 따라갔다. 그리고 슬그머니 품속에 손을 넣었다. 손끝에 단검의 손잡이 부분이 잡혔다.

여차하면 휘두르고 도망칠 요령이었다.

"놔요, 이거 놔요!"

"어허! 조사해야 할 것이 있다고 하지 않느냐?"

밖으로 나온 로호인은 순간 분노를 참지 못했다.

평범한 로스트인으로 보이는 여인을 붉은 제복을 입은 병사 둘이서 억지로 끌고 가려고 하고 있었다. 남부에서 수없이 보아온 행태였다. 병사들은 로스트 여성을 갖은 죄목을 붙여서 붙잡아 마구 농락했다. 그걸 참지 못하고 자결한 여인이 물경 일천이 넘어간다는 소문도 돌았다. 한데 북부에 와서도 그 꼴을 보아하니 속이 터져 나갈 것만 같았다.

"왜, 왜 이러세요. 제가 뭘 잘못했다고요!"

"어허! 네년 몸속에서 이런 게 나왔는데?"

병사는 잔인한 미소를 띠며 품속에서 무언가를 꺼냈다. 그것은 짧은 단검이었다. 여인이 억울한 표정을 지었다.

"언제 제게서 그것이 나왔나요! 전 전혀 몰라요. 제가 왜 무기를 들고 다니겠어요!"

"시끄럽다! 가서 조사해 보면 진상을 확인할 수 있을 터!"

제국의 2등 신민인 로스트인은 결코 무기소지가 허용되지 않는다. 제국에 혈서로 충성맹세를 한 기사만이 무기소지가 자유로웠을 뿐이다. 또 용병을 천시하는 제국 풍토상 로스트 출신 용병들은 거의 존재할 수 없게 됐다.

무기를 소지한다는 것은 곧 반역 행위임을 법령으로 선포했으니, 감히 몰래 무기를 소지할 간 큰 로스트인들은 없었다. 한데 여리기 짝이 없어 보이는 저 여인이 단검을 들고 다녔다는 것이 말이나 되는가.

로호인은 당장에라도 뛰쳐나갈 듯한 기세였다.

그런 그를 옆에 있던 음식점 주인이 만류했다.

"가만히 보고 있게나."

"어찌, 어찌 가만 지켜보오! 당신은 로스트인이 아니오?"

"어허. 그냥 보라니까."

로호인은 이해할 수 없었다. 남부에서도 이런 행태가 일어나면 민중은 도저히 참을 수 없는 분노를 표했다.

그때서야 로호인은 뭔가 미묘한 차이를 느꼈다.

'여유? 여유로움인가?'

영지민들의 얼굴에 드러나는 은은한 미소는 분명 여유로움이 가득한 미소였다. 로호인은 머리가 지끈거렸다. 이해가 되지 않는 상황이다. 같은 로스트인이 억울한 명목으로 끌려가는데 분노를 표출하지는 못할 망정, 여유로운 미소를 띠어?

위화감이 들었다.

그런데 그때였다.

"후! 또 멍청한 신참들이 이곳에 왔나 보구나!"

대로 한복판에서 사내의 목소리가 쩌렁쩌렁 울렸다. 로호인은 그 사내를 똑바로 바라보았다. 이제 기껏해야 스무 살이나 됐을까 싶은 젊은 청년이었다. 한데 표정이 뭔가 미묘했다. 아니, 위화감이 들었다. 입가에는 은은한 미소가 걸려 있었는데, 눈가에선 가슴을 섬뜩하게 만들 독기가 철철 흘러넘치고 있었다.

무엇보다 로호인이 놀란 점은 청년이 무기를 들고 있다는 데 있었다. 등에는 화살통과 화살이 걸려 있었고 허리춤에는 작은 핸드 액스 두어 개가 꽂혀 있었다. 그리고 그의 오른손에 커다란 브로드 액스가 꽉 쥐어져 있었다.

"넌, 뭐냐? 지금 그 꼴은 대체……."

병사가 당황했다.

여태껏 로스트에서 근무하면서 대놓고 무기를 들고 다니는 작자는 처음 봤다. 그 모습에 혹시나 제국사람이 아닐까 싶었지만 그건 아니었다. 다른 나라 사람이 보면 다 비슷해 보이는 외모였지만 제국 병사가 보기에 로스트인과 제국인에겐 미묘한 차이가 있었다.

그것으로 보건대 저 청년은 분명 로스트인이었다.

"2등 신민은 무기소지가 금지된 것을 알 텐데!"

"후후후."

청년이 웃음을 흘렸다. 병사는 그 웃음에 담긴 살기를 느끼고는 당혹한 표정을 지었다.

"무기를 버리고 당장 무릎을 꿇어라!"

"지랄하고 있네."

"……!"

청년의 능청스런 욕에 병사의 입이 닫혔다. 그건 당황스러움이다.

2등 신민인 로스트인들은 제국 병사를 욕하면서도 엄청나게 두려워했다. 사실 병사가 말도 안 되는 죄목을 뒤집어씌운다면 로스트인은 그저 죽을 수밖에 없는 운명이었기 때문이다.

"네, 네놈이 감히 위대한 제국의 황제 폐하의 법령을 무시…
컥!"

"지랄하지 말고 덤비라고. 개자식들아."

로호인이 부르르 몸을 떨렸다.

순간 대로에 폭사되는 살기에 지며보던 영지민들의 얼굴이
새파랗게 질려 버렸다.

흡사 그것은 야수의 울부짖음 같았다.

청년은 단숨에 그 거리를 도약해서 브로드 액스를 크게 휘
둘렀다.

쩌어어억!

병사는 자신에게 무슨 일이 일어났는지도 모른 채 절명했다.

머리부터 세로로 쩍 갈라져 옆으로 떨어지는 시체의 참혹
함! 그 지독한 참상에 로호인은 저도 모르게 눈을 질끈 감았
다. 그러나 주위 영지민들은 그렇지 않았다. 마치 익숙한 상황
인 듯 그 장면을 지켜봤다.

"네, 네놈 정체가 뭐냐. 어, 어찌……! 제국 병사를 죽이고
무, 무사할 줄 아느냐! 당, 당장 무, 무기를 버리고……."

홀로 남은 병사는 당황함에 말을 잇지 못했다. 청년은 씩 웃
으면서 그에게 다가갔다. 병사가 급히 검을 꺼내 들었다.

"죽으려고 발악을 하는군."

청년은 잔인한 미소를 지으며 브로드 액스로 검을 쳐 올리
고는 발로 병사의 배를 가격했다.

퍼억!

우당탕탕!

"꺼억!"

명치에 제대로 박힌 발차기였다. 병사는 순간 호흡이 멎는 듯한 기분이었다. 그러나 그 고통스러움은 오랫동안 지속되지 않았다.

서걱!

청년의 브로드 액스가 병사의 목을 잘라냈다.

너무나 자연스런 행동, 마치 몸에 밴 듯한 청년의 행동에 로호인은 넋이 빠지는 기분이었다.

"괜찮소?"

청년은 벌벌 떨고 있는 여인을 일으켜 세웠다. 여인은 공포에 질렸는지 아무런 말도 못하고 고개를 숙이며 벌벌 떨었다. 청년은 멋쩍은 표정을 지으며 주위를 둘러보았다.

"그럼, 잘 부탁하겠소."

"속 시원했네!"

"정말 잘했네! 내 속이 얼마나 시원한지!"

영지민들은 그제야 환호를 터뜨렸다. 그리고 시체를 치우고 흔적을 지우기 시작했다. 마치 오랫동안 이런 관습이 있었던 듯이 행동하는 영지민들의 모습에 로호인은 아직까지도 정신을 차릴 수 없었다. 특히 그를 이끌고 온 음식점 주인은 죽은 돼지 피를 뿌려 피 냄새를 숨겼다.

로호인은 청년을 바라보았다.

그제야 애국지사가 했던 말이 떠올랐다.

'날 믿고 가시오. 그곳엔 로스트의 부흥을 이루고자 하는 군사가 있고, 그 군사를 철의 여인이 이끌고 있소.'

로호인은 이 청년이 부흥군 중 한 명이라고 확신했다.

그렇지 않은 이상 무기를 들고 대낮에 대로를 활보할 수 없을 것이며, 이렇게 제국 병사를 죽일 생각은 꿈에도 하지 않으리라!

로호인이 황급히 청년에게 다가갔다.

"이, 이보시오!"

"음?"

청년은 고개를 돌려 로호인을 바라보았다. 순간 눈빛을 마주하자 몸이 저릿저릿하니 굳어가는 기분이었다. 그 기세에 눌린 로호인이 침을 꿀꺽 삼켰다.

"나, 나도… 로, 로스트의 부, 부흥을 위해 여기로 왔소."

"흠?"

순간 청년의 표정에 호기심이 어렸다.

"잠깐만, 생각해 보니 며칠 전에 이곳에 올 사람이 있을 거라고 로른이 전서구를 보냈었는데……."

그리고는 품을 몇 번 뒤적이더니 종이를 꺼냈다.

놀랍게도 그 종이에는 로호인의 얼굴이 대략적으로 그려져 있었다. 그것을 보고 로호인은 몸을 부르르 떨었다. 어찌 자신의 얼굴이 저기에 있는가…….

“저기 중부대로에서 당신보고 이곳에 가라고 한 작자가 있을 것이오.”

“그, 그렇소. 그, 그자가 이리로 가면 부흥군이 있다고 하였소. 처, 철의 여인이 이끄는…….”

“후후… 철의 여인이라. 흠, 그런 사람이 있긴 하지. 그렇지만 행여나 그런 말을 그 여자 앞에서 하지 마시오. 철의 여인이란 별명을 아주 싫어하시거든.”

“그, 그 말은……?”

로호인의 동공이 사정없이 딸렸다.

“로스트 부흥군이오. 이름은 비첼이라 하오.”

청년, 아니 비첼이 웃었다.

＊　　　＊　　　＊

땡— 땡— 땡—

아침 여섯 시.

칼칼로 영지 성탑에 있는 종소리가 울려 퍼졌다. 종소리에 침묵에 잠들어 있던 영지가 차츰 깨어났다.

터벅터벅.

영지 사람들은 졸린 눈을 비비며 광장으로 걸음을 옮겼다.

칼칼로 영지는 규모가 작다. 원래 위험하고 험하기 짝이 없는 북부 국경 지대에 위치해 있어서 규모가 작았다.

그래도 제국에 함락되기 전엔 3천에 달했던 인구였다. 하지만 지금은 고작 이천 명이 될까 싶은 인구수라 그 규모도 눈에 띄게 줄어져 있었다.

"모두들, 황제 폐하께 인사를 드리도록 하라!"

광장 중앙에는 붉은 제복을 입은 중년인이 외치고 있었다.

영지민들은 늘 해왔던 일이므로 익숙한 몸놀림으로 동쪽을 바라보며 바닥에 몸을 납작 붙였다. 제국에 함락되고 나서 로스트나 로만 등 점령지의 모든 영지에서 행해지는 의식이었다. 아침 6시에 제국에 계시는 황제께 인사를 드린다는 그런 의식이다.

"젠장. 그 미친 살인마 새끼한테 절을 해야 하다니."

"쉿! 조용히 해! 지금은 괜히 걸리면 크게 경을 칠걸세."

"왜 그런가? 자넨 분하지도 않은가? 내 조카가 저번 전쟁에서 죽었다고!"

"이번에 총독이 바뀌면서 싹 물갈이 됐다고 소문이 돌고 있어. 지금 나와 있는 놈도 전에 그 뚱뚱이가 아니지 않은가?"

"어? 그러고 보니 그러네. 딴 사람이 왔군."

"이럴 때엔 조심해야 해. 실적 올린다고 닥치는 대로 불순분자로 몰아서 잡아가니까."

"거기! 누가 시끄럽게 하나!"

호통이 떨어지자 속닥거리던 둘은 고개를 바닥에 박았다. 괜히 걸렸다가 어떤 꼴을 볼지 몰랐다.

이천 명에 가까운 영지민이 모두 동시에 절을 하는 모습은 흡사 사이비 종교에 빠진 사람들을 보는 것 같았다.

"사이비 종교나 다름이 없긴 하지."

그리고 그 모습을 멀리서 지켜보던 비첼이 차가운 말투로 중얼거렸다.

"왜 그렇게 생각하나요?"

아름다운 미성(美聲)이 귓가를 간질이듯 들려왔다.

그 옆에 있던 여인, 백옥 같은 피부에 짙푸른 눈동자를 하고 있는 유니아스였다. 비첼은 유니아스를 한 번 쓱 보고는 다시 광장으로 고개를 돌렸다. 그의 입에서 퉁명스런 목소리가 튀어나왔다.

"황제는 살아 있는 신이지 않습니까?"

"하긴, 그렇긴 하네요."

유니아스가 쓸쓸한 미소를 지으며 고개를 끄덕였다.

황제는 정복민을 억누르기 위해 본인을 거의 살아 있는 신으로 포장했다. 적어도 황제는 신의 대리자이자 신의 아들이었다. 그런 범접할 수 없는 위압감과 이미지를 내세우며 정복민을 억눌렀다. 로만과 로스트를 점령한 전쟁은 신을 위한 전쟁, 즉 성전(聖戰)이라고 표현했다.

"역겨운 짓입니다. 그런 살인마한테 절을 하다니. 저 사람들의 가족도, 형제도, 친구도 모두 살인마 때문에 죽었을 텐데."

"언젠가는 큰 벌을 받게 될 거예요. 아니, 반드시 그렇게 만들어야죠."

유니아스로부터 굳은 결심이 느껴졌다.

비첼은 고개를 돌려 유니아스를 바라보았다.

4년 전, 카이로에서 처음 만났던 유니아스는 비첼보다 머리 하나는 더 컸다. 기사 가문의 차녀이다 보니 유니아스는 팔다리가 쭉쭉 뻗어 길었고 몸매도 호리호리하면서도 튼튼해서 볼륨감이 있었다.

그런데 지금 비첼은 그런 유니아스를 내려다보고 있었다.

시간의 흐름만큼, 비첼도 변했다.

비첼이 문득 생각난 듯 씩 웃으며 말했다.

"그러고 보니 로른 그자가 철의 여인이란 말을 계속 퍼뜨리더군요."

"예? 그 사람이요?"

유니아스는 순간 멍한 표정을 지었다.

로른은 로스트의 중부지방을 관통하는 중부대로에서 활동하는 부흥군이다. 그는 거기서 부흥군으로 오는 안내자 역할과 동시에 제국의 동향을 파악하는 임무를 맡고 있었다.

"정말, 그 사람 안 되겠어요. 내가 그 말을 얼마나 싫어하는지 알면서……."

"멋지지 않습니까. 수도마저 함락되고 왕가가 사라졌음에도 로스트를 위해 군사를 모으고 저항하는 철의 여인이라……."

비첼의 웃음기 어린 목소리에 유니아스가 눈을 치켜떴다.

그 모습이 마치 고양이 같아 비첼은 웃음을 참을 수 없었다.

"지금 놀리시는 거예요?"

"그럴 리가."

비첼의 능청스런 대답에 유니아스는 그만 한숨을 푹 내쉬었다. 그리고는 새삼스런 눈빛으로 비첼을 훑어보았다.

참 많이 변했다고 느껴졌다.

카이로가 무너지던 날, 내성으로 쳐들어와 자신을 억지로 말에 앉히던 비첼은 그야말로 작은 악마 같았다. 독기와 살기가 철철 흘러넘치고 입을 꽉 다문 그 모습은 아직도 잊혀지지 않는다.

하나 시간이 흐르며 비첼도 유연하게 변해갔다.

로무가 죽고 1년이 지났을 때만 해도 분노와 독기로 가득 찬 상태였다. 그러나 시간이 지나면서 비첼은 놀랄 정도로 냉정해졌고 로무가 생전에 했던 조언을 머릿속으로 떠올렸다.

'진정 무서운 자는 웃음 뒤에 칼을 품고 있는 자다.'

여관에서였던가? 그런 말을 들었던 것 같다.

그 말은 비첼에게 많은 깨달음을 갖게 했다. 무조건 복수심에 사로잡혀 앞뒤 안 가리고 행동하는 짓은 요절하기 딱 좋았다. 비첼은 겉으론 웃었다. 나름 능청스럽게 행동도 해보고, 농담도 간간이 하면서 변해갔다. 그러나 그 속만큼은 변하지 않았다.

그가 아무리 이성적으로 행동하고 계산적으로 움직이더라

도 제국군을 만나면 속에서 들끓는 분노는 이겨내지 못했다. 그것은 처절하게 사무친 원한이었으니까.

그런 비첼의 속내를 아는 걸까?

유니아스의 시선엔 안타까움이 어렸다.

비첼은 그래도 유니아스에겐 스스럼없이 행동했다. 그가 믿고 진심을 터놓을 수 있는 사람이 다섯 명이 있는데, 그중 하나가 바로 유니아스였다.

4년 동안의 힘든 여정이 두 사람의 사이를 각별하게 만들었다.

"이번에 크게 사고 치셨더군요."

"어쩔 수 없었습니다."

"후우. 참 큰일이에요."

비첼은 머쓱한 표정을 지었다. 사실 아무리 비첼이 부흥군의 높은 자리에 있다고 해도 대로에서 대놓고 제국 병사를 죽이는 일은 큰일이다. 칼칼로 영지의 영지민 대부분이 부흥군에 협력한다고 해도 그중에는 분명 친제국파 놈들이 있으리라. 결국 부흥군의 존재 자체가 드러날 수밖에 없다.

물론 제국도 부흥군의 존재를 알고 있다. 다만 근거지가 정확히 어디고, 어느 정도 군세를 갖췄는지를 모를 뿐이다.

"죄송하게 됐습니다."

"뭐, 괜찮아요. 오히려 잘한 거죠. 듣자 하니 여인 하나를 강제로 끌고 가려고 했다면서요?"

"예. 무기소지죄를 들먹이더군요."

“잘했어요. 그런 놈은 다 죽여야죠. 아니, 확 거기를 잘라 버
려야 해요!”

“⋯⋯.”

유니아스는 그녀답지 않게 흥분했다. 아무래도 같은 여인이
욕을 당할 뻔했단 생각 때문인 것 같다. 예전이라면 상상도 못
할 상스런 말을 통해 비첼은 그녀도 많이 변했다고 느꼈다.

4년 동안 제국군의 감시를 피해 군사를 조직하고, 키우고, 세
력을 몰래 넓히는 일은 자애롭고 사랑스러웠던 유니아스마저
강하게 만들 수밖에 없었을 것이다.

“당분간은 활동을 멈춰야 할 것 같아요. 이번에 총독이 바뀌
면서 인사가 대부분 바뀌었어요.”

“로드니악 그분이 고생이 심하겠습니다.”

“그렇겠죠. 그간 제국인사들한테 들인 수고가 장난이 아닐
터인데⋯⋯. 참, 누가 새로운 총독으로 내정됐는지 아시나
요?”

“아니요. 아직 듣지 못했습니다. 여긴 워낙 변경이라 원래
소식이 늦지 않습니까.”

“들으면 깜짝 놀랄 거예요.”

“누구죠?”

비첼이 호기심어린 눈빛으로 귀를 기울였다. 유니아스는 한
참 뜸을 들이다 입을 열었다.

“안드레이 류블로프.”

비첼의 얼굴이 돌처럼 딱딱하게 굳었다.

　　　*　　　*　　　*

비첼과 유니아스는 칼칼로 영지를 벗어나 북쪽으로 향했다.

북쪽으로 가는 길은 험했다. 사실상 국경을 벗어나는 일이다 보니 도로는 거의 없었고 야만인이 들끓는 곳이라 인적도 드물었다.

"하아… 하아……."

그 험한 길에 유니아스의 호흡이 거칠어졌다. 그저 별명이 '철의 여신'일 뿐이지 그녀가 여자의 몸으로 험한 길을 헤쳐나가는 것은 상당히 고역이리라. 하나 유니아스이기에 이 정도였다. 평소 운동을 게을리하지 않는 그녀이기에 비첼에게서 뒤떨어지지 않고 걸을 수 있었다.

얼마쯤 걸었을까.

아침에 칼칼로 영지를 출발했지만 해가 중천에 뜬 정오가 다가와서야 목적지에 도착할 수 있었다.

울창한 수풀 사이로 거대한 석조건물이 천천히 모습을 드러냈다.

그것은 하나의 성이었다. 하나 일반적인 영주성과는 그 궤를 달리했다. 성벽은 높고 언덕 위에 위치해 험준했으며, 공성무기를 놓을 곳이 없어 쉽사리 성을 깨드리기도 어려워 보였다. 더욱이 울창한 나무들은 가까이 다가가기 전에는 성이 있는지 알 수도 없게 할 정도로 철저하게 은폐되어 있었다.

"내부 공사는 완료됐습니까?"

"아직이에요. 워낙 비밀리에 인부들하고 기술자들을 소집하느라 시간이 걸리고 있어요. 비밀 유지도 철저해야 하고……."

그러나 성은 아직 완벽히 공사가 마무리되지는 않았다.

성벽을 비롯한 외관은 충분한 공사가 이루어져 당장 대군이 몰려온다 한들 막아낼 수 있었다. 그러나 내부는 비밀 유지 때문에 모든 공사가 끝나지는 않았다. 그래도 성은 유사시 일만 명을 수용할 수 있었고 그 일만 명이 최소 5개월은 먹고 버틸 수 있는 식량을 비축하고 있었다.

하나의 요새이자 로스트 부흥군의 근거지였다.

"정지!"

그때였다.

성탑에서 수십 명의 궁병이 화살을 겨누었다.

비첼은 품에서 푸른색 작은 깃발을 꺼내 흔들었다.

비첼과 유니아스의 얼굴을 알아본 문지기는 그제야 성문을 열었다.

쿠르르르!

강철문이 육중한 소리와 함께 열리자 진동으로 땅이 울렸다.

비첼과 유니아스는 안으로 들어갔다.

그러자 은빛이 은은하게 감도는 갑주를 착용한 사내가 다가오며 반겼다.

“오셨습니까. 별다른 변고는 없으셨지요?”

“예, 별일 없었어요. 로만스터 경.”

마중을 나온 이는 다름 아닌 로만스터였다.

유니아스는 그에게 기사의 호칭인 ‘경’을 붙이며 존중해 줬다. 로만스터는 비첼에게 고개를 돌리고는 약간 웃음기 있는 목소리로 말했다.

“비첼, 사고 한 번 쳤더군.”

비첼이 어깨를 으쓱였다.

“소문이 다 났군.”

“워낙 작은 곳이니 소문이 안 돌 일 있겠는가. 영애님, 가서 쉬시지요.”

“아니에요. 지금 회의를 주최할 생각이에요. 준비해 주세요.”

“회의를요?”

로만스터의 얼굴에 의문이 서렸다.

“예. 앞으로의 활동에 대해 상의할 것도 있고, 연락이 끊긴 남부 근거지에 관련한 이야기도 나눠야 하고요.”

“알겠습니다. 곧 소집하겠습니다.”

“고마워요, 로만스터 경.”

로만스터는 고개를 숙이며 그 자리를 빠르게 벗어났다.

비첼은 그 뒷모습을 보면서 씩 웃었다.

“완전 기사가 다 됐군.”

“벌써 마나연공은 수준급이니까요.”

“참, 그건 부러운 일이지.”

차마 부러움을 숨길 순 없었다.

“그래도 싸우면 당신이 이기잖아요?”

“……..”

비첼은 말없이 미소 짓고는 앞서 걸어 나갔다.

＊　　＊　　＊

말만 거창하게 ‘회의’일 뿐이지, 실제로 회의에 참석한 주요 인물은 비첼과 유니아스, 로만스터와 몇몇 하급행정관이나 관리자뿐이었다.

주요 인물은 대부분 로스트 곳곳에 퍼져 나가 부흥 운동과 더불어 제국에 대한 공작활동을 펼쳐 가고 있었다.

결국 회의는 세 명이 상의하는 내용으로 이끌어져 가고 있었다.

“우선 좋지 않은 소식이 들어왔어요.”

좋지 않은 소식이란 말에 분위기가 무겁게 가라앉았다.

다만 비첼만이 어느 정도 짐작하고 있는 듯 무심한 표정이었다.

“이번에 로스트 총독이 바뀌었어요.”

“들었습니다. 칼칼로 영지 담당 관리자도 바뀌었더군요. 주둔하는 제국군도 상당히 낯선 얼굴이 많았습니다.”

“네. 여러모로 큰일이에요. 무엇보다 새로 배정된 제국 총독이 문제에요.”

“어떤 인물입니까?”

“안드레이 류블로프.”

“……!”

“그 작자가……!”

순간 회의장엔 침묵이 아닌 분노가 솟구쳤다. 그 분노는 대부분 카이로 출신이거나 카이로 근방 지역의 영지 출신들에게서 뿜어져 나왔다. 무심한 표정을 짓고 있던 비첼의 얼굴에도 은은한 분노가 서렸다.

로만스터는 굳게 입을 닫았다.

“다들 아시다시피, 류블로프는 제국 내 군부세력이자 강경파예요. 정복민 중에 제국에 협조적이지 않은 자는 모두 노예로 만들어 버리자는 허무맹랑한 말을 떠들어댄 적도 있는 작자예요.”

“음.”

“그리고 무엇보다 로스트 정벌 총사령관이었던 과거가 중요해요. 카이로를 점령한 모든 계책이 그의 머릿속에서 나왔죠.”

그렇게 말하는 유니아스의 목소리가 떨렸다. 매사에 침착을 잃지 않던 그녀의 눈동자에 울분이 맺히는 듯했다.

어찌 잊겠는가!

카이로에서의 그날을…….

소름끼치기까지 한 계책으로 카이로를 유린하던 작자가 바로 당시 총사령관이던 안드레이 류블로프였다. 그리고 수도를 무너뜨리고 가장 먼저 왕궁 위에 제국의 붉은 깃발을 꽂은 사람이기도 했다.

즉, 여기 로스트 부흥군에게는 최악의 적이 나타났음을 의미했다.

"비교적 온화한 정책을 취하던 전 총독이 물러간 것은… 아니, 사실 쫓겨난 것이나 다름없어요. 바로 저희 때문이죠."

"부흥군 세력이 커지니까 강경노선으로 변경하겠다, 이거군요."

"네, 맞아요. 제국 측에선 부흥군 세력이 결집되어 대규모 전쟁이 일어날까를 염려하고 있어요. 넓어진 영토와 무리하게 지출된 전비로 인해 제국도 지금 많이 힘든 상태니까요. 이럴 땐 차라리 강경하게 억압하겠단 생각인 것 같아요."

회의장에 모인 이들의 얼굴이 어두워졌다.

전 총독은 비교적 온화한 정책으로 인해 크게 마찰이 없었다. 그 탓에 부흥군 세력을 조금씩 모을 수 있었고 로스트 전역에 정보망을 형성할 수 있었다. 그러나 대표적인 강경파인 류블로프로 바뀐 이상 로스트 부흥 운동에도 큰 차질이 생기리라.

"아무래도 모두들 진행하던 일들을 잠시 정지하고 상황을 지켜봐야 할 것 같아요."

"하지만 모병활동은 멈추지 않아야 합니다."

지금껏 침묵을 지켜온 비첼이 말했다.

"그래요. 하나 조심해야 해요. 로스트의 애국지사들을 모으고 세력을 모으는 일도 중요하지만, 발각되지 않는 게 더 중요하니까요."

지금 부흥군의 총 군사력은 삼천. 그리고 칼칼로 영지와 북방의 몇 개 영지는 부흥군에게 협조적이었다. 만일 일이 터지면 최대 일만 명 가까이 병력을 모을 수도 있었다.

그러나 거대한 제국을 상대론 무리다.

로스트 전역에 주둔하고 있는 제국군만 해도 십오만에 달한다. 특히 그중 4분의 1이 지금은 총독직할령이 되어버린 수도에 주둔하고 있었다. 언젠가는 수도를 탈환해야만 하는 부흥군의 입장에서는 암울하기만 한 군사력이었다.

그래서 모병활동은 멈추지 않아야 했다.

"좋아요. 조금 무리가 가더라도 모병활동을 비롯한 핵심들은 은밀하게 계속 진행하는 걸로 하죠."

"하나 모병활동만으로 병력을 구성하기엔 부족합니다."

"별수가 없어요. 비밀리에 병력을 모으고 정예로 키우는 게 힘든 일이에요. 제국의 눈을 피해 대대적으로 모병할 수는 없는 일이니까요."

유니아스가 한숨을 내쉬었다. 마음 같아선 대대적으로 모병을 해서 병력을 늘리고 싶기는 그녀도 마찬가지였다. 하나 로스트 곳곳에 깔린 제국의 시선을 피하기란 어려웠다.

"저번에 제가 건의했던 내용이 있지 않습니까?"

비첼의 말에 회의장에 모여 있던 인사들의 시선이 쏠렸다. 살짝 미소를 머금고 있는 비첼의 표정이 꽤나 여유로워 보였다. 유니아스의 얼굴이 굳어졌다.

"야만인을 끌어들이자는 거 말인가요?"

"그렇습니다."

"맙소사. 그건 정말 안 되는 이야기라고 생각해요. 여기 북방 사람들은 야만인들하고 사이가 좋지 않았어요. 한데 같이 힘을 모으자? 그것도 제국을 상대로?"

주위 사람들은 유니아스의 말에 고개를 끄덕였다.

비첼이 과거 건의했던 내용은 바로 야만인을 부흥군 세력으로 만들자는 이야기였다. 당시에는 곳곳에서 부흥세력이 결집되면서 모병에 큰 문제가 없었기에 대충 넘어갔었다. 그러나 비첼은 지금 결코 대충 넘어가지 않을 것인지 진지한 표정이었다.

"4년 동안 기껏 모은 병력이 일만도 넘지 않죠. 물론 로스트 지방 곳곳에 퍼진 병력을 생각하면 일만 오천쯤 되지만, 로스트 주둔 제국군은 무려 이십만 명입니다."

"음……."

가공할 제국의 군사력에 모두가 침음을 삼켰다.

비첼은 멈추지 않고 말을 이었다.

"전 총독때만 해도 시간이 갈수록 주둔 병력은 줄어들었지만 문제는 새총독이죠. 류블로프 그 작자가 온 걸 보면, 주둔군이 늘면 늘었지 결코 줄어들진 않을겁니다."

"하지만 로스트인이 아닌 야만인을 로스트 부흥군으로 만들자는 건 불가능하다, 비첼."

가만히 듣고만 있던 로만스터의 지적에 비첼은 그를 지그시 바라보았다.

"난 로만인이다. 로만스터."

"비첼! 로만인과 야만인이 같은가?"

로만스터가 탁자를 치며 소리쳤다. 비첼이 피식 웃었다.

"다를 게 또 뭐지?"

"글자도 깨우치 못한 놈이 가득한 야만인들이야. 성격도 불같고 야만적이고 흉악하기 이를 데 없어. 그런 자들이 순순히 우리와 함께하겠다고 하겠나?"

"결국 로스트인이 아니기 때문이라는건가?"

이런저런 이유였지만 로스트인이 아니기 때문에 불가하다. 이것이었다. 하기야 사실 로스트 왕국의 재건을 위해 뭉친 부흥군이다. 오히려 오랫동안 척을 졌던 야만인과 협력할 수 있다는 사실이 불가능이다.

"그럼 나도 로만인이기 때문에 여기엔 알맞지 않는 건가?"

"어허… 비첼. 왜 그러나? 너답지 않게 고집을 부려?"

비첼의 표정이 굳어졌다.

"솔직하게 해보자고. 야만인이랑 함께하기엔 로스트인의 자존심이 상하는가?"

"그 무슨……."

"막말로 야만인이 전투 능력만큼은 월등한 걸 다 알잖나. 로스트 점령 초기에 야만인들을 쫓아내기 위해 편성되었던 제국군 중에 죽은 이가 어디 한둘인 줄 아나?"

"……."

"류블로프 그 자식이 총독이 됐어. 공포정치가 시작되겠지. 어쩌면 부흥군을 일망타진하겠다고 군사를 재편성할지도 몰라. 그런데 이 성벽만 믿고 버티겠다고? 카이로가 어떻게 된지 모르나?"

"음……."

카이로가 언급되자 모두 말을 잃었다. 카이로는 대륙을 통틀어 몇 안 되는 천혜의 수성 조건을 갖춘 성임이 분명했다. 그러나 그 카이로가 고작 일주일도 지나지 않아 무너졌음을 모두 기억했다.

"언제까지 숨어서 병력만 모으고 요인 암살이나 하면서 부흥을 꿈꾸겠나?"

"우리라고 이렇게 숨어사는 것이 만족스러운지 아십니까!"

지켜만 보고 있던 하급관리 하나가 벌떡 일어나 소리쳤다.

울분에 찬 외침이었다. 비첼은 무심한 표정으로 그를 바라보며 입을 열었다. 무미건조하기 짝이 없는 음성이 흘러나왔다.

"그러면 움직여야지. 저들이 강경하게 나온다고 숨죽인다고 우리가 살 것 같나? 악착같이 우릴 찾아내서 토벌하겠지. 제국이 마음만 먹으면 우린 한낱 산적 떼에 불과해. 제법 싸울 줄만 아는 산적 말이야.”

“…….”

비첼의 날카로운 말이 비수가 되어 유니아스의 가슴에 파고들었다.

그랬다. 유니아스가 부흥군의 수장이 되어 이리저리 뛰어봐도 제국이 마음만 제대로 먹으면 채 1년이 걸리지 않아 모두 죽을 수밖에 없다. 막강한 제국의 군사력은 부흥군을 일망타진할 수 있었다.

지금까지 4년의 평화.

어쩌면 그것은 우유부단하고 온화한 전 총독의 영향일 뿐이지, 부흥군이 은밀한 행동을 한 것 때문이 아닐 수도 있다.

절대 열릴 것 같지 않던 유니아스의 입이 열렸다.

“자신 있나요?”

“믿어만 주시죠.”

비첼은 자신만만했다. 어떻게 야만인을 설득하고, 또 어떻게 포섭할 것인가. 주위 인물 모두 궁금했지만 비첼은 자상하게 설명해 주지 않았다. 부흥군에서 손가락에 꼽히는 위치에 있는 자가 비첼이었고 지금껏 여러 임무를 해오면서 실패한 적 없던 비첼이기에 더 이상 딴죽을 걸지 못했다.

“휴우! 좋아요. 단, 기한은 한 달 드리죠.”

“한달이라…….”

자신있던 비첼의 표정에 살짝 파문이 일었다.

그가 생각하기에 한 달이라는 시간은 무리인 듯 싶었다. 비첼은 무슨 연유로 시간을 적게 주는지, 유니아스를 바라보았다.

비첼의 마음을 대충이나마 읽은 유니아스가 한숨을 내쉬며 말했다.

"남부 부흥 운동의 중심지였던 파파란 영지에서 연락이 끊긴지 벌써 두 달째에요."

"주위 부흥군 세력에게서도 연락이 없습니까?"

유니아스는 힘없이 고개를 끄덕였다.

"네. 남부 전체가 마치 땅에 꺼진 것처럼 연락이 불통이에요. 중부 부흥군에게 알려 연락을 취해보려고 해도, 파견된 요원이 모두 실종되었다고 하더군요."

"음……."

비첼은 침음을 흘렸다. 유니아스가 왜 이리 시간을 적게 주는지 대략 이유를 알 수 있었다.

남부와 연락이 끊겼다는 사실.

이것은 곧 남부 부흥군 세력에게 분명 변고가 생겼음을 의미했다. 그 변고가 어쩌면 제국군에 의한 몰살일 수도 있었다.

사실 이게 가장 유력했다. 하나 확실치 않기에 확인을 해야 하는 법. 그러기 위해선 믿을 만한 실력자가 그곳에 가야 하는데 이곳에 마땅한 인물은 비첼과 로만스터 둘뿐이다.

비첼이 슬쩍 굳은 표정을 하고 있는 로만스터를 바라보았다.

'나밖에 없군.'

아마 로만스터는 유니아스의 곁을 떠나지 않을 것이다.

아니, 비첼이 마음 놓고 밖을 막 돌아다닐 수 있는 이유가 바로 로만스터 때문이었다. 그의 실력과 능력을 믿기에 안심하고 밖에서 임무를 수행할 수 있었다.

"좋습니다. 한 달 안에 야만인을 포섭해 오죠. 많은 수는 무리더라도 큰 힘이 되게끔 만들겠습니다."

"고마워요. 비첼, 당신은 결코 허언을 하지 않는 사람이니 믿어볼게요."

"그리고 한 달 후에 제가 직접 남부로 가죠."

비첼의 말에 유니아스의 얼굴이 환해졌다. 사실 너무 비첼을 부려먹어 미안한 마음이었다. 한데 이렇게 스스로 나서주니 너무 고마울 수밖에 없었다.

"그렇게 해주시다면, 정말 고마울 거예요. 그리고 이번 임무도 혼자 가면 위험해요. 뛰어난 병사 몇을 붙여줄게요."

"아니, 됐습니다. 괜히 많은 수가 몰려다니면 더 고생이죠. 대신 딱 한 명만 데리고 가겠습니다."

"한 명이요? 누굴 데려가실 생각이신가요?"

그 물음에 비첼은 대답대신 씩 웃었다.

*　　　*　　　*

칼칼로 영지로 새로 부임한 제국관리인 베트랑은 모처럼 좋은 대접을 받고는 껄껄 웃었다.

"이거 모처럼 제대로 된 사람을 만났구먼!"

"준비한 게 부족한데 베트랑 자작님 마음에 드신다니 참 다행입니다."

"아니, 아니야. 내가 본 로스트인 중에서 가장 마음에 드네!"

베트랑은 그렇게 말하고는 옆에 있던 여자를 주물러 댔다. 그의 앞에는 커다란 탁자에 이런 변경에서는 쉬이 보기 힘든 산해진미가 가득했고 제법 명주라고 이름 날린 술도 항아리째 있었다.

로스트에 배치된다고 해서 고작 변경 중의 변경에 부임된 베트랑의 마음이 단번에 풀리는 것은 당연했다.

그리고 그런 베트랑 앞에서 비굴한 웃음을 흘리는 사내는 연신 아부를 떨었다.

"헤헤헤. 전 로스트인이 아닙니다. 위대한 붉은 제국의 신민이 아닙니까?"

"허? 하하하! 거 젊은 친구, 정말 마음에 드는군! 암, 그렇지. 로스트가 어디 있는가? 모두 제국 황제 폐하의 신민일 터인데! 자네, 이름이 뭐라고 했지?"

칼칼로 영지와 더불어 주위 영지를 함께 관리하는 고위급 인사다. 사내의 눈동자가 기회를 만난 것처럼 빛났다. 그러면서도 손 비비는 행동을 멈추지 않았다.

"헤헤헤! 노르포호프라고 합니다. 전 이름은 노카일이었
지요!"

"이 친구, 벌써 이름까지 바꾸고 말이야! 앞으로 자주 찾아
오겠네."

"어이구 영광입니다요"

노르포호프, 아니 노카일은 비굴한 웃음을 멈추지 않고 허
리를 연신 숙였다. 그러자 베트랑 자작은 기꺼운지 껄껄 웃으
며 술을 들이켰다.

파팟.

그때였다.

"음? 천장에 뭔가 있는 것 같은데?"

"아이고, 요 근래 쥐가 극성이더니. 정말 죄송합니다. 제가
곧 처리하고 오지요."

"쥐? 에잉… 술맛 떨어지게."

"죄송합니다. 제가 바로 처리하고 오겠습니다."

노카일은 그렇게 말하고 재빨리 방을 나갔다. 그리고 어둠
에 묻힌 복도를 휘휘 살피면서 미간을 찌푸렸다.

"염병할 새끼. 지금 남의 사업 초 치는 거야, 뭐야?"

밖에 나온 노카일은 아무도 없는 허공에 버럭 소리 질렀
다.

그러자 그때였다.

놀랍게도 어둠에서 무언가 스치는 소리가 들리더니 인기
척이 들렸다. 어둠 속을 뚫고 터벅터벅 걸어 나온 이는 비첼

이었다.

　노카일은 예상했다는 듯이 놀라지도 않고 표정을 와락 구겼다. 비첼이 피식 웃으면서 말했다.

　"잘하고 있네."

　"염병. 얌마, 지금 완전 구워삶고 있는 거 안 보여?"

　"구워삶든 튀겨먹든 알 바 아니고, 여기 일 다른 사람한테 넘겨."

　노카일의 표정이 묘하게 변했다.

　"왜? 이제 막 시작했는데?"

　"갈 데가 있다."

　"내가?"

　비첼은 대답하기 귀찮은 듯 고개만 끄덕였다.

　"난 칼질은 영 아닌데."

　"하긴. 이런 일에 적성이 맞는 것 같더군."

　유난히 '이런 일' 이란 단어를 강조하는 비첼이었다. 노카일의 표정이 구겨졌다. 제국인사들한테 돈을 뿌리고 대접하고 선을 대는 일이 바로 노카일의 담당이었다.

　"염병할 자식. 인마, 난 로스트의 부흥을 위해 이런 비굴한 일도 마다하지 않는데 영지민들은 날 나라 팔아먹는 호래자식 취급하더라. 염병할 세상!"

　"그러니까 이제 그런 일은 다른 사람한테 넘기라 이거야."

　"염병. 무슨 일인데 나를 찾지?"

“북부로 가야겠다.”

“뭐?”

노카일은 순간 무슨 말인지 못 알아들어 한참 멍한 표정을 지었다. 이곳이 북부이건만 북부로 가야겠다니? 이윽고 노카일의 표정이 일그러졌다.

“뭐. 성으로 오라고?”

“아니. 그보다 더 위.”

“헉…….”

노카일이 헛숨을 들이마셨다.

부흥군이 위치한 성은 칼칼로에서도 북쪽에 가야있다. 한데 그곳에서 더 북쪽이라면……. 노카일의 얼굴은 그야말로 새파랗게 질렸다.

“야만의 숲 말이냐?”

“그래.”

“염병! 그곳에 무슨 볼일이 있다고 가! 야만인만 득실거리는 곳인데? 식인 풍습이 남아 있는 부족도 있다고 들었단 말이야.”

“이미 위에다 말해놨으니까, 여기 내일 인수인계하고 곧바로 성으로 오도록. 무기도 손질해 놓고.”

“…젠장. 내 의견은 듣지도 않는고만.”

“제국을 벌하기 위해서야.”

“…….”

노카일은 굳게 입을 다물었다.

현실, 그리고 부흥군을 위해 친제국파로 위장해 살아가고 있다지만 그의 가슴 속에는 제국에 대한 분노가 꿈틀거리고 있었다.

전쟁이라면 학을 떼고 도망쳤던 그였지만 이젠 제국이라면 자다가도 벌떡 일어나 검을 들 정도로 적대감을 가지고 있었다.

노카일이 짧게 중얼거렸다.

"염병할……."

＊　　　＊　　　＊

야만의 숲!

로스트 최북단에 거대한 면적을 자랑하는 야만의 숲은 그야말로 불가침의 영역이었다. 수많은 몬스터와 사나운 짐승이 곳곳에 도사리는 곳이었다. 무엇보다 무서운 건 야만인들이 산다는 점이었다.

태어나서부터 숲의 위험한 환경에서 자란 그들은 타고난 전사이자 싸움꾼이었다.

하나 척박하기 이를 데 없는 북방의 땅.

그래서 야만인들은 수없이 로스트에서 약탈을 해왔다.

"그렇지만 모두 약탈한 건 아니지."

비첼이 조용히 중얼거렸다.

"약탈을 안 하면 뭐, 장사라도 했다는거야?"

“그래.”

“어?”

대충 농담 삼아 던진 말에 비첼이 고개를 끄덕이자 노카일은 멍해졌다.

“실제로 그랬어. 일부 야만부족은 로스트로부터 허가를 받고 교류를 했지. 여기서 식량을 가져가고 걔들은 가죽이나 몬스터들의 사체를 팔아넘겼지.”

“그랬군. 허, 왜 난 몰랐지.”

“그렇게 교류를 하다가도 갑자가 수틀리면 또다시 약탈을 일삼았으니까. 몇몇 부족장은 로스트로부터 남작 작위까지 받았다고도 하는군. 명목상의 작위일 뿐이지만.”

“거참. 야만인들이 귀족 대우도 받네.”

“작위를 주면서 나름 다스려 볼 생각이었던거지.”

그렇게 분석을 한 비첼은 야만의 숲에 들어서는 부분에 멈춰 섰다.

“이제 잔뜩 긴장해라.”

“염병. 야만인뿐만 아니라 몬스터도 걱정해야 할 팔자 아니냐.”

노카일이 툴툴거리며 무장을 손봤다. 비첼 역시 중무장한 상태였다.

오른손에는 카이로 때부터 써와 이젠 수족 같은 브로드 액스, 그리고 허리춤에는 세 개의 핸드 액스, 등에는 활과 화살통이 매여져 있었다.

노카일과 서로 상태를 확인한 비첼은 살짝 웃음을 머금으
며 말했다.

"그럼 가자고."

그의 눈동자가 독기로 빛났다.

『영웅병사』 2권에 계속…

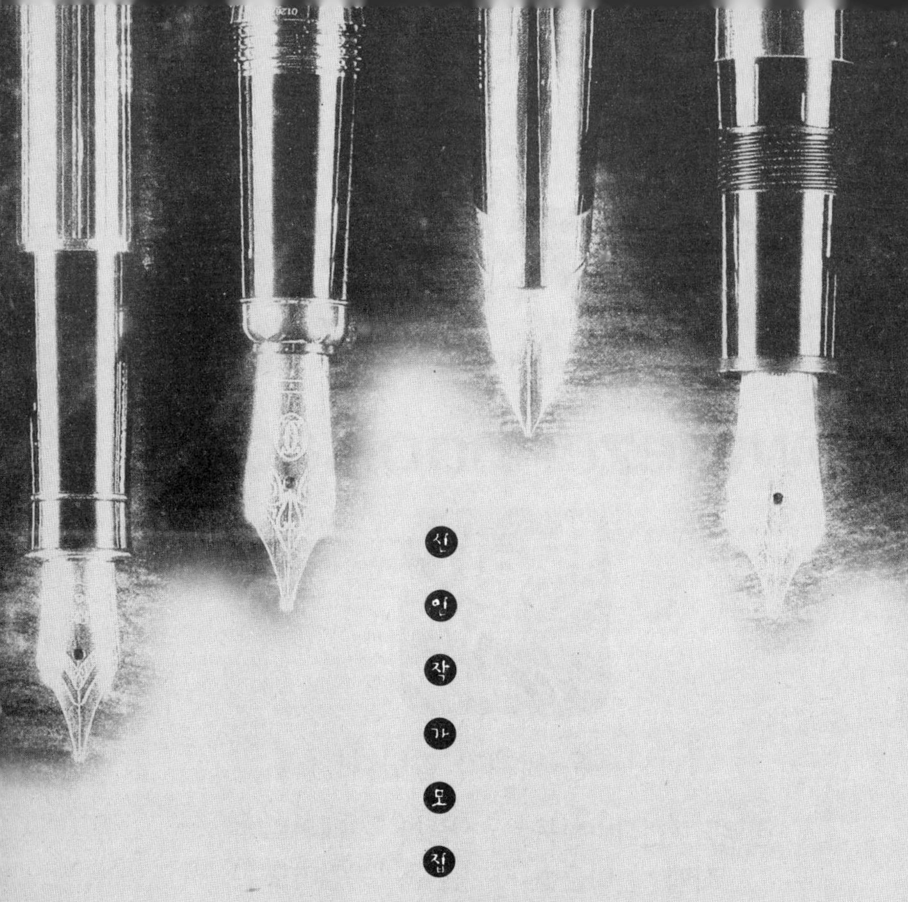
신
인
작
가
모
집

시작이 반이라고 했습니다.
작가의 길에 대한 보이지 않는 벽을 과감히 깨뜨리십시오!
청어람은 작가 지망생 여러분들의
멋진 방향타가 되어드리겠습니다.

저희 도서출판 청어람에서는
소설 신인 작가분들을 모집합니다.
판타지와 무협을 사랑하시는 분들의 많은 참여를 바랍니다.
소정의 원고(A4용지 150매)를 메일이나 우편으로 보내주시면
검토 후 출판 여부를 알려드리겠습니다.

주소:경기도 부천시 원미구 심곡2동 163-2 서경B/D 2F 우편번호 420-822
TEL:032-656-4452 FAX:032-656-4453
http://www.chungeoram.com
e-mail:chungeoram@chungeoram.com

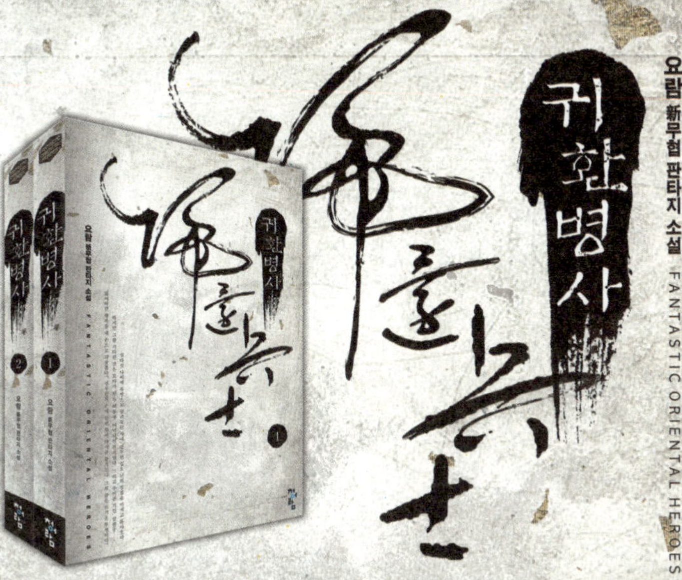

귀환병사
요람 新무협 판타지 소설 FANTASTIC ORIENTAL HEROES